데이트 어 라이브 앙코르 10

DATE A LIVE ENCORE 10

【데이트 어 애프터 case-1 애니메이션】

"이번에는 애니메이션 『데이트 어 라이브 Ⅲ』를 돌이켜 볼 거야. 다들, 나와 시도의 이야기가 그려진 제3기를 고대했지? 재미있게즐겼어?"

"오리가미, 느닷없이 무슨 소리를 하는 것이냐?!"

오리가미가 갑자기 그런 소리를 하자, 토카는 무심코 미간을 찌푸렸다.

그러자 오리가미는 토카의 정수리를 손날로 때렸다.

"아얏! 이, 이게 무슨 짓, 이냐……."

토카는 눈을 끔뻑였다. 왠지 오리가미가 하는 말이 이해될 듯한 느낌이 들었다.

"애니메이션…… 그러고 보니, 그런 게 있었던 것 같은 느낌도 드는구나……?"

"그래. 3기에서 인상에 남는 장면이 있었어?"

"음, 글쎄. 나는 시도와의 데이트가—."

"참고로 나는 제11화. 나와 시도의 키스 신. 그건 정말 끝내줬어. 녹화해놓고 몇 번이나 봤어. 스마트폰의 대기 화면으로도 설정했지. 시도의 대사, 『나에게는 네가 필요해』는 착신음으로 설정해뒀어. 나중에는 동영상 사이트에 광고를 올릴 생각이야."

"대체 무슨 소리를 하는 것이냐?! 그리고 질문을 했으면 하다못해 대답을 끝까지 들어라!"

토카가 참다못한 나머지 고함을 질렀지만, 오리가미는 개의치 않으며 말을 이었다.

"—돌이켜 보면, 네가 나를 『오리가미』라고 부른 건, 3기부터였어."

"음……."

토카는 그 말을 듣고 감회에 젖으며 고개를 끄

덕였다.

"……그랬지. 네가 나를 '토카'라고 부르기 시작한 것도, 이즈음 아니었느냐?"

"맞아. 이때부터, 나와 너의 관계는 크게 달라졌어. —과거의 나는 정령을 악한 존재라 단정지으며, 너를 상처입혔어. 이 자리를 빌려 사과하고 싶어."

"오리가미……."

토카는 표정을 풀더니, 고개를 저었다.

"개의치 마라. 그리고 그런 경험이 있었기 때문에, 나는 최고의 친구를 얻지 않았느냐."

"—토카."

"나도 또한, 너에게 상처를 입힌 게 한두 번이 아니었지. 미안하다."

"그건 용서 못 해."

"ㅇㅇㅇㅇㅇㅇㅇㅇㅇㅇ……음?"

"처녀의 살갗에 상처를 내다니. 너무해. 그러니 토카는 벌로서, 앞으로 시도를 만날 때는 내 가면을 쓰도록 해."

"방금은 화해할 타이밍 아니냐?! 그리고 뭐 그 딴 벌이 다 있어一."

바로 그때, 어딘가에서 기묘한 음성이 들려왔다.

—나에게는 네가 필요해! —나에게는 네가 필요해! —나에게는 네가—.

"전화 왔네. 잠깐 기다려."

"진짜로 그걸 착신음으로 해둔 것이냐?!"

딴죽을 날릴 여력이 바닥난 토카는 새된 목소리로 그렇게 외칠 수밖에 없었다.

【데이트 어 애프터 case-2 본편】

"―그럼 이어서 애니메이션 4기를 돌이켜 보겠어~. 이야~. 솔직히 놀랐어. 설마 후반부에 소년과 나의 만화가 편이 시작될 줄이야……."

감회에 사로잡힌 니아가 팔짱을 끼며 고개를 끄덕였다. 그 말을 들은 토카와 무쿠로는 의아하다는 듯이 미간을 찌푸렸다.

"잠깐, 니아. 4기는 아직 시작도 안 했지 않느냐!"

"음. 나라를 수라의 길에 끌어들이지 말거라!"

두 사람이 그렇게 말하자, 니아는 다 들리게 혀를 찼다.

"칫, 용케 간파했구나! 젠장~. 지금이라면 은 근슬쩍 기정사실을 만들 수 있을 줄 알았는데 말이냥~."

니아가 혀를 삐죽 내밀더니, 화제를 바꾸려는 듯이 이야기를 이어갔다.

"그럼 본편을 돌이켜보도록 할까. 두 사람은 본편을 돌이켜 보고, 그때 이랬으면 좋았을 걸~ 싶은 부분이 있어? 응?"

질문을 들은 토카와 무쿠로가 생각에 잠겼다.

"시도, 그리고 모두와 함께한 모든 것이 나에겐 즐거운 추억이다. 물론 괴로울 때도 있었지만, 그것이 지금이란 결과로 이어졌으니 후회는 없다."

"음. 무쿠도 마찬가지이니라. 게다가 언니와도 재회했지. 더 무엇을 바라겠느냐."

니아는 두 사람의 대답을 듣더니, 눈을 꼭 감았다.

"우, 눈부셔……. 두 사람이 너무 순수해서 쳐다볼 수가 없네……!"

니아는 한동안 몸을 배배 꼬더니, 곧 어깨를 으쓱하며 말했다.

"⋯⋯으음～, 끝이 좋으면 다 좋다는 말에는 동의하지만 말이야～. 나와 무쿠찡은 늦게 등장했잖아. 역시 출연 분량 면에서 손해봤다고 생각해. 애니 1기 등장 멤버에 비하면 굿즈도 적은걸～."

"으, 음⋯⋯?"

니아가 동의를 구하자, 무쿠로는 고개를 갸웃거렸다. 니아는 고개를 쑥 내밀며, 『그러니까』 하고 이어서 말했다.

"등장 순서를 바꿔보자는 거야～. 만약 초반에 나와 무쿠찡이 동료가 됐더라면, 같은 식으로 말이지!"

"순서⋯⋯?"

"흠, 그러면 어떻게 될까⋯⋯?"

토가와 무쿠로는 팔짱을 끼면서, 뭉게뭉게 게⋯⋯ 하고 상상의 나래를 펼쳤다.

(뭐? 변신 능력을 지닌 정령이 우리 중에 숨어 있어? 좋았어, 나한테 맡겨. 딴따다던～. 라～지～에～몽～. —검색 완료! 알았어. 정령이 뭐로 변신했냐면～.)

(흠, 폭주한 요시노가 저 눈보라 결계 안에 있다는 게냐. —【개(라타이브)】. 자아, 나리. 이 『구멍』을 통해 안전히 요시노의 곁으로 가거라.)

"잘 모르겠지만, 엉망진창이 될 것 같은 느낌이 든다!"

머릿속으로 그렇게 됐을 때를 상상한 토카가 무심코 고함을 질렀다.

[데이트 어 애프터 case-3 새로운 생활]

"……허!"

"음……!"

토카와 무쿠로는 동시에 눈을 치켜떴다. 주위를 돌아보니, 차분한 느낌의 옷을 입은 쿠루미, 무쿠로와 같은 제복을 입은 코토리가 있었다. 아무래도 다 같이 길을 걷고 있는 것 같았다.

"왜 그러시죠?"

쿠루미가 검은 색깔을 띤 평범한 두 눈을 가늘게 뜨며 그렇게 물었다. 토카는 잠시 생각에 잠긴 후, 입을 열었다.

"그게…… 이상한 꿈을 꿨다. 오리가미와 니아가, 애니메이션이 어쩌고 같은 소리를 했지……."

그러자 무쿠로 또한 당혹스럽다는 듯이 고개를 끄덕였다.

"음. 오리가미는 나오지 않았다만, 무쿠도 비

숫한 꿈을 꾼 듯한 느낌이 드는구나……."

"어머나, 혹시 피곤하신가요?"

"그것보다, 걸으면서 잔 거야? 둘 다 능력이 좋네."

쿠루미와 코토리는 웃으며 그렇게 말했다. 토카와 무쿠로는 한순간 서로를 쳐다본 후, 작게 숨을 내쉬었다.

두 사람은 합게 자신들의 상황을 재인식했다. 그렇다. 토카와 쿠루미는 대학에, 코토리와 무쿠로는 고등학교에 가던 도중이었다.

"그건 그렇고, 애니메이션이라~. 니아는 그렇다 치고, 오리가미까지 그런 소리를 한 거야?"

코토리가 그렇게 묻자, 토카는 크게 고개를 끄덕였다.

"그래. 우리의 이야기가 애니메이션이 됐다는 전제로 이야기를 하더구나."

"음, 3기는 이미 방송이 됐고, 4기로 확정됐다
고 했느니라. 또한, 쿠루미가 주역인 스핀오
프도 있었지."

"어머, 어머."

쿠루미는 입가에 손을 대더니, 재미있다는 듯
이 미소 지었다.

"그건 영광이군요. ……하지만, 이지 그쯤 잠
에서 깨는 게 어떨까요? 자, 서두르죠. 안 그
러면—."

"으…… 음. 그래, 슬슬—."

"촬영에 늦고 말 거예요."

"……음? 촬영?"

"예, 실사 드라마 말이에요."

"실사."

"드라마."

쿠루미의 말을 들은 토카와 무쿠로가 고개를

기웃거렸다.

"맞아, 다른 애들은 이미 현장에 도착했을 거야."

"긴건 그렇고, 정령 시절의 이야기를 드라마로
만들다니, 여러모로 고생이네요. 왼쪽 눈에 시
계 모양 컬러 콘택트렌즈를 껴야 하고요."

"맞아~. 나도 이젠 고등학생이라서, 중학생
때와는 키와 체형이 달라졌거든……."

"코토리 양은 문제가 전혀 없을 것 같은데 말
이죠."

"방금 그 말, 무슨 뜻이야?! 나는 아직 성장기
거든?!"

"…………."

그런 쿠루미와 코토리의 등을 쳐다보던 토카
와 무쿠로는 시선을 마주하더니, 서로의 볼을
꼬집어졌다.

FriendKURUMI, PresidentTOHKA, AgainMANA, CampingSPIRIT,
WerewolfSPIRIT, AfterTOHKA

CONTENTS

DATE

데이트

A

어

LIVE

라이브

ENCORE
앙코르 10

글 : **타치바나 코우시**
그림 : **츠나코**
옮긴이 : **이승원**

THE SPIRIT
정령(精靈)

인계(隣界)에 존재하는 특수 재해 지정 생명체. 발생 요인, 존재 이유 둘 다 불명.
이쪽 세계에 모습을 드러낼 때, 공간진(空間震)을 발생시켜 주위에 심각한 피해를 끼친다.
또한, 엄청난 전투 능력을 보유하고 있음.

WAYS OF COPING1
대처법1

무력을 통한 섬멸.
단, 위에서 말했듯 매우 강대한 전투 능력을 보유하고 있기 때문에 달성 가능성이 극도로 낮음.

WAYS OF COPING2
대처법2

――데이트를 해서, 반하게 만든다.

데이트 어 라이브
앙코르 10

DATE A LIVE ENCORE 10

SpiritNo.6
Height 148 Three size B91/W60/H88

쿠루미 프렌드

FriendKURUMI

DATE A LIVE ENCORE 10

키는 자신과 비슷하며, 체격은 약간 마른 편이다.

밤색 머리카락을 단정하게 땋았으며 웃으면 덧니가 보인다.

사람을 잘 따르는 성격이지만 약간 고집이 있다. 홍차에는 설탕을 하나만 넣으며 교외에 있는 단독 주택에 산다. 기르는 고양이의 이름은 마론이다.

이상하게도 학교 안팎에서 같이 지내는 일이 잦았다. 그녀와 이야기를 나누다 보면 왠지 마음이 편해진다.

야마우치 사와란 소녀에 관해 토키사키 쿠루미에게 묻는다면, 그런 대답을 들을 것이 틀림없다. ―단짝 친구에 관한 정보를 묻는 수상한 인물에게, 쿠루미가 순순히 이야기해 준다면 말이다.

실제로 쿠루미는 사와의 가족 다음으로 그녀에 관해 자세하게 안다고 자부했다. 아니, 그녀의 어떤 점에 관해서는 이 세상의 그 누구보다 잘 안다고 해도 과언이 아니다.

그도 그럴 것이, **그녀가 죽은 원인**을 아는 건, 이 세상에 쿠루미 뿐이니까―.

"―미 양. 쿠루미 양."

"……아!"

이름을 들은 쿠루미가 어깨를 부르르 떨었다. 그에 맞춰 앞 머리카락이 흔들리더니, 가려진 왼쪽 눈이 드러날 뻔했다.

쿠루미는 앞 머리카락을 고른 후, 어느새 숙이고 있던 고개를 들었다. 그러자 교실 안의 풍경, 그리고 자신의 맞은 편에 앉아있는 야마우치 사와의 모습이 눈에 들어왔다.

"쿠루미 양, 얼이 나간 것 같던데 무슨 일 있나요?"

"아― 어제 좀 늦게 잤답니다."

"그랬나요? 아, 또 동물 영상을 밤늦게까지 본 거죠?"

사와는 그렇게 말하며 웃었다. 입술 사이로 덧니가 언뜻 보였다.

쿠루미는 긍정이나 부정을 하지 않으며 알쏭달쏭한 표정을 짓더니, 작게 한숨을 내쉬었다.

현재 시각은 12시 30분. 점심 식사 시간인 교실에는 밥을 먹고 있는 학생들로 시끌벅적했다. 쿠루미와 사와 또한 다른 이들과 마찬가지로, 책상을 붙이고 앉아서 도시락을 펼쳐둔 상태였다.

어디서나 볼 수 있는 풍경. 흔하디흔한 광경. 나누는 대화
에 깊은 의미는 없으며, 동작 하나하나에서 의의를 찾지도
않는다. 그런 평소와 다름없는 일상의 한 페이지를 쌓고 있
을 뿐인, 그런 평범한 경치다.

—하지만, 쿠루미는 알고 있다. 쿠루미만은 이해하고 있
다. 지금 눈앞에 펼쳐진 광경이, 얼마나 비정상적이며 기적
으로 가득 차 있는지를……

그도 그럴 것이, 지금 눈앞에서 웃고 있는 친구는— 먼 옛
날에 죽었던 것이다.

"……"

아니다. 쿠루미는 눈을 약간 내리깔더니, 고개를 살며시
저었다.

방금 표현은 틀리지 않지만, 그렇다고 적절하지도 않았다.
자신의 죄에서 눈을 돌리는 『외면』이다.

쿠루미는 다시 눈을 뜨더니, 사와의 얼굴을 지그시 응시
했다.

—자신이 죽였던 친구의, 얼굴을…….

그렇다. 과거, 정령이 된 지 얼마 안 되었던 시절, 쿠루미
는 그녀를 살해했다.

하지만 사와에게 원한이 있었던 것이 아니거니와, 사고나
과실도 아니다.

쿠루미는 시원의 정령에 의해 괴물로 변해버린 사와를
『적』으로 인식했고, 그녀의 몸에 총탄을 박아넣었다.

쿠루미와 시원의 정령의, 오랜 세월 동안 이어진 인연의
시발점. 복수란 이름의 여로의 출발점.

〈각각제(刻刻帝)〉의 힘으로 과거에 되돌아가서 모든 것을
없었던 일로 만든다는 쿠루미의 목적은, 이 일에 기인하고
있다 해도 과언이 아니다.

—그리고 현재, 쿠루미의 눈앞에는 미치도록 갈구했던 『일
상』이 펼쳐져 있다.

"—사와 양."

"예, 쿠루미 양. 왜 그래요?"

"후후, 그냥 불러봤을 뿐이랍니다."

"어…… 그냥 불러봤다고요? ……다른 사람한테 그러면
안 돼요. 분명 오해할 거예요."

눈을 흘기는 사와의 볼을 타고 땀방울이 흘러내렸다. 그
런 코미컬한 표정이 반갑게 느껴진 쿠루미는 후훗 하고 미
소지었다.

그렇다. 시원의 정령, 미오와의 싸움을 비롯한 모든 일이
끝났다.

미오가 죽은 후, 그녀의 영결정(靈結晶)의 힘에 의해 과거
에 죽었던 사와, 그리고 쿠루미가 자신의 목적을 이루기 위
해 『먹어치웠던』 사람들이 전부 되살아났다.

정령들은 다들 평온한 나날을 보내고 있으며, 마력 처리 탓에 엉망진창이 됐던 마나의 몸마저도 깨끗하게 회복되었다고 한다.

그야말로, 믿기지 않는 해피 엔딩이다. 모든 일이 원만하게 해결된, 꿈만 같은 세상이 쿠루미의 눈앞에 펼쳐져 있는 것이다.

"참, 쿠루미 양. 예의 일 말인데요."

바로 그때, 사와는 뭔가가 생각난 것처럼 손가락을 세웠다. 쿠루미는 고개를 갸웃거렸다.

"예의 일, 이라뇨?"

"부활동 말이에요, 부활동. 다음에 같이 견학을 가기로 했잖아요. 오늘 방과 후는 어떤가요?"

"아—."

쿠루미는 납득했다는 듯이 고개를 끄덕였다. 그러고 보니, 일전에 그런 이야기를 나눴다.

세피라의 힘에 의해 사와는 되살아났다. 하지만 이곳은 쿠루미와 사와가 인간이었던 시절부터 약 20여 년이 지난 시대다. 모든 일이 전부 원래대로 되돌아간다—는 건 무리다.

그래서 사와는 가짜 지원단체를 통해 〈라타토스크〉의 보호를 받고 있으며, 이렇게 라이젠 고등학교를 다니고 있다.

사와는 당시 의료 기술로 치료가 어려운 병에 걸렸기 때문에, 냉동 수면 상태로 치료법이 발견될 때까지 기다렸다

—는 식으로 알고 있다. 당시와 겉모습이 똑같은 쿠루미도 같은 처치를 받았다는 설정이다.

처음에는 사와도 당황했지만, 점점 지금 생활에 익숙해진 것 같았다. 쿠루미에게 「기왕이면 부활동을 해보지 않겠어요?」 같은 제안을 할 정도로 말이다.

"예, 좋아요. 관심이 가는 부가 있나요?"

쿠루미가 묻자, 사와는 크게 고개를 끄덕이면서 메모장을 가방에서 꺼냈다.

"예. 좀 알아봤는데, 문예부나 미술부— 그리고 고양잇과 동물 연구회 같은 곳이 재미있을 것 같아요."

"……아!"

사와의 말을 들은 쿠루미의 눈썹이 흔들렸다.

"아, 역시 고양잇과 동물 연구회에 관심이 가나 보군요."

"아뇨, 딱히 그런 건 아닌데……."

"어머, 그런가요? 그럼 오늘은 문예부를 견학하러 갈까요."

"……."

"후후, 농담이에요. 그러니 풀 죽은 표정 짓지 마세요."

사와는 웃으면서 말했다. 그렇게 표정에 감정이 드러났던 걸까. 쿠루미는 볼을 만져봤다.

그러자 사와가 한층 더 진한 미소를 지었다.

"아, 역시 풀이 죽었던 거군요."

"……윽! 사와 양, 당신……."

"아하하. 미안해요. 무심코……."

사와는 그렇게 말하며 고개를 살짝 숙였다.

쿠루미는 볼을 부풀리면서도, 반가운 느낌에 사로잡히며 숨을 내쉬었다.

—아아, 그렇다. 그녀는 자주 이런 식으로 자신을 놀렸다.

자신이 그렇게 갈구하던 일상이 되돌아왔다는 사실을 이해한 쿠루미는 입가에 미소를 머금었다.

◇

그날 방과 후. 쿠루미는 사와를 데리고 여러 부실이 모여 있는 건물로 향했다.

평소에는 좀 더 시끌벅적한 장소일 테지만, 지금은 비교적 차분한 분위기가 감돌고 있었다. 지금이 3월이라는 점을 고려하면, 무리도 아니지만 말이다.

주요 행사와 대회는 대부분 끝났으며, 이제 종업식만을 기다리고 있다. 그런 시기에 견학 희망자가 찾아올 거라고는 누구도 생각 못 할 것이다.

"으음, 여기인가요……?"

이윽고 쿠루미와 사와는 『고양잇과 동물 연구회』란 간판이 걸린 부실 앞에 도착했다. 문에는 직접 그린 듯한 고양이 일러스트와 고양이 발바닥 일러스트가 붙어 있었으며,

그것이 독특한 분위기를 자아내고 있었다. 그리고 일러스트로 그려진 고양이들은 어찌 된 건지 안대를 쓰고 있었다.

"……"

"쿠루미 양, 왜 그래요?"

"……아, 아무것도 아니랍니다."

사와가 말을 걸자, 쿠루미는 고개를 저었다.

……왠지 묘한 위화감이라고나 할까, 불길한 예감이 몰려왔지만 분명 기분 탓일 것이다. 그렇게 되뇐 쿠루미는 『고양잇과 동물 연구회』의 문에 노크했다.

"실례할게요. 부활동을 견학하고 싶어서 찾아왔—."

그리고 문을 연 순간, 쿠루미는 그대로 얼어붙었다.

그럴 만도 한 게—

"어머."

"어머."

"어머."

"어머."

쿠루미가 부실의 문을 열자, 그녀와 똑같은 겉모습을 한 네 명의 소녀가, 쿠루미와 똑같은 목소리로, 그렇게 말한 것이다.

그렇다. 쿠루미의 천사 【여덟 번째 탄환】에 의해 창조된, 쿠루미의 옛 모습을 재현한 분신들이다.

정확하게는 그녀들 전원이 쿠루미와 완전히 똑같은 모습

을 하고 있지는 않았다.

그 네 명의 분신들은 왼쪽 눈을 의료용 안대, 피에 젖은 붕대, 프릴이 달린 아이 패치, 그리고 칼날 받침처럼 생긴 안대로 가리고 있었던 것이다.

네 명 다 이 고등학교의 교복을 입고 있지만 그 안에 입은 옷은 달랐으며, 소매와 옷자락에 프릴이 달려 있는 이도 있었다.

그렇다. 그녀들은 쿠루미의 분신 중에서도 가장 성가신 네 사람—『쿠루미 사천왕』을 자처하는 개체들이다.

"어, 어째서 이런 곳에—."

"—와아!"

쿠루미가 경악을 금치 못하며 떨리는 목소리로 그렇게 말하자, 쿠루미의 어깨 너머로 부실 안을 쳐다본 사와 양이 깜짝 놀란 목소리를 냈다.

"쿠루미 양이 잔뜩 있네요……?! 이, 이게 어떻게 된 거죠……."

"……윽!"

쿠루미는 퍼뜩 놀라며 숨을 삼켰다.

—들켰다. 거기까지 생각이 미친 순간, 사고회로를 풀가동시켰다. 사와가 분신들의 얼굴을 봤으니, 잘못 본 거라고 둘러대는 건 어려울 것이다. 하지만 자초지종을 솔직하게 설명하는 건 악수 중의 악수다. 이상한 소리를 늘어놓는 거라

여겨지면 그나마 낫지만, 이 일을 계기로 그녀가 정령에 대한 것과 과거의 기억을 떠올리는 것만큼은 반드시 피해야만 한다.

시간으로는 2.5초. 극한까지 압축된 생각을 마친 쿠루미는 손뼉을 쳤다.

"어머나! 오래간만이에요! 당신들이 이런 부활동을 하는 줄은 꿈에도 몰랐어요!"

그리고 이상한 일이 일어나지 않은 척하며, 그렇게 말했다.

쿠루미는 빙글 돌아서더니, 부실 안에 있던 분신들을 소개하기 위해 손을 펼쳤다.

"사와 양, 소개할게요.

—저의 사촌 동생과 둘째 사촌 동생, 셋째 사촌 동생, 넷째 사촌 동생이랍니다."

"…………예?"

쿠루미가 그렇게 말하자, 사와는 어리둥절한 표정을 지으며 눈을 동그랗게 떴다.

"……그렇, 죠?"

쿠루미는 뒤를 돌아보더니, 노려보는 듯한 시선으로 분신들을 쳐다보았다.

"""""_____.""""

분신들 또한 『쿠루미』이기에, 금세 이해했다. 한순간 시선을 마주한 후, 힘차게 고개를 끄덕였다.

"예, 예. 만나서 반가워요. 저는…… 으음, 토키사키 마나미라고 한답니다."

"저는 토키사키 츠츠미라고 해요. 항상『저』……가 아니라, 쿠루미 언니가 사와 양에게 신세를 지고 있다고 들었어요."

"당신이 야마우치 사와 양이군요. 이름은 자주 들었답니다. 저는 토키사키 아마미라고 해요."

"그리고 저는…… 토키사키 카즈미라고 해요. 앞으로 잘 부탁드려요."

안대 쿠루미, 붕대 쿠루미, 로리타 패션 쿠루미, 일본풍 고딕 로리타 쿠루미가 차례차례 인사를 했다.

사와는 얼이 나간 표정으로 그 모습을 보더니, 곧 정신을 차린 듯 어깨를 부르르 떨었다.

"깜짝 놀랐어요……. 쿠루미 양은 이렇게 똑같이 생긴 사촌분들이 있었군요."

"그, 그렇답니다……."

쿠루미는 볼을 타고 땀방울이 흘러내리는 것을 느끼며 고개를 끄덕였다. 급하게 짠 변명이지만, 일단은 믿어주는 것 같았다. 뭐, 정령이나 천사에 관한 지식이 없다면 분신 같은 게 존재한다고는 생각 못 할 테니 그런 식으로 해석할 수밖에 없겠지만 말이다.

그러자 사천왕들도 거들 듯 고개를 끄덕였다.

"예, 그렇답니다."

"저희는 외모가 너무 흡사해서……."

"다섯 쌍둥이란 오해도 자주 받아요."

"저희가 바로 5등분의 토키사키랍니다."

쿠루미는 도끼눈을 뜨며, 작은 목소리로 물었다.

"그것보다, 이런 곳에서 뭘 하고 있는 거죠?"

"뭘 하긴요. 보다시피, 고양잇과 동물 연구회 활동 중이랍니다."

"예. 주요 활동 내용은 들고양이 관찰이죠."

"문제가 전부 해결되어 완벽한 대단원을 맞이했잖아요?"

"그러니 저희도 조금은 학교생활을 구가하고 싶어졌답니다."

"……."

분신들이 그렇게 대답하자, 쿠루미는 한숨을 내쉬며 이마를 짚었다.

확실히 우발적이라고는 해도, 미오의 소멸과 함께 쿠루미의 목적은 전부 달성됐다. 분신들의 입장에서 본다면, 회사가 갑자기 도산되면서 일자리를 잃은 것이나 다름없으리라.

분신들의 수명은 생성 시기에 주어진 『시간』의 길이에 비례한다. 과거의 자신이라고는 해도, 지금까지 쿠루미를 위해 일해준 동지들이라는 사실에는 변함이 없다. 쿠루미는 그녀들에게, 남은 시간을 자유롭게 보낼 것을 허가했다.

―하지만, 하필이면 쿠루미가 다니는 학교에 다니는 어리석은 개체가 있을 거라고는 생각도 못했다. 그것도 네 명이

나 말이다. 자초지종을 모르는 이가 본다면, 호러틱한 광경일 게 틀림없다.

바로 그때, 사와가 뭔가를 눈치챈 것처럼 고개를 갸웃거렸다.

"그러고 보니, 여러분은 쿠루미 양의 사촌 동생……인 거죠? 그렇다면 나이가 어떻게 되나요? 저와 쿠루미 양은 질병 치료를 위해 20년 넘게 냉동 수면 상태로 지냈는데요……."

"……윽."

사와의 말을 들은 쿠루미가 숨을 삼켰다. 확실히, 그런 의문을 느끼는 게 당연했다. 모순이 발생하는 걸 막기 위해 했던 거짓말에 이런 식으로 발목을 잡힐 줄이야.

"시, 실은 이 네 사람과 같은 병에 걸려서 같은 처치를 받았어요."

"어머, 그런가요?!"

"예. 유전자적으로 그 병에 걸리기 쉬운 체질이라지 뭐예요……."

쿠루미는 식은땀으로 등이 축축해지는 것을 느끼면서, 그런 외줄 타기 같은 말로 둘러댔다. ……나중에 〈라타토스크〉와 상의해서, 그런 부분에 관한 설정을 세세하게 짜두는 편이 좋을지도 모른다.

바로 그때, 쿠루미는 자신의 등에 쏟아지는 불길한 시선을 느꼈다. 고개를 돌려보니, 사천왕들이 히죽거리고 있었다.

"……왜 그러죠?"

"아무것도 아니랍니다. 쿠루미 언니의 말은 전부 사실이니까요."

안대 쿠루미가 과장되게 어깨를 으쓱했다.

그러자 사와가 또 고개를 갸웃거렸다.

"하지만, 거기까지 알면서 아까『오래간만』이라고…… 쿠루미 양, 눈을 뜬 후로 이분들과 만나지 않았던 건가요? 이 부에 속해 있는 것도 몰랐던 것 같은데……."

"그, 그게……."

쿠루미가 뭐라고 둘러댈지 생각하고 있을 때, 사천왕들이 도움의 손길을 내밀듯 입을 열었다.

"아, 실은 저희가 쿠루미 언니에게 이 부에 관한 걸 알리지 않았답니다."

"딱히 쿠루미 언니를 싫어하는 건 아니지만……."

"쿠루미 언니는 자기중심적인 면이 좀 있잖아요? 시키는 대로 안 하면 발끈하고요."

"그리고, 흑역사란 말을 아나요? 쿠루미 언니는 옛날부터 좀 배배 꼬인 면이 있었는데, 아직 그런 일면이 남아있다고나 할까요……. 솔직히 말해 상대하기 귀찮은 면이 있답니다."

"큭……."

도움의 손길이 아니었다. 쿠루미는 미간을 찌푸리며 인상을 썼다.

아무래도 쿠루미의 반응을 보고, 사와 앞에서는 세게 나서지 못한다는 것을 눈치챈 모양이다. 사천왕들은 멋대로 떠들어대고 있었다.

쿠루미는 미소를 유지한 채 사천왕들을 향해 돌아서더니, 목소리를 내지 않으며 입만 뻥긋거렸다.

—나, 중, 에, 두, 고, 보, 죠.

그러자 꼬리를 내릴 때라고 판단한 사천왕들이 시선을 돌리며 메마른 미소를 흘렸다.

"하아…… 정말. —사와 양, 봤죠? 그냥 다른 부에 들어가도록 하죠."

"예? 괜찮겠어요? 사촌분들도 이 부에 있잖아요."

"그래서 더 얽히고 싶지 않아요. 들고양이 관찰은 평소에도 하고 있으니 부활동으로 할 것도 없고요. 사와 양의 집에서 마론 씨를 쓰다듬는 게 더 좋아요. 아무튼, 오늘은 이만 돌아가죠."

"아, 예……."

사와와 사천왕을 이대로 계속 대면시켜뒀다간 어떤 말이 오갈지 알 수가 없다. 쿠루미는 얼이 나간 듯한 사와의 등을 밀며 부실을 나서려 했다.

하지만— 바로 그때, 누군가가 교복 자락을 잡아당겼다.

"왜 그러죠? 말려봤자 소용 없—"

짜증 섞인 어조로 그렇게 말하며 돌아본 쿠루미는— 그제야 자신의 실수를 깨달았다.

분신은 쿠루미의 과거를 재현한 존재들이다.

그 시기에 따른 각각의 취향을 지녔지만, 기본적인 호불호는 똑같았다.

즉—.

"마론 씨……라고 했죠?"

사천왕 전원은 야마우치 양의 집에서 기르는 마론 씨를, 참 좋아하는 것이다.

그로부터 약 20분 후. 쿠루미는 침울한 표정으로 통학로를 걷고 있었다.

쿠루미의 옆에는 사와가 있었고, 뒤편에서는 즐겁게 떠들어대고 있는 사천왕들이 있었다.

그렇다. 마론이 보고 싶다며 칭얼대기 시작한 사천왕을 본 사와가 쓴웃음을 지으며 허락한 바람에, 이렇게 다 같이 그녀의 집으로 향하고 있는 것이다.

참고로 쿠루미가 인간이었던 시절, 사와의 집에서 기르던 고양이인 마론은 이미 수명이 다해서 이 세상을 떠났지만, 미오의 세피라에 의해 부활했다. 그래도 사와에게 그 사실을 알릴 수는 없기에, 지금 있는 고양이는 당시 마론의 손자인 마론 3세인 걸로 해뒀다.

"—마론 씨, 인가요."

"오래간만…… 아, 쿠루미 언니에게 이야기는 들었답니다."

"예, 예. 꼭 한번 만나보고 싶었답니다. 정말 고대되는 군요."

"아아, 하지만 이렇게 여럿이서 쓰다듬어주다간 마론 씨가 지치고 말 테죠. 순서를 정해야겠어요."

사천왕은 들뜬 목소리로 그런 대화를 나눴다. 쿠루미는 크게 한숨을 내쉬더니, 뒤편은 힐끔 쳐다보았다.

"……사와 양이 허락했으니 어쩔 수 없지만, 절도를 지키며 행동해주세요— 마나미 양, 츠츠미 양, 아마미 양, 카즈미 양."

쿠루미의 말을 들은 사천왕이 한순간 「그게 누구죠?」 하고 말하는 듯한 표정을 지었지만, 곧 아까 자신들이 지은 가명이라는 것을 떠올린 것처럼 고개를 끄덕였다.

"예, 예. 물론이죠."

"이 아마미에게 맡겨만 주세요."

"……."

왠지 엄청 불안했다. 쿠루미는 또 한숨을 내쉬었다.

그러자 그 모습을 본 사와가 아하하 하고 웃음을 터뜨렸다.

"여러분도 고양이를 참 좋아하나 봐요. 역시 쿠루미 양의 친척이에요."

"어머, 어머. 쿠루미 언니가 그렇게 마론 씨를 좋아하나요?"

일본풍 고딕 로리타 쿠루미가 재미있다는 투로 그렇게 묻자, 사와는 웃음을 흘리며 고개를 끄덕였다.

"그래요. 옛날에는 매일같이 우리 집에 와서 마론과 놀아 줬죠. 하지만 쿠루미 양은 부끄러운지, 마론과 놀고 싶다는 말은 거의 하지 않아요.「같이 공부하지 않겠어요?」,「좋은 찻잎을 구했답니다」같은 식으로 매번 다른 이유를 댔죠. 고양이용 장난감을 챙겨오면서 말이에요."

"사, 사와 양……!"

쿠루미가 볼을 붉히면서 말리자, 사와는 더 재미있다는 듯이 미소를 머금었다.

……분신들도 그 기억을 가지고 있겠지만, 사와에게 이렇게 들으니 묘하게 부끄러웠다.

그런 이야기를 하다 보니, 쿠루미들은 어느새 사와의 집에 도착했다.

당시에 사와가 살던 집을 최대한 재현한, 서양식 단독 주택이다. 웅장하고 아름다운 푸른색 지붕과 높은 벽, 그리고 마당에는 잘 손질된 조그마한 장미 화단이 있었다.

사와는 익숙한 듯이 마당을 가로지르더니, 열쇠로 문을 열고 안으로 들어갔다. 그리고 손님용 슬리퍼 다섯 켤레를 꺼냈다.

"자, 들어와요."

"고마워요."

"그럼 실례하겠어요."

"……."

재촉을 받고 신발을 벗더니, 슬리퍼를 신었다. 그러자 사와는 의아하다는 듯이 고개를 갸웃거렸다.

"어머? 평소 같으면 현관에서 소리가 나면 마론이 뛰어올 텐데 말이죠. —마론?"

사와가 불러도, 집 안에는 정적이 감돌았다.

"어머, 어머."

"오지 않는군요."

"이상하네요……."

사와는 의아하다는 듯이 미간을 찌푸리며 복도를 걷더니, 계단을 올라갔다. 쿠루미 일행도 그 뒤를 따르며 2층으로 걸어갔다.

그러자—.

"아……."

2층 끝— 침실에 들어선 사와가 눈을 동그랗게 떴다.

그 이유는 곧 알 수 있었다. 침실의 창문이 바람에 흔들리며 끼익끼익 하는 소리를 내고 있었다. 게다가 커튼에는 고양이가 매달렸을 때 생긴 듯한 흠집과 고양이 털이 보였다. 아무래도 잠그는 것을 깜빡한 이 창문을 통해, 마론이 도망친 것 같았다.

"거짓말, 설마 이런 곳으로……."

사와는 창가로 뛰어가더니, 창밖으로 몸을 내밀면서 밖을 둘러보았다.

하지만 당연히 마론의 모습은 보이지 않았다. 사와는 하아 하고 한숨을 내쉬더니, 쿠루미들을 향해 돌아섰다.

"미안해요……. 도망치고 만 것 같아요. 하아, 역시 3세도 마론의 피를 이어받았나 봐요……."

그렇게 말한 사와가 머리카락을 거칠게 긁적였다. 그러고 보니 마론은 상당한 개구쟁이라서, 옛날에도 툭하면 집 밖으로 탈출했다.

"어머나…… 참 아쉽군요. 어쩔 수 없죠. 오늘은―."

쿠루미는 말을 이으려다 입을 다물었다. 사천왕이 갑자기 표정을 굳혔기 때문이다.

"……흐음. 도망친 건가요. 하필이면 이 지역에서 말이죠."

"고양잇과 동물 연구회로서는, 한시라도 빠른 보호를 권하고 싶군요."

안대 쿠루미와 붕대 쿠루미가 턱에 손을 대며 신음 섞인 어조로 그렇게 말했다.

"예? 배가 고프면 돌아올 거라고 생각하는데…… 초대 마론도 그랬고요."

사와가 눈을 동그랗게 뜨자, 밝은 색감을 베이스로 한 로리타 패션인 아마로리 스타일의 쿠루미가 입을 열었다.

"사실 이 일대에는 두 개의 광역지정 들고양이단이 치열한 영역 다툼을 벌이고 있답니다."

"광역지정."

"들고양이단."

쿠루미와 사와가 어안이 벙벙한 표정으로 그렇게 말하자, 일본고스 쿠루미가 고개를 끄덕였다.

"그래요. 『산리오카이』와 『후지코구미』는 양쪽 다 무투파로 널리 알려져 있답니다. 그런 이 지역을 소속 불명의 집고양이가 어슬렁어슬렁 돌아다녔다간…… 결과는 쉬이 상상이 되는군요."

"산리오카이."

"후지코구미."

……들고양이단의 명칭이 묘하게 신경 쓰이지만, 마론이 위기에 처했다는 것은 이해가 됐다. 쿠루미는 볼을 타고 흐르는 땀을 교복 소매로 닦으며, 사와를 쳐다보았다.

사와도 같은 타이밍에 같은 생각에 미친 것 같았다. 쿠루미와 시선이 마주치자, 고개를 끄덕였다.

"쿠루미 양……!"

"예."

고개를 끄덕인 두 사람은 그대로 1층으로 내려가더니, 신발을 갈아신고 집 밖으로 나갔다.

"그럼 사와 양은 통학로 방면을 찾아봐 주세요. 발견하면 바로 연락을 드리겠어요."

"예, 잘 부탁드려요."

사와는 고개를 약간 끄덕인 후, 길을 따라 달렸다.

그 뒷모습이 시야에서 사라진 후, 쿠루미는 등 뒤에 있는 분신들을 돌아보았다.

"자, 사와 양은 수색을 하러 갔어요. ─이제, **전력을 다해** 마론 씨를 찾아볼 수 있겠군요."

쿠루미 또한 대충 할 생각은 없다. 마론이 위험한 상태라면, 한시라도 빨리 보호하고 싶다.

─하지만 쿠루미가 손에 쥔 카드 중에는 사와에게 보여줄 수 없는 것이 많다.

쿠루미의 그 말에 동의한다는 것처럼, 분신들이 「예, 예」하고 고개를 끄덕였다.

"『저희들』이라면, 고양이 한 마리를 찾아내는 것 정도는 일도 아니죠."

"아─ 하지만, 그래서는 재미가 없겠네요."

"……예?"

쿠루미가 미간을 찌푸리자, 분신들은 입술 가장자리를 말아 올리며 말을 이었다.

"마침 잘 됐어요. 누가 마론 씨를 가장 먼저 찾아내는가로 경쟁하지 않겠어요?"

"아, 좋아요. 가장 먼저 마론 씨를 찾아낸 『저』가 가장 먼저 마론을 쓰다듬을 권리를 얻는다……는 건 어떨까요?"

사천왕이 멋대로 떠들어대기 시작하자, 쿠루미는 팔짱을 끼며 한숨을 내쉬었다.

"……『저희들』?"

"어머, 괜찮지 않을까요?"

"딱히 건성으로 하겠다는 건 아니랍니다."

"그래요. 오히려 경쟁 형식을 취하면, 효율이 높아질지도 모르잖아요."

"아니면…… 혹시 『저』는 이길 자신이 없는 건가요?"

"……."

그 뻔한 도발을 들은 쿠루미의 눈썹 가장자리가 희미하게 떨렸다.

"……딱히 그런 건 아니랍니다. 정말 괜찮겠어요?"

쿠루미가 도끼눈을 뜨며 그렇게 말하자, 사천왕은 일제히 수긍했다.

"예, 예."

"그럼 시간이 없으니, 바로 시작하도록 하죠."

"마론 씨 수색, 스타트예요!"

아마로리 쿠루미가 수색 개시를 선언했다. 그러자 사천왕은 땅을 박차려는 듯이 발에 힘을 줬다.

하지만―.

"―〈섭고편질(囁告篇帙)〉."

쿠루미가 그 이름을 읊조리자, 허공에서 책 한 권이 현현됐다. 그와 동시에 사천왕은 그 자리에서 꼬꾸라졌다.

"어머, 넘어졌군요. 조심 좀 하지 그랬어요."

쿠루미는 놀리는 투로 그렇게 말하더니, 희미하게 빛나는 책을 들어 보였다.

〈라지엘〉. 일전의 전투에서 쿠루미가 DEM의 아이작 웨스트코트한테서 빼앗은 책의 천사다.

그 권능은 『전지(全知)』. 책의 지면을 손가락으로 만지기만 해도, 소유자는 온갖 정보를 『알 수 있다』.

거대 국가의 국가기밀일지라도.

어둠 속에 묻힌 진실일지라도.

—그리고, 집에서 도망친 고양이가 어디 있는지도…….

경쟁 같은 건 의미가 없다. 애초부터 승자는 정해져 있는 것이다.

"비, 비겁해요, 『저』!"

"그래요! 공정하지 못해요!"

몸을 일으킨 사천왕이 입을 모아 비난했다. 하지만 쿠루미는 들은 척도 하지 않으며 어깨를 으쓱했다.

"이상한 소리를 하는군요, 『저희들』. 저희의 목적은 한시라도 빨리 마론 씨를 보호하는 걸 텐데요? —아니면 뭐죠? 고의로 최선을 다하지 않은 바람에 발견이 늦어진 결과, 마론 씨가 다치더라도 괜찮다는 건가요?"

"으윽……."

"열받을 정도로 올바른 말이군요……."

사천왕은 분하다는 듯이 이를 갈았다. 오늘 실컷 놀림당

했던 것을 갚아준 듯한 느낌이 든 쿠루미는 흥 하고 코웃음을 쳤다.

"자—."

그리고, 의식을 집중하면서 〈라지엘〉의 지면을 만졌다. 그러자 손가락이 닿은 곳의 궤적을 그리듯 〈라지엘〉의 지면이 빛을 뿜더니, 정보의 격류가 쿠루미의 머릿속으로 흘러들어 왔다.

"—찾았어요. 주소로 말하자면 서(西) 텐구 2번가 35번지. 마을 외곽의 폐가에 있는 것 같군요. ……어머나, 그런 곳에 들어갔다간 평범하게 찾아선 발견하지 못할 거예요."

"""……!"""

쿠루미의 말을 들은 사천왕이 갑자기 눈썹을 찌푸렸다.

"……어? 왜 그러죠?"

"방금, 서 텐구 2번가 35번지의 폐가라고 했나요?"

"예, 그래요."

쿠루미가 고개를 끄덕이자, 안대 쿠루미가 무릎을 굽히면서 자신의 그림자 안에 손을 집어넣었다. 그리고 뭔가를 찾는 듯한 동작을 취한 후 『고양잇과 동물 연구회·극비 리포트』라고 적힌 노트 한 권을 꺼냈다.

"……그림자 안을 창고처럼 이용하지 말아줬으면 좋겠군요."

쿠루미가 그렇게 말했지만, 안대 쿠루미는 들은 척도 하지 않으며 노트를 펼쳤다.

"역시 그렇군요. 그 장소는—『산리오카이』의 본거지예요!"

"—뭐라고요?"

안대 쿠루미의 말을 들은 쿠루미가 시선을 날카롭게 만들었다.

"잡혀서 끌려간 건지, 우연히 거기에 들어간 건지— 어느쪽이든 간에, 내버려 둘 수는 없어요. 한시라도 빨리 구하러 가죠."

"잠시만 기다려주세요, 『저』."

쿠루미가 목적지로 향하려던 순간, 붕대 쿠루미와 아마로리 쿠루미가 입을 열었다.

"『산리오카이』의 본거지는 건물 파편이 쌓여 있어서, 고양이 씨 말고는 들어갈 수 없답니다. 저희도 몇 번이나 그곳을 찾았지만, 떨어진 장소에서 관찰하는 게 한계였죠."

"예, 예. 물론 파편을 치우면 침입할 수 있겠지만…… 고양이 씨의 보금자리를 인간이 어지럽히는 것은 피하고 싶어요."

분신들이 그런 말을 하자, 일본고스 쿠루미가 눈썹을 찌푸렸다.

"무슨 소리를 하는 건가요, 『저』. 그럼 마론 씨가 다쳐도 괜찮다는 거예요?"

"그런 의미가 아니랍니다. 하지만, 인간이 개입하는 바람에 인근 들고양이 씨의 환경에 변화가 발생하는 건 피하고 싶어요. 그 바람에 피를 흘리게 되는 고양이 씨가 늘어날 가능성도 충분히 있으니까요."

"그건 그렇지만……!"

분신들이 말다툼을 벌이기 시작했다. 원래는 다들 같은 『쿠루미』지만, 재현된 시기에 따라 사고방식이 미묘하게 다르다. 그래서 이렇게 의견 충돌이 벌어질 때도 없지는 않다.

하지만 지금은 시간이 없다. 쿠루미는 양쪽 다 달래려는 듯이 입을 열었다.

"—그렇다면 이렇게 하죠. 『저희들』은 목적지로 가서 대기해 주세요. 마론 씨가 해를 입을 것 같다고 여겨질 경우, 구출을 허가하겠어요."

"……『저』는 어쩔 생각이죠?"

쿠루미의 지시를 들은 안대 쿠루미가 그렇게 물었다. 그러자 쿠루미는 입술을 핥았다.

"—인간이 개입하는 것만 피하면 되죠? 그렇다면 저한테 생각이 있답니다."

◇

"……우와, 믿기지 않네. 방금 그게 명중했어? 말도 안 돼~."

정령 맨션 최상층, 가장 구석 방.

정령, 나츠미가 컴퓨터 앞에서 혼잣말을 중얼거리고 있었다.

화면에는 광대한 필드와 총을 쥔 주인공의 뒷모습이 나오고 있었다. 흔히 TPS^{서드퍼슨 슈팅 게임}라 불리는 게임이다. 나츠미는 오늘 별다른 예정이 없기에, 저녁 식사 시간까지 온라인 대전을 즐길 생각이었다.

"앗, 젠장. 당했어. 하아, 진짜 안 맞네……."

"─어머나. 그러면 안 돼요, 나츠미 양. 그런 식으로 노려선, 명중할 총알도 빗나갈 거랍니다."

"아니, 그래도…… 정확하게 조준하더라도, 쏠 때마다 총구가 떨리는데……."

"살아있는 이상, 인간의 몸은 완전히 정지되지 않는답니다. 억지로 떨림을 억누르려고 하는 게 아니라, 리듬을 파악하는 거예요."

"말은 쉽지만……. 어, 어라?"

그제야 위화감을 느낀 나츠미는 고개를 갸웃거렸다. 게임에 열중한 탓에 개의치 않았지만, 누군가와 대화를 나누고 있는 듯한 느낌이 들었다.

한순간, 보이스 채팅 중이라고 생각했지만─ 그렇지 않았다. 나츠미는 타인과 대화를 나누는 것을 꺼리기 때문에, 온라인 대전 중에도 항상 음성 채팅을 꺼두는 것이다.

─그렇다면, 방금 그 목소리는…….

나츠미가 머뭇머뭇 뒤편을 돌아보니─

"우후후. 안녕하세요, 나츠미 양."

"끼야앗──?!"

어느새 뒤편에 나타난 소녀의 얼굴을 본 나츠미는 의자에서 굴러떨어졌다. 그 순간, 화면 속의 캐릭터가 집중포화를 당하면서 게임 오버란 문자가 표시됐다.

"쿠……, 쿠쿠쿠쿠, 쿠루미……?! 왜 내 방에……?!"

나츠미는 새된 목소리로 그 소녀의 이름을 입에 담았다. 그렇다. 토키사키 쿠루미. 그녀는 과거에 최악의 정령이라고까지 불렸던 소녀다.

"어머나, 너무 놀리지 마세요. 당신을 잡아먹으러 온 게 아니랍니다. 저는 미쿠 양이 아니니까요."

쿠루미는 웃음을 흘리며 그렇게 말했다. 나츠미는 묘하게 설득력 넘치는 그 말을 듣고, 마음을 진정시켰다.

"……무, 무슨 일이야. 나와 너는 접점이 딱히 없잖아……?"

나츠미가 묻자, 쿠루미는 검지를 자신의 입술에 댔다.

"—나츠미 양에게 부탁이 하나 있어서 이렇게 찾아왔답니다."

"……아! 찾았어요. 마론 씨예요!"

"어머, 어디 있죠? 어디 있죠?"

"자, 저 틈새로 보였어요."

"자리 좀 바꿔주세요, 『저』!"

안대 쿠루미, 붕대 쿠루미, 아마로리 쿠루미, 일본고스 쿠루미는 민가 지붕 위에 드러누운 채, 어깨가 맞닿을 만큼 몸을 밀착시킨 상태에서 쌍안경을 들여다보고 있었다.

사천왕의 시선이 향한 곳에는 금방이라도 무너질 듯한 폐가가 있었다. 주의깊게 귀를 기울이자, 거기서는 고양이들의 울음소리가 희미하게 흘러나왔다.

그렇다. 저 건물이 바로 서 텐구 2번가 35번지의 폐가다. 마론이 있는 『산리오카이』의 본거지인 것이다. 현재 사천왕은 쿠루미의 지시에 따라, 현장 상황을 살피는 중이다.

"아무래도 다친 곳은 없는 것 같군요……."

"예. 하지만 인상…… 아니, 고양이상이 나쁜 고양이 씨들에게 둘러싸여 있어요."

"……아! 안쪽에 있는, 리본을 맨 커다란 하얀 고양이 씨는……."

"그래요. 『산리오카이』의 보스 고양이인 키테이 씨가 틀림없어요."

쌍안경으로 상황을 확인한 사천왕은 마른침을 삼켰다.

다행히 마론은 아직 무사한 것 같지만, 우호적인 분위기와는 거리가 멀었다. 비유를 하자면, 아무것도 모른 채 길을 걷던 마론이 적대 세력의 자객으로 오해받아서 심문을 받는 듯한 분위기였다.

사소한 계기만 발생한다면 일방적인 유린이 시작될 듯한, 일촉즉발의 분위기였다. 안대 쿠루미는 식은땀을 흘리면서 표정을 굳혔다.

"……『저』에게는 뭔가 생각이 있는 것 같으니…… 최대한 기다려 보도록 하죠. 하지만, 여차하면—."

"""……."""

안대 쿠루미가 그렇게 말하자, 다른 세 사람은 긴장이 어린 표정으로 고개를 끄덕였다.

마치 그 순간을 기다린 것처럼, 폐가 안쪽에 자리하고 있던 보스 고양이가 「냐아아아아아아아—옹……」 하고 낮은 울음소리를 흘렸다.

아무래도 부하에게 명령을 내리는 것 같았다. 마론을 포위한 고양이들이 일제히 「쉬잇!」 하며 자세를 낮추더니, 털을 곤두세웠다. 마론은 겁먹은 것처럼 꼬리를 동그랗게 말면서 뒷걸음질 쳤다.

"……더, 더는 기다릴 수 없어요.『저』!"

"예, 예. 어쩔 수 없군요. 나설 수밖에 없겠어요."

붕대 쿠루미와 일본고스 쿠루미가 몸을 일으켰다.

하지만—.

"……앗! 기다리세요,『저』! 방금, 뭔가가—."

아마로리 쿠루미가 제지한 바로 그때였다.

쌍안경 너머의 시야를, 검은 섬광이 가르며 지나갔다.

"어—?"

안대 쿠루미는 눈을 치켜뜨며 얼이 나간 듯한 반응을 보였다.

그럴 만도 했다. 그 섬광이 번뜩인 순간, 마론에게 달려들려던 고양이들이 짧은 비명을 지르며 바닥에 쓰러진 것이다.

"……아!"

미간을 찌푸린 안대 쿠루미는 쌍안경을 쥔 손에 힘이 들어갔다.

바로 그때, 마론의 눈앞에 한 마리 고양이가 나타났다.

흑요석처럼 윤기 넘치는 검은 털.

귀여운 프릴이 달린 목걸이.

그리고— 색깔이 다른 두 눈동자.

고양이는 인간보다 홍채 이색증에 걸리는 비율이 크다고 하지만, 저 고양이는 그런 것과는 명백하게 달랐다.

왜냐하면 저 검은 고양이의 왼쪽 눈에는—.

금색 시계 문자판이 그려져 있는 것이다.

"저, 저 고양이는—."

—냐옹.

검은 고양이가 짤막한 울음소리를 내면서 주위를 둘러보았다. 그러자 주위에 있는 고양이상 험한 고양이들이 겁먹은 것처럼 꼬리와 귀를 말았다.

그것도 무리는 아닐 것이다. 안대 쿠루미가 보기에도, 저 검은 고양이에게서 느껴지는 위압감은 압도적이었다.

귀부인처럼 우아한 겉모습은 물론이고, 그 시선에서는 방아쇠에 손가락이 걸린 총 같은 흉흉함이 느껴졌다. 그런 고양이가 살기를 뿜는다면, 평범한 고양이는 넙죽 엎드릴 수밖에 없을 것이다.

　—쉬잇~…… 쉬잇~……!

　그런 와중에 보스 고양이만은 끝까지 위엄을 유지하고 있었지만— 검은 고양이가 차분한 발걸음으로 다가가자, 결국 쫑긋 세우고 있던 꼬리를 내리며 시선을 피했다. 사실상의 패배 선언이었다.

　—냐~옹.

　검은 고양이가 온화한 울음소리를 내면서 앞발로 보스 고양이의 머리를 쓰다듬어준 후, 마론을 향해 걸어갔다.

　마론도 정체불명의 검은 고양이를 보고 겁먹은 것 같지만, 상대방의 냄새를 맡아보고는 안도한 것처럼 검은 고양이의 얼굴을 핥기 시작했다.

　—아무래도, 잘 풀린 것 같군요.

　무사히 목적을 달성한 쿠루미는 앞발을 핥으면서 냐옹 하고 울음소리를 냈다.

　그렇다. 이것이 바로 쿠루미의 비책이다. 현재 쿠루미는 나츠미의 천사 〈위조마녀〉의 힘으로 아름다운 털을 지닌 검은 고양이로 변했다.

엄밀하게 따지자면 이것도 야생에 개입하는 거라고 할 수 있겠지만— 인간이 고양이의 보금자리를 어지럽히는 것보다는 나으리라. 고양이의 문제는 고양이끼리 해결한다. 단순한 논리다. 결코 한 번쯤 고양이가 되고 싶었다, 같은 이유로 이런 건 아니다. 결단코 말이다.

쿠루미는 마론과 함께 폐가를 나선 후, 기지개를 켰다. —고양이가 되면 한번 해보고 싶었던 동작이다. 확실히 기분이 좋았다.

이제 마론을 사와에게 데려다주기만 하면 된다. 아니, 그전에 근처에서 대기하고 있는 나츠미를 찾아가서 변신을 풀어달라고 할까. 이 모습으로는 자초지종을 설명할 수도 없고, 무엇보다 나츠미를 너무 오래 기다리게 하는 것도 미안—

"—마론!"

쿠루미가 그런 생각을 하고 있을 때였다. 뒤편에서 귀에 익은 목소리가 들려왔다.

고개를 돌려보니, 사와가 숨을 헐떡이며 뛰어오고 있었다. 아무래도 주위를 샅샅이 뒤진 후, 이 구역에 온 것 같았다.

—냐옹!

마론도 사와를 발견한 건지, 새된 울음소리를 내면서 주인의 곁으로 뛰어갔다. 사와는 마론을 안더니, 안도한 것처럼 등을 쓰다듬어줬다.

"정말, 어디 갔었니? 걱정했단 말이야!"

사와의 말에 답하듯, 마론은 또 「냐옹~」 하고 울음소리를 냈다. 그 모습을 본 쿠루미는 휴우 하고 숨을 토했다. ―아무래도 마론을 데려다줄 필요가 없을 것 같았다.

쿠루미가 이 자리를 벗어나려고 할 때, 사와가 쿠루미를 발견하고 말을 걸었다.

"어머? 너는…… 마론의 친구니?"

사와는 그렇게 말하며 쿠루미의 곁에서 몸을 숙였다. 쿠루미는 그 말에 답하듯 작은 울음소리를 냈다.

"어디 사는 애일까? 마론과 놀아준 거야? 고마워."

사와는 쿠루미의 목덜미를 간지럽히듯 쓰다듬어줬다. ……몸이 고양이라서 그런지, 묘하게 기분 좋았다. 쿠루미는 무심코 기분 좋은 듯이 골골~ 하는 소리를 냈다.

하지만 이대로 계속 있을 수는 없다. 마론을 찾았으니 사와는 쿠루미에게 연락을 할 것이며, 만에 하나라도 분신들이 이 광경을 본다면 무슨 소리를 할지―.

"―어머, 어머."

바로 그때…….

지금 가장 듣고 싶지 않은 목소리가, 쿠루미의 고막을 흔들었다.

사천왕이 재미있어 죽겠다는 표정을 지으며, 뒤편에 서 있었던 것이다.

"아, 여러분! 도와주셔서 감사해요. 덕분에 마론을 찾았어요!"

"어머나, 정말 다행이군요!"

"그건 그렇고— 이 고양이 씨는……."

"아, 마론과 같이 있었던 것을 보면 아마 마론의 친구일 거예요."

사와가 그렇게 말하자, 사천왕은 동시에 「흐으으으음—?」하고 말하며 미소를 머금었다.

그 얼굴을 보고, 눈치챘다. —그녀들은 고양이의 정체가 쿠루미란 사실을 눈치챘다, 는 것을 말이다.

"아하, 그렇군요. 마론 씨의 친구였나요. —그건 그렇고, 참 기분 좋아 보이네요."

"예, 예. 사람이 쓰다듬어주는 걸 참 좋아하는 암컷 고양이 같군요. 그럼 저도 쓰담쓰담~."

"꺄아, 몸을 움찔거리고 있어요. 마치 반응하기 싫은데 너무 기분 좋아서 참을 수가 없는 듯한 느낌이에요!"

"여기인가요? 여기가 좋나요? 분해, 하지만 기분 좋아, 같은 상황인가요?"

사천왕이 하악하악 하고 거친 숨을 내쉬며 쿠루미의 몸을 쓰다듬었다. 왠지 엄청 즐거워 보였다.

"그러고 보니 이렇게 귀여운 고양이 씨가 나타났는데, 쿠루미 언니는 대체 어디 간 걸까요?"

"약아빠진 언니라면, 분명 혼자서 즐거운 시간을 보내고 있을 게 틀림없어요."

"예, 예. 분명 어딘가에서 온몸을 매만져지며 행복의 절정에 빠져 있겠죠."

"몇 번 쓰다듬어줄까요? 세 번? 세 번인가요? 이 욕심쟁이 녀석!"

─므냐아아아아아아앙(분노).

쿠루미는 몸을 비틀면서 분노에 찬 음성을 토했다.

"저, 저기…… 여러분? 너무 쓰다듬는 것도 좋지는 않은데…… 어, 어머?"

바로 그때, 사와는 뭔가를 눈치채고 눈썹을 약간 찌푸렸다. 사천왕은 쿠루미를 쓰다듬는 것을 멈추고, 그녀를 돌아보았다.

"사와 양, 왜 그러시죠?"

"아, 왠지 마론이 좀 이상해서…… 마론, 왜 그러니? 어디 아파?"

그렇게 말한 사와는 걱정스러운 표정으로 마론의 얼굴을 들여다보았다.

확실히, 마론은 몸을 부들부들 떨고 있었다. 크게 다친 데는 없는 것 같지만, 어쩌면 쿠루미가 나타나기 전에 무슨 일을 당한 걸지도 모른다.

하지만─ 원인을 찾는 건 그렇게 어렵지 않다. 쿠루미는 그렇게 생각하면서 몸을 힘차게 비틀었다.

─냐아아아아앙!

그리고 사천왕의 손길에서 벗어나더니, 뒷골목을 내달렸다.

"꺄아, 『저』—가 아니라 검은 고양이 씨가……!"

네 명 중 누가 한 말인지 모를 목소리를 들으며, 쿠루미는 뒷골목으로 들어갔다.

그리고 약 3분가량 복잡한 길을 나아간 쿠루미는 『그곳』에 도착했다. 어둑어둑한 골목 끝에는 재미없다는 표정으로 스마트폰을 만지작거리고 있는 나츠미가 있었다.

—냐옹~.

"……응?"

쿠루미가 울음소리를 내자, 나츠미는 눈썹을 희미하게 떨며 고개를 들었다.

"아…… 너구나. 이제 됐어?"

—냐옹.

"……무슨 말을 하는 건지 모르겠거든? 이제 된 거지? 그럼 되돌린다?"

나츠미는 눈을 가늘게 뜨며 그렇게 말하더니, 쿠루미를 향해 손을 내밀었다.

"……ㅇㅇㅇㅇㅇㅇㅇ…… 우랏!"

그리고 눈을 감고 괴로운 듯한 신음을 흘린 직후, 나츠미의 손바닥이 빛나더니— 쿠루미의 몸이 원래대로 되돌아왔다.

"—우후후. 고마워요, 나츠미 양. 덕분에 살았어요."

"……아~, 죽겠네. 영력을 쓰려면 나쁜 일을 상상해야 하니까, 웬만하면 하고 싶지 않거든? ……나한테 빚 한 번 진 거야."

"예, 예. 알고 있답니다. —만약 앞으로 나츠미 양을 해쳐야 할 경우가 생긴다면, 고통스럽지 않게 저 세상으로 보내드리겠어요."

"너무 흉흉한 거 아냐?!"

"우후후, 농담이랍니다."

쿠루미는 윙크를 하더니, 숨을 들이마시며 의식을 집중시켜서— 손아귀에 〈라지엘〉을 현현시켰다.

그것을 본 나츠미가 경계하듯 몸을 굳혔다.

"뭐, 뭐하는 거야……?"

"걱정하지 마세요. 마론 씨란 고양이의 상태가 나쁜 것 같아서, 원인을 조사하려는 것뿐이랍니다. 사와 양 앞에서 천사를 현현시킬 수는 없으니까요."

쿠루미는 그렇게 말하면서, 〈라지엘〉의 지면을 만졌다.

손가락이 닿은 곳에 빛의 궤적이 그려지더니, 쿠루미의 머릿속으로 정보의 격류가 흘러들어왔다.

—그리고…….

"————, 어?"

다음 순간, 쿠루미는 얼이 나간 듯한 목소리를 토했다.

마론이 괴로워하는 원인을 찾지 못한 것은 아니다. 그런 것은 순식간에 판명됐다. 다리에 가느다란 가시가 박혔을 뿐인 것이다. 의사에게 보여줄 필요도 없다. 핀셋으로 가시를 뽑고 소독이나 해주면 문제없을 것이다.

하지만, 전지의 천사 〈라지엘〉은 그 이외의 정보 또한 쿠루미에게 전해줬다.

확실히 쿠루미는 마론의 증상을 한정 짓지 않았다. 문제가 있는 부위를 지정하지도 않았다. 〈라지엘〉이라면 「마론에 관한 것」을 막연하게 조사하기만 해도 그녀가 찾는 정보를 알려줄 거라고 확신했기 때문이다.

그 결과, 쿠루미는 마론에 관한 지식을 손에 넣었다.

그리고 〈라지엘〉은 쿠루미의 지시대로 『진실』을 알려줬다.

그저, 그것이 전부다.

방금 일어난 일은, 그것으로 전부다.

"……쿠루미? 무슨 일 있어?"

얼마나 침묵을 지키고 있었던 것일까. 나츠미는 미심쩍은 표정을 지으며 그렇게 물었다.

"……………, 아뇨. 아무 일도— 없답니다."

쿠루미는 구역질을 필사적으로 참으며, 쥐어짜낸 듯한 목소리로 그렇게 답했다.

◇

—밤. 자정이 훌쩍 지났을 즈음.

쿠루미는 다시 사와의 집을 찾았다.

한적한 주택가에 위치한 사와의 집 주위에는 낮보다 더 깊은 정적이 흐르고 있었다. 봄의 방문과 함께 희미한 음색을 자아내기 시작한 벌레 소리를 제외하면, 평소보다 더 빠른 페이스로 뛰고 있는 쿠루미의 심장 소리가 가장 큰 소음일지도 모른다는 생각이 들 정도다.

"……."

아무 말 없이 초인종을 누르려다— 그 직전에 멈췄다.

그것을, 쿠루미는 아까부터 몇 번이나 되풀이하고 있었다.

—이 초인종을 누른다면, 전부 끝나고 만다. 그런 느낌이 들었기 때문이다.

차라리 아무것도 하지 않고 그냥 돌아가는 편이 나을지도 모른다. 그러면 내일도, 모레도, 이 일상은 이어질 것이다.

하지만, 쿠루미는 『알고』 말았다. 우연히, 도달하고 만 것이다.

"아아—."

쿠루미는 신음을 흘렸다. 중얼거림 같은— 한탄 같은 신음을…….

—나츠미와 헤어지고 사와의 곁으로 돌아간 쿠루미는 마론의 증상을 살피는 척하면서 발에 가시가 박혔다는 것을 알려준 후, 그 자리를 벗어났다.

그리고 집에 돌아가자마자 〈라지엘〉을 현현시켜— 조사에 조사를 거듭했다.

〈라지엘〉의 지면을 만질 때마다, 쿠루미의 예감은 점점 확신으로 변해갔다.

실낱같은 가능성에 희망을 걸며, 〈자프키엘〉【열 번째 탄환】^{유드}를 자신의 머리에 쏴서 과거의 기억을 되살렸다.

쿠루미의 불안은— 현실로 바뀌고 말았다.

그리고 쿠루미의 발은 자연스레, 이 장소로 향한 것이다.

바로 그때—.

—냐옹.

"……아!"

느닷없이 고양이의 울음소리가 들리자, 쿠루미는 고개를 들었다.

그러자, 열린 2층 창문으로 마론과 사와가 얼굴을 내미는 모습이 눈에 들어왔다.

"마론도 참. 왜 갑자기 우는…… 어, 어머, 쿠루미 양?"

"사와— 양."

그 모습을 본 쿠루미는 반쯤 얼이 나간 채로 그녀의 이름을 입에 담았다.

졸린 듯이 눈을 비비던 사와는 쿠루미의 범상치 않은 분위기를 감지한 건지, 곧 눈을 동그랗게 뜨며 창밖으로 몸을 내밀었다.

"무슨 일인지는 모르겠지만…… 일단, 들어와요. 지금 바로 문을 열어줄게요."

"아—."

사와는 그 말을 남기며 창가에서 모습을 감추더니, 그 뒤를 이어 계단을 내려오는 발소리가 들려왔다.

지금 이 자리를 떠난다면, 다시 일상이 이어질지도 모른다.

하지만, 그럴 수는 없다. 쿠루미는 걸음을 뗄 수가 없었다. 그러는 사이에 현관이 열리더니, 샌들을 신은 사와가 쿠루미에게 다가왔다.

"들어와요, 쿠루미 양. 밖은 꽤 쌀쌀하네요. 차를 끓여줄 게요."

"아, 예……."

쿠루미는 사와에게 이끌리며 집 안으로 들어갔다.

그리고 사와가 시키는 대로 거실 소파에 앉자, 마론이 쪼르르 뛰어와서 쿠루미의 옆에서 몸을 동그랗게 말았다. 장난삼아 꼬리 안쪽 부분을 쓰다듬어주자, 더 만져달라는 듯이 몸을 흔들었다.

"……후후."

무심코 웃음을 터뜨렸다. 그 모습을 본 건지, 홍차를 내오던 사와가 한숨을 내쉬었다.

"아, 드디어 웃었군요. 쭉 표정이 안 좋아서 무슨 일 있나 했어요."

"……제 표정이 그렇게 나빴나요?"

"예. 집 앞에 유령이라도 서 있는 줄 알았다니까요."

"……어머, 어머."

사와가 그렇게 말하자, 쿠루미는 미소를 흘렸다.

반가운 느낌이 들었다. 아아— 그렇다. 어제 점심때도 그랬다. 사와는 자주 이런 식으로 쿠루미를 놀렸다. 사와와 쿠루미가 이제까지 사이좋게 지낼 수 있었던 것은, 사와의 이런 사근사근한 성격 덕분일지도 모른다.

아아, 이건, 정말—

"—마치, 진짜 사와 양 같군요."

쿠루미는 반쯤 무의식적으로 그 말을 입에 담았다.

의도적으로 한 말은 아니다. 하지만— 쿠루미는 딱히 놀라지 않았다. 이곳에 오면서, 쿠루미는 이미 각오를 다졌던 것이다.

"어—?"

사와는 쿠루미의 말을 듣더니, 눈을 동그랗게 떴다.

하지만 방금 그 말이 농담 같은 게 아니라는 것을 눈치챈 건지, 곧 가는 한숨을 내쉬었다.

"……그래요. 눈치챘군요, 쿠루미 양."

그리고 슬픔에 잠기 듯 눈을 살며시 내리깐 사와가 그렇게 말했다.

"……알고 있었나요? 자기가 진짜 사와 양이 아니라는 것을요."

"아뇨. 몰랐어요. 저도, 방금 눈치챘죠. ─분명, 쿠루미 양이 『답』을 원했기 때문일 거예요."

"……."

사와가 그렇게 말하자, 쿠루미는 납득한 것처럼 한숨을 내쉬었다.

그렇다. 그것이 바로, 쿠루미가 알고만 『진실』이다.

마론의 몸 상태를 조사한 쿠루미는 마론이 진짜가 아니라는 사실을 눈치채고 말았다.

아니─ 마론만이 아니다.

쿠루미의 속죄가 끝난 것도…….

마나의 몸이 나은 것도…….

─죽었던 사와가 되살아난 것도…….

미오가 죽은 후에 만들어진, 모든 일이 원만하게 풀린 이 세상 자체가─ 전부, 거짓이었다.

이제는 느껴진다. 위화감이 말이다. 이 말도 안 되는 세계의 황당무계함이…….

하지만 쿠루미는 어제까지만 해도 눈치채지 못했다. 눈치챌 수 없었다. 분명 그것 또한, 이 세상의 권능이리라.

미오의 세피라가 사라지기 직전, 그것을 탈취한 정령이 만들어낸, 꿈만 같은 공간. 그것이 이 세상의 정체였다.

그렇다면─ 그 사실을 눈치채고 만 쿠루미가 해야 할 일은, 단 하나다.

"—사와 양."

"예."

"저는, 이 세상의 진실을 폭로해야만 해요. 그 힘을 지닌 분에게, 진실을 알려야만 하죠. 저는, 아직 아무것도 이뤄내지 못했으니까요."

"그래요. 쿠루미 양의 뜻대로 하세요."

사와는 한순간도 망설이지 않으며 고개를 끄덕였다.

이 세상의 진실을 폭로한다— 그 행위는, 지금 이곳에 있는 사와와 마론의 존재를 지운다는 것이나 다름없다.

하지만 그 사실을 이해했으면서도, 사와는 쿠루미의 눈을 똑바로 보며 고개를 끄덕였다.

—이 세상은 『원하는 대로 되는 세계』다. 쿠루미는 한순간, 자신이 원했기 때문에 사와가 그렇게 대답한 거라고 생각했다.

하지만 쿠루미는 곧 고개를 저었다. —설령 그녀가 진짜 사와일지라도 분명 같은 반응을 보였으리라. 그런 사람이기에, 쿠루미는 목숨을 걸고라도 사와를 되찾겠다는 맹세를 한 것이다.

"—사와 양. 잠시만 작별하도록 해요. 저는 언젠가 반드시, 당신을 되찾겠어요. 그때까지, 그 순간까지, 기다려주셨으면 해요."

"—예. 기다리겠어요. 쿠루미 양은 친구가 적으니까요. 제가 없으면 쓸쓸하잖아요?"

사와는 그렇게 말하며 어깨를 으쓱했다. 쿠루미는 그 말을 듣고 웃음을 터뜨렸다.

"그럼 이만 가보겠어요. —사와 양, 마지막으로 부탁이 있어요."

"예, 뭔가요?"

"……잠시만, 당신의 품에 안겨도 될까요?"

사와는 쿠루미의 말을 듣고 눈을 동그랗게 뜨더니, 곧 미소를 머금었다.

"물론이죠, 쿠루미 양. 얼마든지 그러세요. —단, 이 빚은 꽤 비싸게 먹힐 거예요."

"어머, 어머."

쿠루미는 쓴웃음을 머금더니, 쓰러지듯 사와의 가슴에 얼굴을 묻고— 아주 잠시만, 울었다.

◇

—밤의 어둠을 찢듯, 소녀의 그림자가 세계를 활보했다.

사와의 집을 나선 쿠루미는 부츠 굽으로 지면을 걷어차듯, 아무도 없는 길거리를 걷고 있었다.

"—『저희들』."

노래하듯, 그렇게 중얼거렸다.

그러자 다음 순간, 쿠루미의 그림자가 몇 배로 부풀더니, 그 안에서 수많은 『쿠루미』들이 기어 나왔다. 그중에는 다른 개체와 다른 복장을 한 네 명의 『쿠루미』도 있었다.

이미 그녀들은 쿠루미의 머릿속에 존재하는 정보를 공유했다. 쿠루미가 도달한 세상의 진실도, 쿠루미가 품은 결의도, 모든 『쿠루미들』에게 두루두루 전해졌다.

하나의 발소리가, 두 개로.

두 개의 발소리가, 네 개로.

네 개의 발소리가, 여덟 개로.

어둠 속에 울려 퍼지는 독창이, 땅을 뒤흔드는 대합창으로 변했다.

"자, 자아. 가볼까요, 『저희들』. —상대는 이 세상을 만들어낸, 신이나 다름없는 정령. 봐줄 필요는 없답니다. 온 힘을 다하도록 맞서도록 하죠."

"—우후후. 『저』를 농락한 대가를 치르게 해줄 생각인가요?"

분신이 웃음 섞인 어조로 그렇게 말했다.

하지만 쿠루미는 입가에 미소를 머금으며 고개를 저었다.

"설마요. —멋진 꿈을 보여준 답례를 해줄 생각이랍니다."

—이 세상은, 어떤 정령이, 어떤 자를 위해 만든 꿈의 세계.

그리고, 피할 수 없는 붕괴가 약속된, 종언의 세계.

그렇다면 쿠루미가 할 수 있는 건, 그 정령의 소망이 성취

될 수 있도록 돕는 것이다.

"자아— 저희들의 전쟁을, 시작해보도록 할까요."
데이트

한 줄기 바람이, 쿠루미의 머리카락을 매만졌다.
째깍째깍 소리를 내는 시계로 된 왼쪽 눈이, 달빛을 받아 요사하게 빛난다.
—한낮의 졸음처럼 푸근한 세상에서 멈춰있던 토키사키 쿠루미의 시간이, 다시 흐르기 시작했다.

토카 프레지던트

PresidentTOHKA

DATE A LIVE ENCORE 10

『─「지팡구 탐방」. 이번 주에는 재계의 기린아라 불리는 신진기예의 젊은 실업가를 밀착 취재했습니다─.』

내레이션에 맞춰 텔레비전 화면에 타이틀 로고가 나오더니 장엄한 BGM이 흘러나오기 시작했다.

매주 목요일 밤에 방송되는 경제 다큐멘터리다. 일본, 그리고 일본과 관련이 있는 세계 각국의 경제 동향과 시대의 흐름에 맞춘 특집을 편성해서 소개하는 방송이다. 독자적인 관점과 내레이션의 가벼운 말투가 특징이며, 비교적 어려운 내용을 다루면서도 오락성을 잊지 않는 방송이기에 인기가 있다.

하지만 시도의 집 텔레비전에 이 방송이 나오는 일은 거의 없다. 그 이유는 단순하다. 이 집의 주인과 이곳을 드나드는 이들은 아직 젊어서 이런 방송에 흥미가 없는 것이다.

보통 이츠카 가의 텔레비전에는 이 시간대에 다른 채널에서 방송하는 드라마 혹은 게임 화면이 나오곤 한다.

하지만 오늘은 특별히 이 방송을 보고 있다. 왜냐하면—.

『—오늘의 게스트는 주식회사 YATO 대표, 야토가미 토카 사장님이십니다.』

『음! 잘 부탁한다!』

낯익은 소녀가 그 방송에 나왔기 때문이다.

하나로 모아 묶은 칠흑빛 머리카락, 그리고 수정처럼 아름다운 눈동자가 인상적인 소녀다. 가련한 외모를 보면 미성년자가 분명하지만, 몸에 걸친 고급스러운 검은색 정장과 비싸 보이는 검은 테 안경이 필사적으로 어필하여 그녀가 사회인으로 보이도록 하고 있었다.

『YATO의 약진은 세계적으로 유례를 찾기 힘들 정도로 빠릅니다. 이 급성장의 비결은 어디에 있다고 생각하십니까?』

『성장의 비결…… 글쎄. 역시 호불호를 따지지 않는다는 점일까?』

『오호라. 일을 골라서 받지 않고, 폭넓은 분야에 손을 뻗고 있다는 말씀이시군요. 거대 복합 기업을 이룩한 야토가미 사장님다운 말씀입니다.』

『뭐? 으, 음, 그렇다. 중요한 건 이노베이션이지.』

"……"

"……"

그런 방송을 보면서, 이 집의 주인인 시도와 그의 여동생인 코토리는 식은땀을 삐질삐질 흘렸다.

"……어, 어쩌다 일이 이렇게 된 거야?"

코토리는 검은색 리본을 이용해 둘로 나눠 묶은 머리카락 끝을 희미하게 흔들더니, 도끼눈을 뜨며 물었다.

"나한테 묻지 마……."

시도는 볼을 긁적이면서 그렇게 답하더니, 화면 안에서 미소 짓고 있는 토카를 다시 쳐다보았다.

이 모든 일은 얼마 전에 시작됐다—.

◇

"으음……."

어느 날 밤. 시도가 부엌에서 설거지를 하고 있을 때, 거실 쪽에서 낮은 신음이 들려왔다.

그쪽을 쳐다보니, 소파에 걸터앉은 코토리가 굳은 표정으로 노트북 컴퓨터의 화면을 노려보고 있었다. 시도는 거품을 씻어낸 접시를 식기 건조대에 둔 후, 손을 닦으면서 코토리를 향해 걸어갔다.

"코토리, 왜 그래? 또 〈라타토스크〉의 일 때문에 그러는 거야?"

"아…… 뭐, 그렇다고 할 수도 있겠네."

코토리는 입에 문 막대 사탕의 막대 부분을 흔들어대면서, 노트북 컴퓨터의 화면을 시도에게 보여줬다. 그 화면에는 회사명으로 보이는 문자가 줄지어 표시되어 있었다.

"이게 뭐야? 회사 이름?"

"응. 〈라타토스크〉─ 정확하게는 그 모체인 아스가르드 일렉트로닉스의 관련 회사 일람이야."

"흐음, 이렇게 많구나."

액정화면을 가득 채운 리스트를 본 시도는 탄성을 터뜨렸다. 보아하니 업종도 중공업에서 문방구 제조 등까지 폭넓었다. ……〈라타토스크〉의 윤택한 자금은 이런 곳에서 나오고 있는 것 같았다.

"그런데, 이게 어쨌다는 거야?"

"회사의 숫자가 많은 만큼, 전부 영업실적이 좋지는 않거든. 통폐합 후보를 고르는 중이야. DEM의 움직임이 활발하던 시절에는 표적을 분산하려는 목적으로 계속 유지했지만, 이제는 그럴 필요가 없잖아."

"아하─."

코토리가 그렇게 말하자, 시도는 납득했다는 듯이 고개를 끄덕였다.

영국의 대기업이자, 정령들의 힘을 노리는 마술 결사인 DEM 인더스트리는 〈라타토스크〉 최대의 적이라고 할 수 있는 조직이었다. 하지만 일전의 전투에서 우두머리인 아이작 웨스트코트가 당한 후로는 눈에 띄게 위세를 잃고 있었다. 듣자 하니, 사내에 있던 웨스트코트의 적대 세력이 모반을 일으키면서 내부 분열이 일어났다고 한다.

"그랬구나. ……하지만, 그건 아스가르드의 경영진 쪽에서 나눌 이야기잖아. 〈라타토스크〉의 사령관은 그런 일도 맡는 거야?"

"뭐, 내가 소유한 회사도 있으니까 완전히 무관계하지도 않거든."

"흐음…… 뭐?"

뭔가 충격적인 말을 들은 듯한 느낌이 든 시도는 고개를 갸웃거렸다. 하지만 코토리는 딱히 개의치 않으며 말을 이어 갔다.

"얼추 보아하니, 첫 번째 후보는 여기일 것 같아."

코토리는 그렇게 말하면서 커서를 조작했다. 아직 의아한 표정을 짓고 있던 시도는 다시 화면을 쳐다보았다.

"엘드 푸드…… 식품 회사야?"

"응. 원래 정령용 식품을 개발할 목적으로 만든 회사야. 순수한 정령이 인간의 음식을 섭취하지 못할 때를 대비해 다양한 연구를 했나 봐. 뭐, 지금 생각해보면 쓸데없는 짓이었지만 말이야."

"하하…… 그건 그래."

시도는 어깨를 으쓱하면서, 식기 건조대에 산더미처럼 쌓인 식기를 쳐다보았다. ─전부 정령들의 식사에 쓰인 식기다.

"얼마 안 되지만 사원도 있고, 일반적인 업무도 보는 것 같은데…… 적자가 이어지고 있으니 다른 회사의 식품 부문에 흡수시키는 게 무난할 것 같네. 보유한 제과 공장은 그대로 이용할 수 있을 테니까─."

"─제과 공장?!"

바로 그때, 코토리의 말을 끊으려는 듯이 힘찬 목소리가 들려왔다.

고개를 돌려보니, 다른 정령들과 함께 텔레비전을 보고 있던 토카가 눈을 반짝이며 코토리를 향해 몸을 쑥 내밀고 있었다.

"제과 공장이라면 그거지?! 과자를 만드는 곳 말이다!"

"응, 그래. 잘 아네."

"음. 얼마 전에 텔레비전에서 과자 메이커 특집을 했지. 정말 엄청났다……. 수많은 과자가 컨베이어 벨트를 타고 옮겨지면서, 순식간에 완성되더구나……."

토카는 황홀한 표정을 지으며 두 손으로 깍지를 꼈다. 그 모습을 본 시도와 코토리는 무심코 쓴웃음을 머금었다.

"그러고 보니, 토카는 그 방송을 열심히 봤었지……."

"음. 그걸 보면서 동경심에 사로잡혔다. 공장만이 아니다. 신상품의 기획 및 개발과 거듭되는 시제품 개발…… 가게에 놓인 과자에 그렇게 많은 인간의 정열이 담겨있는 줄은 몰

랐다. 나도 언젠가는 나만의 오리지널 상품을 만들어보고
싶단 생각을 했지."

토카는 그렇게 말하며 고개를 몇 번이나 끄덕였다. 정말
토카다운 꿈이었다.

그 말을 들은 코토리가 토카를 쳐다보며 입을 열었다.

"흐음, 그래? 그럼 만들어볼래?"

"음?"

"그러니까, 오리지널 상품 말이야. 만들어보고 싶다며?"

"뭐……."

그제야 코토리가 한 말을 이해한 건지, 토카는 눈을 동그
랗게 뜨며 두 손을 부들부들 떨었다.

"저, 저저, 정말이냐?!"

"응. 기본적인 설비는 갖춰져 있으니까, 할 수 있을 거야."

코토리는 힘차게 고개를 끄덕였다. 그 모습을 본 시도는
땀을 삐질삐질 흘리며 코토리에게 귓속말을 했다.

"저기…… 그렇게 간단히 허락해도 괜찮은 거야?"

"걱정하지 마. 어차피 문닫을 회사잖아. 정령을 위해 만들
어진 회사가, 마지막에 정령의 꿈을 이뤄준다면 잘된 일 아
니겠어? 그리고 현재 임원은 관련 회사로 이동시킬 예정이
거든. 그러니까 기왕이면 토카, 네가 사장을 맡아봐."

"오오! 그래도 되겠느냐?!"

"……어, 어이?! 코토리, 진심이야?!"

시도는 무심코 고함을 질렀다. 하지만 코토리는 별일 아니라는 듯이 손을 내저을 뿐이었다.

"괜찮아, 괜찮아. 뭐, 흡수 합병 기한까지만 말이야. 이것도 사회 경험이야."

"아무리 그대로, 느닷없이 사장은……."

시도와 코토리가 그런 이야기를 나누고 있을 때, 옆에서 이야기를 듣고 있었던 다른 정령들도 몰려들었다.

"호오? 뭔가 재미있는 이야기를 나누고 있는 것 같지 않느냐."

"요청. 유즈루와 카구야도 끼워 주세요."

"토카 씨가 사장님인 회사에서…… 일해보고 싶어요."

"아~, 나도 할래~. 복리후생이 확실할 것 같거든."

다들 일제히 흥미를 보이며 눈을 반짝이고 있었다. 코토리가 그녀들을 진정시키려는 듯이 손을 펼쳤다.

"하아, 알았어. 내가 말해둘게. 직책은…… 토카가 알아서 정해."

코토리가 그렇게 말하자, 정령들이 환성을 질렀다. 시도는 하아 하고 한숨을 내쉬었다.

"—시도, 시도."

"……응?"

다들 시끌벅적하게 떠들고 있을 때, 토카가 시도의 옷자락을 잡아당겼다. 시도는 고개를 갸웃거리면서 그녀를 쳐다보았다.

"토카, 왜 그래?"

"묻는 걸 깜빡했는데…… 사장은 어떤 일을 하느냐?"

"……."

이리하여, 주식회사 엘드 푸드의 전도다난한 새 출발이
시작됐다.

◇

며칠 후. 주식회사 엘드 푸드의 회의실에는 회사 임원들
이 모여 있었다.

……회의실이라고 해도 낡은 상가 빌딩에 위치한 좁은 방
이며, 모인 임원들 또한 전부 아는 얼굴이다.

덜컹거리지 않도록 종이상자를 접어서 다리 밑에 끼운 벤
치 의자에 정령들이 앉았고, 그들 앞에는 직책이 적힌 명패
가 놓여 있었다.

각 명패에는―.

『사장』 야토가미 토카.

『전무』 요시노.

『상무』 호시미야 무쿠로.

『인사부장』 나츠미.

『마케팅부장』 토키사키 쿠루미.

『선전부장』 이자요이 미쿠.

『특명계장』토비이치 오리가미.

『OL』야마이 카구야.

『OL』야마이 유즈루.

『아르바이트』혼죠 니아.

……라고 적혀 있었다.

시도는 『제1비서』라고 적힌 명찰을 목에 걸고 책상 옆에 서있었다. 그리고 옆에는 『제2비서』라고 적힌 명찰을 목에 건 〈라타토스크〉기관원, 시이자키 히나코가 있었다.

"어, 안녕하세요……. 시이자키 씨도 왔군요."

"아하하…… 사령관님이 이 일을 맡기셨거든요. 그리고 저는 원래 이 회사 소속이기도 했고요……."

"어라, 그랬어요?"

"예. 부모님과 친구에게 『비밀조직에 다녀요』하고 말할 수는 없잖아요. 대외적으로는 관련 기업의 사원인 것으로 되어 있어요. 부사령관님은 경비회사 소속이고, 나카츠가와 씨는 완구 메이커 직원일 거예요."

"그랬군요……."

시도가 시이자키와 이야기를 나누고 있을 때, 갑자기 누군가가 책상을 텅! 소리가 나게 두드렸다. 고개를 돌려보니, 니아가 불만에 찬 표정으로 직함이 적힌 명패를 손가락으로 가리키고 있었다.

"저기 말이야~! 다들 정사원인데, 왜 나만 아르바이트인 거야~?! 처우개선을 요구하겠어~!"

니아는 플래카드를 치켜드는 시늉을 하며 벌떡 일어섰다.

그러자 시이자키는 미안하다는 듯이 볼을 긁적였다.

"죄송해요, 니아 씨. 그럴 만한 사정이 있어요……."

"그 사정이 뭔데~?! 나만 괴롭히는 거지?! 맞지?! 그런다고 내가 몰래 질질 짤 것 같아~?!"

"이 회사는 부업이 금지되어 있어요."

"납득~!"

니아는 그대로 무너지듯 털썩 주저앉았다. 그렇다. 사실 니아는 만화가란 직업을 가지고 있다.

"자, 잠깐만 있어봐. 그러면 밋키~도 문제가 되는 거 아냐?"

니아는 그렇게 말하며 미쿠를 쳐다보았다. 그렇다. 학생인 미쿠는 학교에 다니면서, 아이돌 가수로 활동하고 있다.

하지만 미쿠는 그 말을 듣더니, 손가락을 하나 세웠다.

"저는 『부장』으로 되어 있긴 하지만, 정식 직책이 아니라 협력 제휴 상의 명칭이라고나 할까요…… 아이돌이 일일 파출소장 같은 것도 하잖아요? 그런 거라고 보면 돼요."

"아~, 그렇구나……. 그런 나도 그런 걸로 해주면 되지 않아?! 하다못해 카구야나 유즈룽처럼 OL로 해준다거나……."

니아가 입술을 삐죽 내밀면서 그렇게 말하자, 카구야와 유즈루는 훗 하고 자신만만한 미소를 머금었다.

"그건 괜찮다만, 과연 그대가 해낼 수 있을까?"

"설명. OL이란 오퍼레이셔널 레이디의 약칭이에요. 평범한 사원인 척하면서 내부조사를 하거나, 산업 스파이를 쓰러뜨리는 현대의 여자 닌자죠."

"우와, 무시무시해~."

니아는 체념한 것처럼 철퍼덕 책상에 엎드렸다. ……OL은 보통 오피스 레이디를 가리키는 일본식 영어지만…… 본인들이 만족한 것 같으니 괜찮겠지, 하고 생각한 시도는 쓴웃음을 머금었다.

그리고 겨우 조용해지자, 타이밍을 노리고 있었던 듯한 시이자키가 어험 하고 헛기침을 하며 입을 열었다.

"으음…… 그럼 이제부터 주식회사 엘드 푸드의 신상품 기획 회의를 시작할까 합니다. ─사장님. 한 말씀 부탁드립니다."

"음!"

시이자키의 말을 들은 토카가 힘차게 고개를 끄덕였다.

"사장인 야토가미 토카다! 잘 부탁한다! 자, 그럼 내가 생각한 최강의 과자를 발표하도록 하지. 다들, 앞에 있는 자료를 봐라."

토카는 그렇게 말하며 책상 앞을 가리켰다. 책상 위에는 조그마한 클립으로 고정된 여러 장의 서류가 놓여 있었다. 참고로 이것은 시도가 어젯밤에 토카의 요청에 따라 만든 것이다.

"새로운 상품을 만들게 된 나는 이렇게 생각했다. 기왕이면 나 혼자만 좋아할 것이 아니라, 모두가 받아들이는 것을 만들자고 말이다.

　─그것이 바로 이 다음 페이지에 실린 상품이다. 다들, 다음 페이지를 봐라."

　토카의 말에 따라, 정령들이 자료를 넘겼다.

　"이건……."

　"흐음……."

　"으, 으음……."

　그리고 다들 복잡한 표정을 지었다.

　하지만 그것도 무리는 아니었다. 그것도 그럴게, 거기에 실린 것은─.

　『콩고물 껌』.

　『콩고물 칩스』.

　『마시는 콩고물』.

　……등, 콩고물로 점철된 상품들이었기 때문이다.

　"듣자 하니, 현대인에게는 평온과 치유가 부족하다고 한다. 그렇다면 평온과 치유를 주는 게 과연 무엇일까? ─그건 바로 콩고물이다."

　하지만 토카는 다른 이들의 반응을 눈치채지 못한 건지, 열정적인 어조로 프레젠테이션을 이어갔다.

　"상냥한 맛. 푸근한 향기…… 게다가 영양가도 풍부하지. 대두 이소…… 이소……."

"이소플라본."

"그래, 바로 그거다."

시도가 작은 목소리로 알려주자, 토카는 힘차게 고개를 끄덕이며 말을 이었다.

"그것은 사람의 몸에 좋은 효과를 가져다준다고 한다. 마음이 평온해지고, 몸 또한 기뻐하지. 살벌한 이 시대에는 콩고물의 은총이 필요한 것이다! 콩고물과 콩고물로 이어지는 유대. 콩고물 커뮤니케이션을 이 자리에서 제창하겠다!"

토카는 힘찬 목소리로 그렇게 외치면서 주먹을 치켜들었다. 몇몇 정령들이 그 기세에 휩쓸린 듯이 박수를 쳤다. ……내용은 제쳐두고, 토카의 프레젠테이션에는 불가사의한 설득력이 존재했다. 어디까지나 내용은 제쳐두고, 말이다.

"콩고물……. 확실히 싫어하진 않지만, 감자 칩 같은 것과 어울릴까?"

"그래요. 실제로 먹어봐야 판단이 설 것 같군요."

나츠미와 쿠루미는 자료를 보면서 그렇게 말했다.

토카는 그 말을 기다렸다는 듯이 시도 쪽을 쳐다보았다.

"─시도!"

"알았어."

시도는 고개를 끄덕이더니, 회의실 밖에서 다양한 콩고물 상품이 가득 놓인 웨건을 가지고 왔다.

그렇다. 시도가 만든 것은 프레젠테이션용 자료만이 아니다. 토카의 아이디어에 따라, 시제품도 만든 것이다.

"주도(周到). 설마 이미 시제품을 만들었을 줄은 몰랐어요……."

"겉보기에는 괜찮아 보이네요~."

정령들은 그렇게 말하면서 시제품을 향해 손을 뻗더니, 머뭇거리면서 그것들을 입에 넣었다.

"……흐, 흐음……."

"콩고물……이네요."

"흠…… 무쿠 입에는 괜찮은 것 같구나."

그리고 다들 복잡한 표정을 지으며 생각에 잠겼다. 팔릴지는 모르겠지만, 생각했던 것보다 나쁘지 않다는 반응이었다.

뭐, 그래도 반대하는 사람은 없었다. 이 제안을 한 이가 결정권을 지닌 사장이며, 애초에 이 회사 놀이 자체가 토카의 아이디어 상품을 만들기 위한 무대에 지나지 않은 것이다.

정령들은 한순간 서로를 쳐다보더니, 고개를 끄덕였다.

"으음…… 그럼 만들어볼까요?"

"음. 그렇게 하자꾸나. 그럼 패키지 디자인은 니아에게 맡기도록 할까."

"아르바이트에게는 부담스러운 업무인데…… 뭐, 할 거지만 말이야~."

"그럼 나는 라이벌 회사의 파괴 공작을 실행에 옮기겠어."

"아니, 그렇게까지 할 필요는 없는데……. 그리고 이제 와서 이런 소리를 하는 것도 좀 그렇지만, 오리가미의 직책인 특명계장은 뭐야……?"

정령들이 이런저런 말을 늘어놓기 시작했다. 토카는 만족한 것처럼 팔짱을 끼더니, 고개를 계속 끄덕였다.

시도는 그런 그녀들을 보면서, 낮은 목소리로 시이자키에게 말했다.

"……시이자키 씨. 다들 꽤 의욕적인 것 같은데, 괜찮을까요?"

"예. 원래라면 적자를 각오해야겠지만, 이번에는 〈라타토스크〉에서 예산을 지원해주기로 되어 있거든요. 판매는 온라인 판매가 메인이 되겠지만, 아스가르드의 관련 회사가 운영하는 슈퍼마켓에서도 판매할 예정이에요. 역시 이런 건 상품을 만들기만 하는 게 아니라, 가게에 전시된 걸 보는 게 묘미니까요……. 아, 이건 사령관님이 하신 말씀이에요."

시이자키는 볼을 긁적이며 쓴웃음을 지었다. 시도는 「그렇군요」 하고 말하며 고개를 끄덕인 후, 용의주도한 여동생님을 떠올리며 감탄 섞인 한숨을 내쉬었다.

처음에는 어찌 될지 걱정됐지만, 확실히 이대로 가면 좋은 추억이 될 것 같았다. 시도는 다른 정령들과 즐겁게 의견을 교환하고 있는 토카의 얼굴을 쳐다보며 미소를 머금었다.

◇

"으음……."

그로부터 며칠 후의 아침. 베갯머리에서 들려오는 시끄러운 소리 때문에 시도는 잠에서 깨어났다.

한순간, 아침 기상용 알람이 울렸다고 생각했지만 그렇지 않았다. 그것은 스마트폰에 전화가 왔다는 것을 알리는 착신음이었다.

"이런 꼭두새벽에 대체 누구지……."

시도는 눈을 비비면서 베갯머리로 손을 뻗더니, 통화 버튼을 누른 후에 스마트폰을 귀에 댔다.

"……여보세요. 누구시—."

『—시도 군!』

그 순간, 큰 목소리가 시도의 고막에 꽂혔다. 시도는 인상을 찡그리며 스마트폰을 귀에서 뗐다.

"이 목소리…… 시이자키 씨? 무슨 일이죠?"

『크, 크크크, 큰일났어요!』

"큰일……? 뭐가 말이에요?"

시이자키의 목소리에 당황한 기색이 역력하자, 시도는 상반신을 일으켰다.

몽롱하던 머릿속이 순식간에 깨어나는 느낌이 들었다. 대체 무슨 일이 일어난 것일까. 설마, 정령들의 몸에 무슨 일이—?

『―리고 있어요.』

"예?"

『그러니까― 날개 돋친 듯이 팔리고 있다고요! 토카 양이 고안한 상품이! 그것도 폭발적으로요!』

"………………예?"

비명에 가까운 시이자키의 목소리가 전화기에서 흘러나오자, 시도는 무심코 얼빠진 대답을 했다.

"팔린다고요……? 콩고물 칩스 같은 게요?"

『그래요! 콩고물 껌도, 마시는 콩고물도, 그리고 다른 콩고물 상품도, 전부 다요! 온라인 페이지는 상품이 등록되자마자 매진됐고, 인터넷에서는 프리미엄까지 붙어서 거래되고 있어요! 아침부터 회사 전화벨 소리가 끊이질 않는다고요!』

"자, 잠깐만요. 대체 뭐가 어떻게 된 거죠?!"

『그건 제가 묻고 싶어요! 아무튼 큰일 났어요! 차를 보낼 테니, 빨리 회사에 와주세요!』

마지막 부분은 거의 절규에 가까웠다. 그리고 그대로 전화가 끊겼다.

시도는 당혹스러워하며 외출할 준비를 마친 후, 허겁지겁 계단을 내려가서 집을 나섰다.

―그 후에 벌어진 일은 그야말로 전광석화 같았다.

예상외의 대히트를 기록한 주식회사 엘드 푸드는 상품의 대량 생산을 결정했다. 온라인 판매와 특정 점포에서만 취급되던 콩고물 칩스 등에 대한 주문이 전국 소매점에서 쇄도했다. 그리고 순식간에 전국구 인기 과자가 되고 말았다.

　그에 따라 막대한 수익이 발생하자, 토카, 요시노, 무쿠로로 구성된 이사회는 과자 사 먹는 기분으로 공장에 추가 투자를 결정했다(과자 만드는 회사답게). 동시에 새로운 상품의 개발에도 착수했다.

　어른의 맛 『매콤 콩고물』, 손쉽게 갓 만든 풍미를 즐길 수 있는 『집에서 콩고물』, 그리고 나중에 전설이 되는 『전자동 콩고물 토핑기』—.

　그 모든 것이 천문학적인 대히트를 기록하면서, 엘드 푸드의 영업 이익은 침체기의 1만 배에 달했다.

　공전절후의 콩고물 붐이 일어난 것이다. 일본 전국에 노란 바람이 휘몰아쳤다.

　그 기세를 몰아 이사회는 주식 상장을 결정했다. 엘드 푸드의 주가는 곧바로 치솟더니, 연일 상한가를 기록했다.

　그즈음, 요시노와 무쿠로는 별생각 없이 주식 거래를 시작했다. 신들린 승부감으로 막대한 이익을 창출했고, 그에 따라 주식을 사들였으며, M&A를 반복한 끝에 여러 기업을 산하에 두게 됐다. 그리고 그중에는 원래 엘드 푸드를 흡수할 예정이었던 아스가르드 일렉트로닉스 계열 회사도 포함

되어 있었다. 시도는 코토리와 오랫동안 함께 살아왔지만, 그녀의 그렇게 당황한 목소리는 처음 들었다.

연결 자회사가 서른 곳이 넘었을 때, 주식회사 엘드 푸드는 자회사의 흡수 합병을 발표했다. 그리고 회사명을 주식회사 YATO로 바꿨다. 다양한 업종에 활약하는 거대 복합 기업이 탄생한 것이다.

……물론, 이 모든 일에는 〈라타토스크〉가 전혀 관여하지 않았다.

마치 이 세상의 의지 혹은 신 같은 존재가 토카를 편애하는 것만 같은, 그런 엄청난 행운이 이어졌다.

"어, 어쩌다…… 이렇게 된 거지……."

주식회사 YATO 비서장, 이츠카 시도는 얼이 나간 심정으로 그렇게 중얼거렸다.

시도가 있는 곳은 자택도, 낡은 빌딩 한편도 아니라, 도쿄의 가장 고급 지역에 있는 고층 빌딩 안이다. 엘드 푸드가 YATO로 이름을 바꾸면서 이전한 신사옥이다.

널찍한 실내에는 폭신한 융단이 깔려 있으며, 서류 작업을 하기에는 너무 큰 집무 책상이 놓여 있었다. 게다가 믿기지 않게도, 이곳은 사장실이 아니라 시도만을 위해 준비된 비서장실이다.

『─YA-TO의~♪ 콩고물~♪』

시도는 그 목소리를 듣고 고개를 들었다. 그러자 켜져 있던 텔레비전에 나온 미쿠의 모습이 눈에 들어왔다.

찻집 아가씨 같은 귀여운 일본 전통 복장을 한 그녀는 콩고물 빵이 놓인 쟁반을 손에 들고 있었다. 옆에는 콩고물 떡을 의인화해서 만든 듯한 동그랗고 노란 마스코트 캐릭터 『콩고물몽』이 있었다.

주식회사 YATO의 CF다. 이 회사가 엘드 푸드란 이름이었던 시절부터 미쿠는 광고탑으로 활약해왔으며, 상품 홍보에 막대한 공헌을 해왔다.

"……."

아무 말이 없던 시도는 별생각 없이 스마트폰을 조작해서 SNS에 들어갔다.

그 타임라인에는…….

『역시 YATO의 콩고물은 최고입니다.』

『올해는 냉 콩고물을 즐겨야겠군요.』

『콩고물몽 스트랩을 손에 넣었답니다~.』

……등의 글이 다수 발견됐다.

……전부는 아니겠지만, 이 중 일부는 마케팅부장인 쿠루미의 분신이 쓴 스텔스 마케팅이라고 한다.

시도는 나중에 알게 된 사실인데, 초기에 아무런 화제성도 없었던 콩고물 칩스 등이 팔리기 시작한 것은 쿠루미가 손을 썼기 때문이라고 한다. 그녀의 분신 중에는 다수의 팔로워를 지닌 개체도 있는 것 같으며, 쿠루미는 그 개체를 『인플루엔서인 「저」』라고 불렀다.

"……그렇다고 해도, 너무 잘 풀리는 것 같네."

시도가 한숨을 내쉬며 그렇게 중얼거렸을 때, 노크 소리가 들렸다.

"아, 예. 들어오세요."

시도가 텔레비전을 끄며 그렇게 말하자, 끼익 하는 소리를 내며 열린 문으로 한 여성이 들어왔다.

—〈라타토스크〉의 기관원이자, 주식회사 YATO 사장 비서인 시이자키다. 그녀가 입은 건 〈라타토스크〉의 제복이 아니라 고급스러워 보이는 정장이며, 왠지 예전보다 화장을 신경써서 한 듯한 느낌이 들었다.

"비서장님, 곧 회의 시간입니다."

"아, 예……. 그럼 가볼까요."

시도는 건성으로 대답하더니, 의자에서 일어났다.

……요즘 시이자키는 시도를 『비서장님』, 그리고 토카를 『사장님』이라고 불렀다. 회사가 이렇게 커졌으니 당연한 호칭이겠지만, 그래도 시도는 영 찜찜했다.

"그건 그렇고…… 제가 회의에 참가할 필요가 있을까요?"

"무슨 소리를 하시는 거죠? 비서장님만이 하실 수 있는 일이 있잖아요. 회의의 성공 여부는 비서장님의 활약에 달려 있다고 해도 과언이 아니에요. 아, 준비를 잊지 말아주세요."

시이자키는 검지를 세우며 그렇게 말했다. 시도는 「아, 예」 하고 답하며 비서장실에 놓인 커다란 가방을 들었다. 그리고 시이자키와 함께 비서장실을 나서더니, 엘리베이터를 타고 상층부에 위치한 제1회의실로 향했다.

"오오! 왔느냐, 시도~!"

시도가 회의실에 들어서자, 거대한 원탁의 가장 안쪽에 앉은 토카가 힘찬 목소리로 그를 맞이했다.

"으, 응. 다들 일찍 왔네."

시도가 손을 가볍게 들어 보이면서 그렇게 말하더니, 회의실 안을 힐끔 돌아보았다.

과거의 낡은 회의실과는 비교도 안 될 만큼 커다란 방이다. 방 한쪽의 벽은 유리로 되어 있으며, 그 너머에는 도쿄의 빌딩 숲이 펼쳐져 있었다.

하지만 책상 앞에 앉은 이들의 얼굴은 엘드 푸드 시절과 똑같았다. 토카, 요시노, 무쿠로, 나츠미, 쿠루미, 미쿠, 카구야, 유즈루, 오리가미— 깔끔한 정장을 입은 정령들이 이 자리에 모여 있었다.

"앗, 달링!"

"음. 기다리고 있었느니라, 나리."

"홋. 기업 전사일지라도 전사는 전사. 즉, 회의 또한 야마이의 전장이지."

정령들은 웃음을 흘리며 그렇게 말했다. 옷차림은 사회인 느낌이 물씬 나지만, 그 옷을 걸친 본인들은 크게 달라지지 않았다. 시도는 쓴웃음을 지으면서 안도의 한숨을 내쉬었다.

"—자아. 그럼 오늘도 잘 부탁하마, 시도. 바로 한 개 다오."

토카는 그렇게 말하며 손가락 하나를 세웠다.

"으, 응."

시도는 지참한 가방을 열더니, 안에서 고급스러운 종이에 쌓인 막대 모양의 물건을 하나 꺼내서 토카에게 내밀었다.

토카가 즐기는, 고급 담배 초콜릿(콩고물 맛)이다. 토카의 말에 따르면, 이걸 먹어야 좋은 아이디어가 생각난다는 것 같았다.

"—시도, 나도 줘."

"죄송한데, 저도 주실래요……?"

"……아, 이게 끝나면 나도 하나만……."

토카에 이어, 정령들이 차례차례 손을 들었다.

"그래, 알았어……."

시도는 가방에서 과자와 음료를 꺼내더니, 정령들에게 차례차례 건네줬다. 다들 취향이 다르기에, 시도의 가방에는 항상 다양한 과자가 가득 들어 있었다.

……이것이 시이자키가 말했던 『시도만이 할 수 있는 일』이다. 뭐, 정식 비서장이라기보다 열차 판매원이나 야구장 맥주 판매원에 가까울지도 모르지만 말이다.

"자, 유즈루는 감자칩이고 미쿠는 허브티…… 어, 어라? 한 명 모자란 것 같지 않아?"

시도는 그제야 눈치챘다. 바로 그때, 어딘가에서 텅텅하는 소리가 들려왔다.

소리가 들린 방향을 쳐다보니, 유리로 된 벽 너머에 니아가 있었다. 쥐색 작업복 차림에 헬멧을 썼으며, 창문 밖의 곤돌라에 타고 있었다. 아무래도 창문 청소를 하고 있는 것 같았다.

아무래도 무슨 말을 하는 것 같은데, 유리가 너무 두꺼워서 들리지 않았다. 니아도 그걸 눈치챈 건지, 세정제를 유리에 뿌린 후에 손가락으로 문자를 적었다.

『너, 희, 정, 장, 차, 림, 완, 전, 에, 로, 틱, 하, 네.』

"……."

저렇게까지 해서 저런 말을 하고 싶은 걸까. 시도는 식은 땀을 삐질삐질 흘렸다.

그것을 눈치챈 듯한 시이자키가 걸음을 옮기더니, 창문의 블라인드를 쳤다.

"자, 회의를 시작하겠습니다."

"무시~?!"

시이자키의 그 냉혹한 반응을 본 시도가 무심코 그렇게 외쳤다. 그러자 시이자키는 한숨을 내쉬며 말을 이었다.

"회사 안에서 몰래 술을 마신 벌이에요. 페널티를 받지 않

아서야 다른 사원들에게 기강이 서지 않을 테니까요. 성실히 일을 한다면 원래 자리로 복귀시킬 거예요."

"아, 그랬군요……."

왠지 니아다운 이유였기에, 볼을 긁적였다.

이런저런 이야기를 나눈 후, 주식회사 YATO의 중역 회의가 시작됐다.

"—자, 그럼 오늘 의제다. 닭튀김의 반죽에 콩고물을 쓰는 건 어떨까?"

"어…… 그게 어울릴까?"

"원료는 둘 다 콩이니 가능성은 충분히 있을 테지."

"승인. 시제품을 만들어봐서 맛있으면 상품화하도록 하죠."

"이의 없음."

"이의 없음."

"이의 없음."

"—그럼 다음 의제예요. 쿠스노키 뉴타운 택지 개발의 입찰 견적이 나왔으니 확인을 부탁드려요."

"음, 게임 부문에서 신규 앱 개발 신청이 들어왔느니라."

"그리고, 제약 부문의 신약 개발 건이—."

"저기, 도중부터 회의의 경향이 바뀌지 않았어?! 그것보다 이 회사는 요즘 그런 일까지 하는 거야?!"

시도는 무심코 고함을 질렀다.

─회의는 두 시간 후에 끝났다.

의제는 매우 다양했으며, 청정에너지 부문의 설립안, 편의점 업계 신규 참가, 『콩고물몽』을 주축으로 한 캐릭터 비즈니스 및 테마파크 설립안 등이 나왔다. 우주 개발 이야기가 나왔을 즈음에 시도는 생각을 관뒀다. 토카가 「우주에도 콩고물을!」하고 말하며 새로운 우주식량의 개발을 추진한 것만은 겨우 기억에 남아있었다.

"으음……."

회의를 마친 토카는 기지개를 켜며 몸을 일으키더니, 시도를 쳐다보았다.

"회의는 재미있지만, 배가 고프구나. 시도, 슬슬 점심을 먹자꾸나!"

"응……? 그, 그래. 그러자……."

노도와도 같은 정보의 격류 때문에 지쳤지만, 시도는 어찌어찌 그렇게 답했다. 토카는 회의 도중에 과자를 계속 먹었지만, 그 정도로는 먹은 축에 들어가지 않는 것 같았다.

하지만 태블릿을 손에 들고 있던 시이자키가 토카에게 슬며시 다가갔다.

"사장님, 유감이지만 점심에는 해외 공장 건설 건으로 상대방과 회식을 가지기로 되어 있습니다. 식사를 하기로 한 호텔로 향할 테니, 준비 부탁합니다."

"으음…… 그랬구나. 어쩔 수 없지. 가자, 시도."

토카는 불만을 드러내듯 입술을 살짝 내밀면서도, 시이자키를 따라 걸음을 옮겼다. 시도 또한 그 뒤를 따랐다.

그리고 회의실을 나서기 전, 토카는 퍼뜩 뭔가가 생각난 것처럼 야마이 자매와 오리가미를 쳐다보았다.

"一아, 맞다. 카구야, 유즈루, 오리가미. 슬슬 때가 된 것 같으니, 잘 부탁한다."

야마이 자매와 오리가미는 그 말을 듣더니, 고개를 끄덕였다. 시도는 의아하다는 듯이 고개를 갸웃거렸다.

"슬슬? 때? 그게 무슨 소리야?"

"음, 좀 성가신 일을 부탁해뒀지. 곧 알게 될 거다."

"흐음……."

또 새로운 사업을 시작하려는 걸까. 시도는 낮은 신음 같은 대꾸를 한 후, 토카와 시이자키를 따라 회의실을 나섰다.

그리고 외출 준비를 마친 후, 회식 장소로 향하기 위해 사옥 밖으로 나갔다.

검은색 바지 정장 위에 롱코트를 어깨에 걸친 토카가 눈가를 가리는 선글라스를 쓰니, 회사 사장이라기보다 마피아보스 같은 품격이 감돌았다.

"사장님, 차가 준비됐습니다."

"음, 고맙다."

토카는 짤막하게 답한 후, 회사 앞에 세워진 검은색 고급

차량을 향해 당당히 걸음을 옮겼다. 한 폭의 그림 같은 그 모습을 본 시도는 쓴웃음을 머금으며 뒤따랐다.

바로 그때—.

"—시도. 잠시 물러나 있거라."

차에 타려던 토카의 눈썹이 희미하게 흔들리더니, 그녀는 그런 말을 입에 담았다.

"어? 토카, 왜 그래? 무슨 일—."

그 순간…….

휘잉 하고 바람을 가르는 소리가 들리는가 싶더니, 토카의 몸이 희미하게 흔들렸다.

그리고 토카의 손가락 사이에는, 슈우우우우우…… 하며 연기를 뿜고 있는 총알이 끼워져 있었다.

"어……? 어라……?"

갑작스러운 일이었기에, 뭐가 어떻게 된 건지 알 수가 없었다. 시도는 얼이 나간 채, 토카의 얼굴과 그녀가 손가락으로 잡은 총알을 번갈아 쳐다보았다.

하지만 토카는 이 사태를 예상했다는 듯이 호주머니에서 스마트폰을 꺼내더니, 어딘가로 전화를 걸기 시작했다.

"—여보세요. 카구야? 나다. 방금 저격을 당했다. 총알이 날아온 방향으로 볼 때, 토와 빌딩 옥상에서 쏜 것 같다. 서둘러 저격수를 확보…… 뭐냐, 벌써 잡은 거냐. 역시 OL. 일이 빠르구나."

"어…… 어엇?!"

"—음, 무사하다. 이딴 총알로 정령인 나를 해치려 하다니, 어리석은 놈들이구나. 그래, 아마 쿠로이 부동산 쪽 놈이겠지. 텐구 빌즈 입찰 건으로 우리에게 원한을 품은 것 같으니 말이다."

"어어어어어어엇?!"

"—여보세요. 오리가미냐? 들은 대로다. 저격수를 잡았다. 철저하게 해다오. 음, 마침 부동산 부문을 강화하고 싶었던 참이지. 쿠로이 부동산의 본사 자리에 콩고물 뮤지엄을 세우도록 할까."

"어어어어어어어어어어어어어어엇——?!"

이 전개에 따라가지 못한 시도는 그저 비명을 지를 수밖에 없었다.

◇

—그 후에도, 주식회사 YATO의 쾌진격은 이어졌다.

기적적인 부활을 거둔 엘드 푸드의 후신인 YATO의 사장인 토카에게는 강연회와 텔레비전 출연 요청, 컨설팅 및 기업 재생 의뢰가 쇄도했다. 그중에는 특별 경영 고문으로 토카를 맞이하고 싶어 하는 회사마저 있을 지경이었다.

토카는 고개를 갸웃거리면서도 「음? 뭐, 좋다」 하고 말하며 승낙했다. 경영을 맡은 여러 기업을 다시 살려놓으면서, 천재 경영자란 이름을 거머쥐었다. 이때 출판된 자전적 경영론 『야토가미 토카, 콩고물 거인』은 장래희망이 경영자인 이들의 필독서로서 오랫동안 사랑받게 된다. 참고로 표지는 팔짱을 끼고 미소를 짓고 있는 토카가 장식했지만, 내용은 나츠미가 대필했다. 니아는 창문 청소가 엄청 능숙해졌다.

현재 토카가 할 수 없는 일은 없으며, 손에 넣지 못할 것도 없다.

진심으로 그런 생각을 할 정도로, 토카는 이기고 이기고 또 이겼다. 천 번 연속으로 주사위 눈금이 6이 나올 듯한 행운으로, 경제 시장을 유린하고 재계를 제압했다.

"……."

주식회사 YATO, 한밤의 사장실.

별처럼 찬란히 빛나는 도회지의 빛을 내려다보며 선 토카의 등을 쳐다보며, 시도는 작게 한숨을 내쉬었다.

—생각해보면, 참 먼 곳까지 왔다.

처음에는 가벼운 장난삼아 벌인 일이었다. 토카의 오리지널 과자를 만들기 위해 존속된, 원래라면 예전에 문을 닫았어야 하는 회사.

그런 곳이 히트 상품을 연달아 출시했고, 순식간에 온갖 분야에 손을 뻗었으며, 여기까지 오게 됐다.

지금 시도의 눈앞에는 손가락 하나로 억 단위의 돈을 굴리는 재계의 패왕이 있었다. 이제 정부조차도, 토카의 의향을 무시할 수 없다.

조그마한 소녀의 조그마한 꿈은, 눈덩이처럼 불어난 끝에 예상치도 못한 괴물로 탈바꿈된 것이다.

"……."

문득, 불안이 시도의 가슴 속을 스쳤다.

시간으로 보면 잠시에 불과했다. 하룻밤의 꿈이라고 해도 믿을 수 있을 만큼, 찰나에 가까운 시간 동안 벌어진 일이다.

하지만 그 짧은 시간 동안, 토카는 너무나도 많은 것을 손에 넣었다. 부, 명성, 지위, 권력— 인간이 갈구하는 거의 모든 욕망을, 전부 채울 수 있을 만큼 말이다.

그래서, 아주 약간 불안해졌다. 토카가, 시도가 모르는 토카가 되어버리는 건 아닐까 해서—.

——꼬르륵.

바로 그때였다.

"……어?"

시도가 생각에 빠져 있을 때, 느닷없이 그런 소리가 들렸다.

다음 순간, 시도는 눈치챘다. —그것이, 토카의 배에서 난

소리라는 것을 말이다.

"······으음, 배가 고프구나."

그리고 토카는 부끄럽다는 듯이 볼을 살짝 붉히며 자신의 배를 매만졌다.

"──픕."

그 모습을 본 시도는 무심코 웃음을 터뜨렸다.

"아, 하하, 아하하하하하."

"왜, 왜 그러느냐, 시도. 그렇게 웃을 것까지는 없지 않느냐. 배가 고프면, 누구나 배에서 꼬르륵 소리가 난단 말이다!"

"아, 아니····· 하하, 미안해. 그런 뜻이 아니었어. ·····왠지 안심되어서 말이야. 토카는 아무리 성공해도 변함이 없네."

"·····음? 당연하지 않느냐. 무슨 소리를 하는 거냐, 시도."

토카는 미간을 찌푸리며 고개를 갸웃거렸다. 그 동작이 너무 귀여운 나머지, 시도는 또 웃음을 터뜨렸다.

"그건 그렇고····· 이 회사는 정말 커졌는걸. 처음에는 금방이라도 문 닫을 것 같은 곳이었잖아."

"음! 모두가 노력한 덕분이다! 하지만······."

토카는 표정을 굳히더니, 팔짱을 끼며 낮은 신음을 흘렸다.

"회사가 성장하는 건 좋지만, 요즘 좀 바빠서 말이지······. 시도가 해주는 밥도 못 먹고 있지 않느냐."

"아····· 그건 그래."

토카는 요즘 들어 재계의 거물 및 각국의 중요 인사와 회식이 잦아서, 고급 레스토랑이나 요정에서 식사를 할 때가 많다. 처음에는 토카도 신기한 요리를 맛보며 눈을 반짝였지만, 역시 절친한 정령들과 와자지껄 밥을 먹는 게 즐거운지 요즘 들어 텐션이 꽤 낮았다.

시도도 그 점이 걸렸고, 무엇보다 고급 레스토랑의 코스 요리보다 자기가 만든 요리를 먹고 싶어 한다는 게 솔직히 기뻤다. 시도는 「좋아」 하고 중얼거리며 주먹을 말아쥐더니, 씨익 웃었다.

"그러고 보니 요즘 너무 바빠서, 신상품 완성 축하도 못했잖아. 오늘은 오래간만에 우리 집에서 저녁을 먹자. 토카가 좋아하는 걸 뭐든 만들어줄게."

"……아! 저, 정말이냐, 시도!"

시도의 말을 들은 토카가 눈을 동그랗게 뜨며 몸을 쑥 내밀었다.

"뭐, 뭐든 다 만들어주는 거지?! 정말 뭐든 다 만들어줄 것이냐?! 햄버그도, 카레도, 오므라이스도, 뭐든 다 괜찮은 거지?!"

"응. 물론이야. 딱 하나만 고르라는 쪼잔한 소리는 안 할게. 기왕이면 전부 만들어볼까! 토핑으로 닭튀김과 비엔나 소시지도 얹어 주겠어!"

"뭐, 뭐라고……!"

토카는 신의 기적을 목격한 경건한 신도처럼 하늘을 우러

러보더니, 희미하게 몸을 떨며 감격을 표현했다.

"그건 그야말로…… 최강이지 않느냐! 좋다, 지금 바로 돌아가자!"

"그래! 참, 돌아가는 길에 재료를 사야겠네!"

"음!"

하지만—.

"—안 돼요!"

다음 순간, 두 사람의 말을 막듯, 그런 목소리가 들렸다.

고개를 돌려보니, 어느새 이 자리에 나타난 사장 비서인 시이자키가 당황한 표정으로 땀을 삐질삐질 흘리고 있었다.

"시, 시이자키 씨……."

"전에도 말씀드렸잖아요, 사장님! 오늘은 경제단체연합회 회장과 회식이 있어요! 빨리 준비해주세요!"

"으…… 으음……."

토카는 불만 섞인 낮은 신음을 흘리더니, 시이자키의 얼굴을 쳐다보았다.

"……꼭 가야만 하는 것이냐?"

"물론이죠! 토카 양…… 당신은 사장이란 말이에요!"

"……아!"

시이자키가 그렇게 외친 순간, 토카는 눈을 치켜떴다.

—마치, 뭔가를 눈치챈 것처럼 말이다.

"……음, 그래. 그랬지. 후후, 뭐냐. 간단한 일이지 않느냐."

그리고 고개를 끄덕이며 창문을 향해 걸어갔다.

그리고 토카가 벽에 달린 버튼을 누르자, 낮은 구동음을 내면서 커다란 유리창이 바닥에 삼켜지듯 내려갔다. 밤바람이 방 안으로 불어 들어오자, 책상 위에 쌓여 있던 서류가 그대로 흩날렸다.

"꺄앗……! 사, 사장님, 이게 무슨……?!"

갑작스러운 돌풍 탓에 눈을 가늘게 뜬 시이자키가 비명에 가까운 목소리로 그렇게 외쳤다.

토카는 그 말을 듣고 미소를 머금더니, 머리핀과 넥타이를 풀었다. 밤바람에 머리카락이 흩날렸고, 칠흑색 넥타이가 어둠 속에서 춤췄다.

"—목적은 예전에 달성했으니, 오늘부로 사장을 관두겠다. 그러면 괜찮지?"

"뭐—."

토카가 그렇게 말하자, 시이자키는 입을 쩍 벌렸다.

"괘, 괜찮을 리가 없잖아요! 이렇게 갑자기 관두겠다니……! 사장이 없으면, 이 회사는 어쩌냔 말이에요!"

"음? 그것도 그런가. 그렇다면……."

토카는 잠시 생각에 잠기듯 턱에 손을 대더니— 방금 직접 연 창문 쪽을 쳐다보았다.

아마 그제야 눈치챘을 것이다. 창밖의 청소용 곤돌라가 바람에 흔들리고 있다는 것을……. —그리고, 이 시간에도 그 곤돌라에 유리창 청소부가 타고 있다는 것을…….

"—니아."

"우왓! 무슨 일이야, 토~카! 그리고 느닷없이 창문 좀 열지 말아줄래?! 어마무지하게 무섭거든?!"

토카가 곤돌라를 쳐다보니, 거기에 있던 니아가 얼굴을 쏙 내밀었다.

토카는 니아의 어깨에 손을 얹었다.

"—다음 사장은 너다, 니아! 뒷일을 부탁하마!"

"……어? 방금, 뭐라고 했어?"

니아는 그 갑작스러운 선언을 듣고 얼이 나갔다. 뒤편에 있는 시이자키도 같은 표정을 짓고 있었다.

하지만 토카는 그런 두 사람을 개의치 않으며 걸음을 옮기더니, 시도의 손을 꼭 움켜잡았다.

"자. 그럼 돌아가자, 시도! 꼭 잡아라!"

"뭐? 그게 무슨…… 어, 우와아아아앗……?!"

토카가 손을 잡아당긴 순간— 시도는 무심코 새된 비명을 질렀다.

하지만 그것도 무리는 아니었다. 시도의 손을 잡아당긴 토카는 공주님 안기식으로 그를 안아들더니— 그대로, 빌딩 창문 밖의 밤하늘로 몸을 던진 것이다.

"후후— 하하하하하! 기분 좋지 않느냐, 시도!"

"아…… 응, 그래…… 하하하하하……!"

온몸이 붕 떠오르는 듯한 느낌에 사로잡힌 시도는 될 대로 되라는 듯이 웃으면서, 토카와 함께 밤의 어둠 속으로 사라졌다.

―얼마 후. 신들린 듯한 급성장을 보였던 주식회사 YATO는 토카의 사임과 함께 실적이 급격하게 나빠지기 시작했다.

마치 토카를 편애하던 신이 「……음? 토카가 관둔 건가. 그럼 됐다」 같은 식으로 회사에 흥미를 잃은 것처럼 말이다.

정령들 또한 소기의 목적을 이미 달성했다는 걸 떠올리며 하나둘 회사를 관뒀고, 도중부터 텐션이 이상하던 시이자키도 정신을 차린 건지 과자 선물 세트를 가지고 토카에게 사과를 하러 왔다.

아무래도 〈라타토스크〉 기관원이면서 정령의 의향에 어긋나는 일을 계속 시키려고 한 것 때문에 코토리에게 혼쭐이 난 것 같았다. 그녀는 진심으로 미안해 했다. 그래도 토카는 딱히 개의치 않는 것 같았으며, 시이자키가 가져온 과자가 마음에 들었는지 거꾸로 고맙다고 말했다.

아무튼, 정령들은 평소의 일상으로 되돌아왔다.

"―다들, 오래 기다렸어!"

"오오!"

오늘 저녁은 시도가 만두피까지 직접 만든 특제 군만두

다. 커다란 접시에 놓인 황금색 만두를 본 토카와 정령들은 눈을 반짝였다.

"시, 시도, 식기 전에 먹자!"

"하하, 그래. 그럼 잘 먹겠습니다."

""""잘 먹겠습니다!""""

테이블에 둘러앉은 정령들이 한목소리로 그렇게 말한 후, 만두를 즐기기 시작했다.

그런 익숙한, 그리고 소중한 광경을 본 시도는 무심코 미소를 머금었다.

바로 그때…….

"……어?"

귀에 익은 단어가 들린 듯한 느낌이 든 시도는 거실 텔레비전을 쳐다보았다.

텔레비전에는 주식회사 YATO의 회견 광경이 나오고 있었다. 나이아가라 폭포급으로 주가가 폭락한 주식회사 YATO는 결국 원래 예정대로 아스가르드 계열 회사에 흡수되게 됐다. 임원으로 보이는 남성이 굳은 표정으로 기자의 질문에 답하고 있었다.

귀를 기울여보니, 화면 구석에서 『놔~! 사장은 나란 말이야~!』라는 목소리가 들리는 것 같았다.

『막아, 사장을 보내선 안 돼!』

『포기하세요! 이제 무리라고요!』

『젠장~! 내 회사란 말이야! 모처럼 출세했는데~!』

"……."

묘하게 시끌벅적한 회견이었다. 시도의 볼을 타고 땀방울이 흘러내렸다.

하지만, 저녁 식사 중인 토카는 그런 것에 전혀 관심이 없는 것 같았다.

"음! 역시 그 어떤 고급 레스토랑보다도, 너희와 같이 먹는 시도의 요리가 가장 맛있다!"

토카는 따끈따끈한 만두를 우걱우걱 먹으면서, 환한 미소를 머금었다.

마나 어게인

AgainMANA

DATE A LIVE ENCORE 10

텐구시 동텐구의 주택가에 위치한 이츠카 가의 거실에서는 그림으로 그린 듯한 평온한 오후 풍경이 펼쳐지고 있었다.

현재 시각은 오후 세 시. 레이스 커튼을 통과한 따뜻한 햇볕이 테이블 위에 놓인 찻주전자와 찻잔을 비추고 있었다. 접시에 놓인 쿠키는 수제. 만든 사람에 따라 형태가 다르지만, 그래도 맛은 괜찮았다.

"후우……."

시도는 홍차를 한 모금 홀짝인 후, 가는 숨을 내쉬었다. 홍차의 풍부한 향이 입안에 퍼져나간 순간, 피어오른 희미한 온기의 잔재가 공기에 녹듯 금새 사라졌다.

평소 같으면 신경 쓰지 않을 그런 현상에 관심이 가는 것도, 평온한 시간을 보내고 있다는 증거이리라. 시도는 휴우하고 한숨을 토한 후, 맞은편 소파에 앉아있는 여동생을 바라보았다.

"왠지 오래간만에 이런 시간을 보내는 것 같은걸."

"맞아~. 시끌벅적한 것도 좋지만, 때로는 이렇게 시간을 보내는 것도 좋네~."

시도의 말에 답하듯, 코토리는 살짝 고개를 끄덕이며 그렇게 말했다. 그 동작에 맞춰, 그녀의 머리카락을 묶은 흰색 리본이 희미하게 흔들렸다.

현재 이츠카 가의 거실에는 시도, 그리고 그의 동생인 코토리 뿐이다. 남매만의 평온한 티타임을 즐기고 있는 것이다.

1년 전까지는 비교적 자주 이런 광경이 펼쳐졌지만, 정령들의 공략이 시작되면서 이츠카 가의 옆에 맨션이 세워진 후로는 이런 시간이 참 귀중해졌다. 시도는 감회가 묻어나는 숨결을 토한 후, 홍차를 또 한 모금 마셨다.

따뜻한 물에 몸을 담근 채로 느긋하게 시간을 보내는 듯한 느낌이 들었다. 시간이 아주 약간 느리게 흐르는 듯한 착각이 들었다. 때로는 이런 시간을 보내는 것도 나쁘지 않다는 생각이 들었다. 시도는 찻잔을 받침에 내려둔 후, 등을 젖히듯 가볍게 기지개를 켰다.

하지만— 바로 그때였다.

그런 평온한 분위기를 찢는 듯한 거친 발소리가 거실에서 들려오더니, 갑자기 거실문이 힘차게 열렸다.

한순간, 정령 중 누군가가 왔다고 생각했지만— 그렇지

않았다. 뜻밖의 인물이 나타나자, 문 쪽을 쳐다본 시도와 코토리는 동시에 눈을 동그랗게 떴다.

"어……?"

하지만 그러는 것도 당연했다. 그 사람은 바로 해외 부임 중인 어머니, 이츠카 하루코였으니 말이다.

단발머리에 호리호리한 체구를 지닌 그녀는 여기까지 뛰어온 건지 호흡이 거칠었으며, 이마에는 땀방울이 맺혀 있었다.

하지만 거기까지는 괜찮다. 어머니가 시도와 코토리를 놀래주려고 미리 연락을 하지 않고 돌아오는 건 자주 있는 일이며, 오늘은 기온도 비교적 높다. 조금만 운동해도 땀이 날 것이다.

하지만 문제는, 어머니의 두 눈에 눈물이 어려 있다는 점이다.

"어, 엄마……?"

"무슨 일 있어? 왠지 당황한 것 같은데……."

시도와 코토리가 깜짝 놀라며 묻자, 하루코는 크게 한숨을 내쉰 후에 눈을 부릅떴다.

"시~ 군, 코토, 잘 들으렴."

그리고 잠시 후, 결의에 찬 목소리로 말을 이었다.

"나……, 이혼할 거야!"

그 파멸적인 말을 들은 시도와 코토리는 한순간 서로를

처다보다가—

""뭐어어어어어어어어어어어어어어어어어어어어어어어어어어어—?!""

한목소리로 목청껏 절규를 토했다.

◇

—아까 전에 있었던 일이다.

"으음~, 그리운 나의 마을!"

공항에서 직행버스를 타고 두 시간 반 정도 이동한 후, 텐구 역 앞에 도착한 하루코는 크게 숨을 들이마시더니, 기지개를 켜며 감회에 젖었다.

대형 전자기기 메이커인 아스가르드 일렉트로닉스의 사원인 하루코는 평소 본사가 있는 미국에서 생활하고 있지만, 역시 태어나서 자란 땅에 돌아오니 행복했다. 역 앞에 줄지어 있는 빌딩과 분수, 정체불명의 개 동상 같은 것을 둘러본 하루코는 고향의 공기를 몸속에 순환시키려는 듯이 심호흡을 했다.

"왠지, 여기에 와서야 돌아왔다~는 느낌이 드네. 공항에서는 입에서 영어가 튀어나왔지만, 여기에 오니 언어가 일본어로 되돌아간 느낌이 들어."

"아…… 뭐, 심정이 이해가 안 되는 건 아냐."

쓴웃음을 지으며 그렇게 말한 이는 옆에 서 있는 하루코의 남편, 타츠오였다.

검은 테 안경을 쓴, 과묵해 보이는 남자다. 지금은 얇은 코트를 걸쳤으며, 커다란 슈트케이스를 끌고 있었다.

그도 하루코와 마찬가지로 아스가르드 일렉트로닉스의 사원이다. 그렇다. 하루코와 타츠오는 부부가 함께 해외 부임 중이다.

그런 타츠오의 얼굴을 본 하루코는 문득 생각난 것처럼 「그러고 보니」 하고 말하며 볼을 긁적였다.

"이번에는 왜 갑자기 일본에 돌아가자고 한 거야? 아, 나도 시~ 군과 코토를 만나고 싶어서 잘 됐다고 생각했지만 말이야."

그렇다. 하루코와 타츠오는 매년 장기 휴가 때마다 일본에 돌아왔지만— 이번 귀국은 일부러 유급 휴가를 쓰면서 급하게 잡은 것이다.

물론 예전에도 이런 적이 없었던 것은 아니지만, 대부분 하루코가 「시도니움과 코토린이 바닥났어……」 같은 소리를 하며 응석을 부렸기 때문이다. 이번처럼 타츠오가 귀국을 제안하는 건 드문 일인 것이다.

"아—."

하루코가 그렇게 말하자, 타츠오는 안경을 고쳐 쓰며 미소를 머금었다.

"그게 말이지……. 하루와 만나게 해주고 싶은 사람이 있거든."

"만나게 해주고 싶은 사람……?"

하루코는 그 의미심장한 말을 듣고 고개를 갸웃거렸다.

"대체 누구야? 새로운 정령 아가씨야?"

이츠카 가에는 현재, 〈라타토스크〉가 보호하고 있는 정령들이 빈번히 드나들고 있다. 그중 몇 명은 이미 한 번 만난 적이 있지만, 하루코와 타츠오가 미국으로 간 후에 정령이 두 명 더 추가됐다고 들었다.

"그들뿐만 아니라, 특별한 사람이 한 명 더 있어. 하루가 보면 깜짝 놀랄 거야."

"어. 설마 엔카의 여왕, 다이도지 미유키? 진짜야?"

"……기대에 부응하지 못해 미안해."

타츠오는 진심으로 미안해하며 고개를 푹 숙였다. 하루코는 쓴웃음을 지으며 그의 등을 두드려줬다.

"왜 풀이 죽은 거야. 괜찮아. 고대할게. 탓군이 유급 휴가 신청을 하는 일은 흔하지 않은걸. 그럴 만한 이유가 있는 거지?"

"응. 고마워."

하루코가 그렇게 말하자, 타츠오는 고개를 약간 숙였다. 여전히 성실한 남자다. 하루코는 쓴웃음을 지으며 말을 이었다.

"뭐, 어쨌든 간에 우선 집에 갈 거지? 빨리 가자. —아, 그 전에 화장실 좀 다녀올 테니까 잠시만 기다려줄래?"

"응. 알았어."

타츠오는 고개를 끄덕였다. 하루코는 작게 손을 흔든 후, 화장실로 걸어갔다.

"……."

타츠오는 화장실에 걸어가는 하루코의 등을 바라보며, 하아 하고 한숨을 내쉬었다.

—지금까지는 어찌어찌 성공했다. 하루코가 약간 의아해하고 있지만, 그래도 목적을 밝히지 않은 채 그녀를 일본에 데려오는 것에 성공했다.

유난 떠는 것처럼 보일지도 모르지만, 평소 하루코에게 비밀 같은 것을 만들지 않았던 타츠오로서는 매우 어려운 일이었다.

하지만, 이건 전부 하루코의 미소를 보기 위해서다. 타츠오는 결의를 새롭게 다지려는 듯이, 주먹에 힘을 줬다.

급히 유급 휴가를 신청해서 일본으로 돌아온 목적— 그것은 아까 하루코에게 말했다시피, 어떤 인물과 하루코를 만나게 해주기 위해서다.

타츠오가 그 인물의 존재를 알게 된 것은 몇 주 전의 일이다. 일 관련으로 〈라타토스크〉의 데이터베이스를 열람했을 때다.

그 인물의 경력은 전직 DEM 인더스트리 소속 마술사^{위저드}로 되어 있지만, 그 이름과 얼굴을 확인한 타츠오는 한순간 말문이 막히고 말았다.

그럴 만도 했다. 그 인물은 바로—.

"—어, 저 뒷모습은 혹시……."

타츠오가 생각에 잠겨 있을 때, 뒤편에서 그런 목소리가 들렸다.

"……아!"

타츠오가 그 목소리에 놀라며 뒤를 돌아보았다. 그러자 자신의 뒤편에 서있는 한 여자애가 눈에 들어왔다.

나이는 열네다섯 정도일까. 하나로 모아 묶은 머리카락, 그리고 왼쪽 눈 밑에 있는 눈물점이 인상적인 소녀다. 작은 편인 체구로 당당히 선 그 모습은 자신감과 기백으로 가득 차 있었으며, 그녀를 용맹한 늑대처럼 보이게 했다.

"맞네! 완전 오래간만이에요, 타츠오 선배!"

그리고 그 소녀는 씨익 웃으며 그렇게 말했다. 그 모습을 본 타츠오는 불가사의한 감회에 젖었다.

그럴 만도 했다. 그 모습은 30년 전의 그때와 변함이 없었으니 말이다.

"응. 오래간만이야— 마나 양."

타츠오가 그렇게 대답하자, 마나라고 불린 소녀는 또 웃었다.

그렇다. 타카미야 마나. 지금으로부터 약 30년 전에 행방불명됐던, 하루코의 둘도 없는 친구다.

설마 DEM에 납치되어 기억 처리를 당한 상태에서 위저드로 이용당하고 있을 줄은 꿈에도 몰랐지만, 이렇게 눈앞에 그녀가 존재하니 믿을 수밖에 없다. 불가사의한 느낌에 사로잡힌 타츠오는 무심코 쓴웃음을 머금었다.

그러자 마나도 흥미롭다는 듯이 타츠오의 얼굴을 뚫어지게 들여다보았다.

"이야~, 30년이나 지나버렸는데도 선배는 그다지 변함이 없네요~."

"너만큼은 아니지만 말이야"

마나의 말을 들은 타츠오가 어깨를 으쓱했다. 현현장치(顯現裝置)를 이용한 대사 조작 혹은 단순히 냉동 수면을 당한 건지, 마나의 모습은 당시와 똑같았다.

"아하하. 그것도 그러네요."

마나는 쾌활하게 웃더니, 문득 뭔가가 생각난 투로 물었다.

"그러고 보니 하루코는 어디 있죠? 같이 온 것 아니에요?"

"지금 화장실에 갔어. 마나 양에 관해서는 아직 말 안 했으니까 안심해."

"오오, 고마워요. ―후후, 하루코가 놀라 까무러치는 모습이 눈에 선하네요."

마나는 그렇게 말하더니, 재미있다는 듯이 팔짱을 꼈다. 사실 그녀도 고대하고 있을 것이다. 30년 만에 단짝 친구와 재회하는 것이니 말이다.

"그래도 깜짝 놀라버렸다니까요. 타츠오 선배와 하루코가 결혼한 건 예상대로지만, 코토리 양의 부모님일 줄은 몰랐 거든요."

"나도 놀랐어. 어느새 〈라타토스크〉 소속 위저드가 늘었 나 싶더니, 그 사람의 이름이 타카미야 마나였으니 말이야."

"뭐, 이런저런 일이 있어버렸거든요. 두 사람이 오라버니 의 부모님이기도 하다는 점에도 놀라버렸어요. 으음, 이렇게 되면 마나도 두 사람을 아버님, 어머님이라고 부르는 편이 좋을까요?"

마나는 골똘히 생각하며 턱을 매만졌다.

마나의 오빠인 타카미야 신지는 타츠오의 옛 친구다. 그 도 마나와 마찬가지로 30년 전에 행방불명이 됐지만— 우여 곡절 끝에 지금은 이츠카 시도라는 이름으로 타츠오와 하 루코의 양자가 됐다. ······타츠오가 그것을 알게 된 것도 최 근의 일이지만 말이다.

"으음, 마나 양에게 아버님이라 불리니 불가사의한 느낌이 드네······."

"후후. 오라버니의 아버님이라면, 마나의 아버님이나 마찬가지예요. 안 그래요? 아버님~!"

"하하, 좀 봐줘."

"괜찮잖아요, 아버님. 오래간만에 만나버리는 거니까요!"

마나는 장난스럽게 타츠오의 손을 잡았다. 그런 순진무구한 행동을 본 타츠오는 쓴웃음을 흘렸다.

"흥흐흐흥~……."

역 화장실을 나선 하루코는 콧노래를 흥얼거리면서 타츠오가 기다리는 장소로 향했다.

곧 아들딸과 재회할 수 있다고 생각하니 마음이 들떴다. 물론 오늘 귀국도 자식들에게 미리 알려주지는 않았다. 하루코와 타츠오는 상대방을 놀래주는 걸 좋아하는 것이다. ……뭐, 그 바람에 지난번 귀국 때는 도리어 엄청나게 놀랐지만 말이다.

하지만 이제 자신들의 집에 정령들이 드나든다는 것을 알고 있다. 오래간만에 그녀들과 재회하는 것도 고대하고 있었다.

"그건 그렇고—."

하루코는 걸음을 옮기면서 혼잣말을 중얼거렸다.

그러고 보니, 아까 타츠오가 했던 말도 신경이 쓰였다.

"만나게 해주고 싶은 사람……. 대체 누구일까?"

타츠오가 드물게 휴가를 신청한 것이다. 그만큼 하루코를 놀래줄 자신이 있는 것이리라. 대체 누구일까. 만나게 해주고 싶은 사람…… 그렇다면 이제까지 만난 적이 없거나, 혹은 오랫동안 교류가 없었던 사람일 것이다. 그렇다면…….

"헉. 설마 시~ 군의 여친……?"

하루코의 눈썹이 움찔했다. 참고로 코토리의 보이프렌드일 가능성도 머릿속을 스쳤지만, 그렇다면 타츠오의 텐션이 지금보다 낮았을 거라는 생각이 들었다.

뭐, 그건 하루코도 마찬가지다. 시도와 코토리에게 애인이 생기는 건 기쁜 일이며, 그런 일이 벌어진다면 진심으로 축복해줄 생각이다. 하지만 쓸쓸함을 전혀 느끼지 않을 것 같지는 않았다.

"맞아. 서프라이즈라면 꼭 좋은 일이라고 단정 지을 수는 없어……."

하루코는 생각을 고치려는 듯이 고개를 저었다. 그렇다. 「나, 실은 빚이 있어……」 하며 사채업자를 소개해주거나, 「나, 실은 힙합으로 먹고살까 해……」 하면서 음악 스승을 소개해주거나, 「나, 실은 좋아하는 사람이 따로 있어……」 하며 불륜 상대나 숨겨둔 애를 소개해줄 가능성도 없는 건 아니다.

"—에이, 탓군이 그런 짓을 할 리 없잖아. 아하하."

하루코는 자신의 머릿속을 스친 생각을 떨쳐내려는 듯이

웃음을 터뜨렸다. 타츠오의 재무 상황은 항상 확인하고 있으며, 음악으로 먹고사는 것을 꿈꿀 만큼 노래를 잘 부르지도 않는다. 게다가, 다른 사람도 아니고 타츠오가 바람을 피울 리가—.

"······."

바로 그때, 하루코는 입을 다물었다. 타츠오의 사랑을 의심하는 건 아니지만, 그는 여러모로 위험한 구석이 있다고나 할까, 여성이 오해하게 하는 일면이 없지도 않다. 직장에서도 온화한 성격과 이지적인 언동 덕분에 여성 동료에게 인기가 있으며, 누구에게나 상냥한데다 그런 쪽으로 대비를 전혀 안 해서 좀 위험할 때가 있는 것이다. ······그리고 보니 요즘 들어 누군가와 몰래 연락을 취하고 있는 것 같던데······.

"에이, 말도 안 돼······."

—바로 그때, 하루코가 걸음을 멈췄다.

앞쪽에 있던 타츠오와— 어떤 소녀가 눈에 들어온 것이다. 중학생 정도일까. 활발한 분위기의 여자애다.

뭐, 그건 좋다. 그것만이라면 누가 길을 물었을 거라고 여겼으리라.

문제는 그 소녀와 타츠오가 손을 맞잡은 채, 친근하게 이야기를 나누고 있다는 점이다.

"하하, 좀 봐줘."

"괜찮잖아요, 아버님. 오래간만에 만나버리는 거니까요!"

"——."

그, 대화를 듣고……

하루코는 쥐고 있던 스마트폰을 놓쳤다.

타츠오와 마나가 장난스럽게 이야기를 나누고 있을 때, 오른편에서 턱 하고 뭔가가 떨어지는 소리가 들렸다.

"어?"

그쪽을 쳐다보니, 하루코가 눈에 들어왔다. 아무래도 어느새 화장실에서 돌아온 것 같았다. 믿기지 않는 광경을 본 듯한 표정을 짓고 있으며, 얼굴이 새파랗게 질려 있었다.

한순간, 행방불명됐던 친구를 보고 놀라서 저러나 했지만 — 아니다. 왠지 반응이 이상했다. 놀란 건 맞지만, 환희나 감동이 아니라 전율과 분노에 사로잡힌 것처럼 보였다.

"아, 아아아아아아아아아아아아아…… 아버님……?"

하루코가 부들부들 떨면서 타츠오를 손가락으로 가리키더니, 망연자실한 목소리로 그렇게 말했다.

"아."

타츠오는 그 말을 듣고 눈을 동그랗게 떴다.

듣고 보니 지금 상황은 엄청난 오해를 초래하고도 남을 광경이었다.

"수, 숨겨둔 아이……? 게다가 코토와 몇 살 차이가 나지 않는…… 설마, 만나게 해주고 싶은 사람이라는 게—."

"아냐, 하루. 내 말 좀 들어봐. 이쪽은—."

"—탓군은 바람둥이이이이이이이이이잇!"

하루코는 타츠오의 말을 막듯 고함을 지르더니, 그대로 뛰어가 버렸다.

◇

"윽…… 훌쩍……. 그, 그렇게 된 거야……."

이츠카 가로 뛰어 들어온 하루코는 울먹거리면서 그렇게 말하더니, 콧물을 들이마신 후에 시도가 끓여준 홍차를 단숨에 들이켰다. 홧술이 아니라 홧밀크티였다. 아직 좀 뜨거웠던 건지, 살짝 사레가 들었다.

"다른 사람도 아니고 아빠가……."

"뭔가 잘못된 것 아닐까……?"

이야기를 들은 시도와 코토리는 당혹스러운 표정을 지으며 서로를 쳐다보았다.

그럴 만도 했다. 아버지가 어느새 바람을 피우고 있었으며, 숨겨둔 애까지 있었다니 말이다.

하지만 성실하고 상냥한 아버지인 타츠오한테 숨겨둔 애가 있다니, 아무리 생각해도 믿기지가 않았다.

게다가 미오와 해후하면서 『타카미야 신지』의 기억을 되찾은 시도에게 있어, 하루코와 타츠오는 양부모님임과 동시에 옛 지인들이다. 그런 두 사람이 헤어진다는 이야기를 들으니, 기분이 복잡했다.

"잘못?! 뭐가 어떻게 잘못되면, 중학생 정도의 여자애에게 손을 잡힌 채 『아버님』 같은 소리를 듣는데?! 내가 모르는 사이에 일본에서는 그런 풍습이 생겨난 거야?!"

하루코가 거칠게 찻잔을 내려놓으며 고함을 질렀다. ……뭐, 확실히 그 말이 옳았다.

하지만 그렇다고 해서 부모님의 이혼 위기를 입 다물고 지켜보기만 할 수는 없다. 시도는 어떻게든 하루코를 달래기 위해 말을 이었다.

"지, 진정해. 진짜로 『아버님』이라고 말한 거야? 혹시 잘못 들은 게……."

"맞아~. 그리고 진짜로 『아버님』이라고 불렀더라도, 아버지란 의미가 아닐지도 모르잖아? 용돈 주는 아빠 같은 의미일지도……."

"그건 그것대로 문제거드으으으은?!"

코토리의 말을 들은 하루코가 절규를 토했다. 맞는 말이었다. 시도가 「무슨 소리를 하는 거야」 라는 눈빛으로 코토리를 쳐다보니, 그녀는 「미안……」 하고 말하며 혀를 날름했다.

"하아, 정말……. 전부터 위험하다고 생각했어! 그 사람은 묘하게 여성에게 인기가 있고, 내추럴 러키 색골 체질인데다, 그런 걸 거절하는 것도 잼병이란 말이야……! 근본적으로 사람이 너무 좋아서 문제야! 그래서 나쁜 여자에게 속은 게 분명해!"

하루코가 머리를 쥐어뜯으면서 신음하듯 그렇게 외쳤다. 시도는 칭찬인지 비난인지 종잡을 수 없는 그 말을 듣고 무심코 쓴웃음을 지었다.

"왠지 애정을 과시하는 소리처럼 들리는데……."

시도가 그렇게 말하자, 하루코는 날카로운 눈빛을 머금으며 말을 이었다.

"아무튼! 배신자에게는 피의 보복을! 바람둥이에게는 죽음의 철퇴를! 이렇게 되면 위자료를 왕창 뜯어내고 말겠어……! 시~ 군과 코토는 물론 이 엄마를 따라와 줄 거지……?!"

하루코는 몸을 쑥 내밀면서 시도와 코토리를 쳐다보았다. 확실히 시도와 코토리는 아직 미성년자다. 만약 부모님이 이혼한다면, 어느 한쪽을 따라가야만 한다.

하지만 그것은 이 자리에서 바로 결정할 수 있는 일이 아니다. 시도가 당혹스러운 표정을 짓다가 흥분한 하루코를 진정시키려는 것처럼 천천히 말을 이었다.

"만약 엄마의 말이 사실이라면 어쩔 수 없을지도 모르지만…… 일단 아빠의 이야기도 한 번 들어보자. 엄마는 아빠의 변명도 들어보지 않고 여기까지 뛰어왔지? 뭔가 이유가 있을지도 모르잖아."

"맞아. 일단 아빠의 핸드폰으로 전화를 해볼 테니까······."

코토리가 그렇게 말하며 자기 스마트폰을 꺼내더니, 익숙한 손놀림으로 화면을 터치하기 시작했다.

그 모습을 본 하루코는 얼굴을 찡그리더니, 또 엉엉 울기 시작했다.

"으, 흑······ 우에에에에에엥! 시~ 군과 코토까지이이이이이잇~! 이 가정에 내 편은 없어어어어어어어어엇!"

"아······! 엄마?!"

시도는 말리려고 해봤지만, 이미 늦었다.

하루코는 큰 소리로 엉엉 울면서 소파에서 벌떡 일어나더니, 그대로 집을 뛰쳐나갔다.

◇

"······정말 미안해요. 장난이 좀 심해버렸나 봐요."

마나는 진심으로 미안해하는 표정을 지으며 고개를 숙였다. 타츠오는 쓴웃음을 머금으며 고개를 가볍게 저었다.

"고개 들어, 마나 양. 나쁜 뜻이 있어서 그런 건 아니잖아?"

"그건 그렇지만······ 괜한 오해를 사게 해버렸잖아요."

"아하하······ 하루는 좀 덜컥 넘겨짚는 버릇이 있거든······."

타츠오는 볼을 긁적이더니, 하루코가 떨어뜨린 스마트폰을 주워서 가방에 넣었다.

"이래선 연락을 취할 수 없겠는걸……. 어쩔 수 없지. 일단 집으로 가자. 하루도 분명 집으로 향했을 거야. 일단 자초지종을 설명하는 게 좋겠어. 그러면 분명 이해해주겠지."

"예, 맞아요……."

마나는 마음을 다잡으려는 듯이 한숨을 내쉬더니, 다시 고개를 들었다. 타츠오는 가볍게 고개를 끄덕인 후, 슈트케이스를 끌면서 역앞 광장을 횡단했다.

"하지만 진짜로 알아보지 못해버렸나 보네요. 옛날에는 매일같이 만났는데 말이에요. 뭐, 30년이나 못 봤으니 어쩔 수 없을지도 모르지만……."

이츠카 가로 향하던 마나가 자신의 얼굴을 만지작거리며 그렇게 말했다.

타츠오는 그 모습을 곁눈질하면서 표정을 약간 굳혔다.

"으음, 그것도 그렇지만 말이야. 옛날 친구가 옛날과 똑같은 모습일 거라고는 보통 생각하지 못할 거잖아? 나도 데이터에 이름이 실려 있지 않았다면, 아마 알아보지 못했을 거야……."

"아, 듣고 보니 그렇네요. 인간은 보통 나이를 먹어버리니까요."

마나가 산속에 사는 선인 같은 소리를 했다. 타츠오는 무심코 쓴웃음을 지었다. ─나이를 먹지 않는 데다 인지를 초월한 힘을 휘두르는 점을 보면, 위저드도 선인과 별반 다르지 않다는 생각이 들었다.

그런 생각을 하면서 이츠카 가를 향해 걷고 있을 때, 갑자기 타츠오의 스마트폰이 울리기 시작했다.

　화면을 보니, 거기에는 『코토리』란 글자가 표시되어 있었다. 타츠오는 화면을 터치한 후에 스마트폰을 귀에 댔다.

　『여보세요? 아빠~? 방금 엄마가 엉엉 울면서 돌아왔다가, 또 엉엉 울면서 뛰쳐나갔는데…… 숨겨둔 아이는 무슨 소리야?』

　코토리가 영문을 모르겠다는 목소리로 그렇게 물었다. 타츠오는 예상을 벗어나지 않는 그 말을 듣고 인상을 찡그렸다.

　"아…… 응. 그게 말이지……."

　타츠오가 간략하게 자초지종을 설명해주자, 코토리는 깜짝 놀란 듯한 목소리로 말했다.

　『어? 마나 말이야? 잠깐만, 마나는 아빠 엄마와 아는 사이었어? 뭐야. 그럼 미리 말해줬으면 됐잖아.』

　"미안해. 하루를 놀래주려고……."

　『일단 알았어. 우리도 엄마를 찾아볼게. 그럼 나중에 봐.』

　코토리는 그렇게 말하며 통화를 끊었다. 그러자 옆에서 걷고 있던 마나가 흥미롭다는 표정으로 쳐다보았다.

　"코토리 양이었나요? 뭐래요?"

　"그게…… 하루가 집에 왔는데, 또 울면서 뛰쳐나갔다네."

　타츠오가 그렇게 말하자, 마나는 납득한 것처럼 「아……」 하고 신음을 흘리며 볼을 긁적였다.

"흑……, 흐흑……."

이츠카 가를 나선 하루코는 그대로 주위를 돌아다니다, 근처 공원에 도착했다. 딱히 갈 곳은 없고, 설령 있다 할지라도 눈물로 범벅이 된 얼굴로 가고 싶지는 않았다.

하루코는 공원 한편에 있는 벤치에 앉더니, 고개를 숙인 채 울었다. 이른 봄치고는 차가운 바람이 하루코의 마음을 더욱 차갑게 만들었다.

"……윽……."

얼마나 그러고 있었을까. 하루코는 갑자기 어깨를 부르르 떨었다.

이유는 단순했다. 고개를 숙인 채 지면을 쳐다보고 있는 하루코의 시야에, 누군가의 발이 들어왔기 때문이다.

"음…… 괜찮은 게냐? 어디 아픈 것이냐?"

그와 동시에 머리 위편에서 그런 목소리가 들려왔다. 하루코는 숨을 살짝 삼키며 고개를 들어보았다.

그러자 자신의 앞에 서 있는 한 소녀가 눈에 들어왔다. 약간 앳된 느낌이 남은 얼굴과, 상냥한 두 눈을 지닌 여자애였다. 나이는 코토리와 비슷해 보였다. 땅에 닿을 듯이 긴 머리카락을 곱게 땋아서 어깻죽지에 걸치고 있었다.

아무래도 이 소녀는 벤치에 홀로 앉아서 고개를 숙이고 있는 하루코가 걱정되어서 말을 건 것 같았다. 마음의 의지

처를 잃고만 하루코는 그녀의 상냥함을 접하고 또 울음을 터뜨릴 뻔 했다.

하지만 그랬다간 눈앞의 소녀가 또 걱정할 것이다. 하루코는 눈물을 닦은 후, 고개를 저었다.

"……괜찮아. 걱정 끼쳐서 미안하구나. 다치거나 병에 걸린 게 아니란다."

"흐음……."

하루코가 그렇게 대답하자, 그 소녀는 낮은 신음을 흘리며 벤치에 앉았다.

"어, 어머? 왜 그러니?"

"괜찮을 리가 없지 않느냐. 다치거나 병에 걸린 게 아닌데도 울다니, 범상치 않은 일을 겪고 있는 거겠지. 말해 보거라. 남에게 털어놓기만 해도 마음이 편해질 때도 있으니 말이다."

"뭐……? 하, 하지만…… 처음 보는 사람에게, 그럴 수는……."

"음, 실례를 범했구나. 무쿠의 이름은 호시미야 무쿠로. 이 근처에 사는 자이니라."

그 소녀는 하루코의 눈을 응시하며 그렇게 말했다. 하루코는 「그런 의미가 아닌데……」 하고 생각했지만, 소녀의 눈길이 너무 진지했기에 아무 말도 할 수 없었다.

"……."

하루코도 생면부지의 인간에게 자기 처지를 함부로 털어

놓지는 않는다. 하지만 지금 이 순간만큼은 상황이 달랐다. 마음이 약해져 있는 상황에서 상대방이 손을 내밀어준 데다— 무엇보다도 그녀의 진지한 눈빛이 재미 삼아서가 아니라, 진심으로 하루코를 걱정해주는 것처럼 느껴진 것이다.

"……으음, 그럼 내 이야기를 조금만 할게."

하루코는 그렇게 말하더니, 헛기침을 한 후에 머뭇머뭇 이야기를 시작했다.

그리고, 몇 분 후…….

"—이렇게 된 거야! 너무하지 않아?! 젠장~, 내가 있는데 에에에에엣!"

결국 머뭇거리면서 이야기를 한 건 처음뿐이었다. 하루코 본인도 누군가에게 자신의 심정을 털어놓고 싶었을 것이다. 이야기를 하면서 점점 흥분하더니, 최종적으로는 술도 안 마셨는데 주정뱅이 같은 상태가 됐다.

"흠, 그래……. 그건 참 너무하구나."

소녀— 무쿠로는 차분한 어조로 하루코의 이야기를 들어주면서, 진지하게 맞장구를 쳤다. 그러니 푸념을 늘어놓고 싶었던 하루코가 흥분하는 것도 무리는 아니었다.

"그렇지~?! 무쿠로 양도 그렇게 생각하지~?! 역시 이혼할 수밖에 없는 거네?!"

"……흐음."

하지만 하루코가 입에서 나오는 대로 그렇게 외치자, 무루코는 처음으로 표정을 굳혔다. 그리고 뭔가를 생각하듯 턱을 매만졌다.

"어…… 무루코 양, 왜 그래?"

하루코가 고개를 갸웃거리며 묻자, 「그게 말이지」 하고 중얼거린 무쿠로는 눈을 내리깔며 고개를 저었다.

"하루코의 말이 맞느니라. 그런 괘씸한 자에게는 따끔한 맛을 보여주는 편이 좋겠지."

"그래! 그럴 수밖에 없겠지?!"

"음. 사랑하는 아내가 있으면서 다른 여자애에게 한눈을 팔다니, 상종 못 할 비열한이니라."

"마, 맞아! 아아, 정말! 또 열불이 나네……!"

하루코가 자신의 손바닥에 주먹을 날리며 발끈하자, 무쿠로는 팔짱을 끼며 고개를 몇 번이나 끄덕였다.

"인간의 이성을 지니고 있다고도 할 수 없을 것이니라. 개돼지보다도 못한 놈이구나. 죽음으로 죄의 대가를 치르게 해주는 편이 좋을 게다."

그리고 그런 흉흉한 말을 입에 담았다. 하루코는 그 갑작스러운 말을 듣더니, 무심코 화들짝 놀랐다.

"……뭐?"

"간통이란 죄에는 그런 형벌이 어울리느니라. 뭐, 뼛속 깊은 곳까지 짐승 같은 욕구에 물든 색마이지 않느냐. 죽는 순간에도 자신의 죄를 깨닫지 못하겠지."

"아, 아니…… 그, 그렇게까지는……. 그는 워낙 사람이 좋고 딱 잘라 거절하지를 못하거든? 아마 자기가 꼬신 게 아니라, 상대방의 유혹에 넘어가서……."

"뭐? 자신의 죄를 남에게 떠넘기려고까지 하는 건가. 정말 상종 못 할 인간쓰레기구나. 그딴 잡것은 빨리 걷어차 버리고, 새로운 남편을 구하는 편이 좋을 테지. 하루코의 말에 귀를 기울이지 않는 자식들도 마찬가지이니라. 아비를 닮아서 변변찮은 인간들일 테지. 완전히 썩어버리기 전에 인연을 끊는 게 현명할 게다."

"마…… 말이 너무 심하잖아!"

무쿠로 같은 가련한 소녀의 입에서 나왔다는 게 믿기지 않는 그 더러운 독설에, 하루코는 무심코 고함을 지르고 말았다.

"숨겨둔 애가 있다는 건 절대 용서 못 하지만, 탓군에 대해 알지도 못하면서 그딴 소리 늘어놓지 마! 그리고 애들은 상관없잖아! 두 사람 다, 나한테는 과분할 만큼 착한 아이들—."

그제야 하루코는 눈치챘다.

하루코의 말을 들은 무쿠로가 부드러운 미소를 머금고 있다는 것을…….

"무쿠로 양, 당신……."

"음—."

하루코가 이름을 부르자, 무쿠로는 천천히 고개를 끄덕였다.

"하루코가 화내고 슬퍼하는 건, 분명 반려자와 자식들을 사랑하기 때문일 테지. ─확실히 하루코의 말이 사실이라면, 심각한 사태라 할 수 있을 것이니라. 이별이란 결과로 이어지는 것을 피할 수 없을지도 모르지."

허나, 하고 무쿠로는 말을 이었다.

"부수는 건 쉽지만, 원래대로 되돌리는 건 어려우니라. 가족이란 존재는 더욱 그러하지. 그 어떤 결과를 맞이한들 후회하지 않도록, 평온한 마음으로 상황을 살필 것을 권하마. ─무쿠처럼 되어선, 안 되느니라."

"……."

무쿠로의 말, 그리고 슬픔이 어린 미소를 본 하루코는 말문이 막혔다.

─아마 무쿠로는 과거에 가족과 어떤 일이 있었을 것이다. 그런 생각이 들고도 남을 정도의 설득력이, 그녀의 표정에 어려 있었다.

머리끝까지 치솟았던 피가, 급격히 식는 느낌이 들었다. ……아아, 무쿠로의 방금 조언은 시도와 코토리가 했던 것과 똑같았다. 왜 자신은 그때, 두 사람의 말에 귀를 기울이지 않았을까. 후회와 부끄러움이 폐부를 가득 채웠다.

찬물을 뒤집어쓴 것처럼 마음이 진정됐다. 하루코는 이마에 손을 대며 고개를 젓더니, 크게 한숨을 내쉬면서 고개를 들었다.

"……고마워. 덕분에 마음이 진정됐어."

"고맙다는 말을 들을 일은 아니다. ……무쿠가 과거에 괴로워하고 있을 때, 누군가가 손을 내밀어줬지. 그 사람과 똑같은 일을 했을 뿐이니라."

무쿠로는 그렇게 말하며 볼을 약간 붉혔다. 하루코는 눈을 가늘게 뜨며 물었다.

"흐음…… 그 사람, 혹시 남자야?"

"윽! 어떻게 안 것이지?"

"아하하, 왠지 그런 느낌이 들었어. ―멋진 남자네. 그런 사람을 놓치면 안 돼. 다른 여자애가 채가지 않게 조심해."

"음…… 그래야 하는 게냐."

무쿠로는 턱을 만지며 그렇게 중얼거렸다. 그 모습이 귀엽게 느껴진 하루코는 무심코 훈훈한 표정을 지었다.

"아무튼, 정말 고마웠어. ……일단, 이야기를 나눠볼게."

"음."

하루코가 그렇게 말하자, 무쿠로는 기쁘다는 듯이 미소지었다.

"―이쪽은 꽝이었어요. 그쪽은 어떤가요?"

"이쪽에도 없었어. 보이지 않아."

마나가 고개를 저으며 그렇게 말하자, 타츠오도 비슷한

동작을 취하며 대꾸했다.

현재 두 사람은 동텐구 주택가에 있었다. 일단 이츠카 가에 짐을 가져다 둔 타츠오와 마나는 사라진 하루코를 찾기 위해 집 부근을 뛰어다니고 있었다.

시도와 코토리도 하루코를 찾고 있지만, 그 두 사람도 진전은 없는 것 같았다. 착신 이력이 없는 스마트폰 화면을 힐끔 쳐다본 후, 마나는 하아 하고 한숨을 내쉬었다.

"정말, 어디에 가버린 걸까요. 더는 갈만한 곳이 없을 것 같은데……."

"응……. 빨리 찾아서 오해를 풀어야 하는데……."

마나와 타츠오가 난처한 표정을 지으며 팔짱을 낀, 바로 그때였다.

마나의 뒤편에서 빠앙빠앙~ 하는 우스꽝스러운 경적이 들려왔다.

"어?"

그 소리를 듣고 뒤를 쳐다보니, 그곳에는 스쿠터에 탄 한 여성이 있었다. 후줄근하고 실밥이 터진 운동복 차림의 여성이었다. 도색이 약간 벗겨진 헬멧과 우락부락해 보이는 고글이 묘하게 어울렸다.

"헤이~, 마나티. 이런 데서 뭐 하는 거야?"

"니아 씨!"

그 여성을 본 마나는 눈을 치켜뜨며 상대방의 이름을 말했다. 그렇다. 그녀는 이 시내에 사는 만화가이자 정령인 혼죠 니아다.

"······어? 그런데 저기 있는 나이스 미들은 누구야? 흠흠······ 인축무해 안경/유혹수(受)처럼 보이지만, 실은 귀축 안경/순수공(攻) 같네. 무시무시해."

"그 말의 의미는 잘 모르겠지만, 변변치 않은 소리라는 것만큼은 알아버리겠어요."

마나는 도끼눈을 뜨며 한숨을 내쉬더니, 다시 소개를 하려는 듯이 입을 열었다.

"이쪽은 오라버니와 코토리 씨의 아버님이에요. 아스가르드 일렉트로닉스의 연구원이며, 〈프락시너스〉의 제조에게 관여하고 있대요. 그리고 경위가 좀 복잡하긴 한데, 마나의 옛 선배이기도 해버려요."

"안녕하세요. 이츠카 타츠오라고 합니다."

"흐음~, 소년과 여동생 양의 파더? —어, 〈프락시너스〉를 만든 사람이야? 대단하네. 하지만 그 배의 AI는 나한테만 너무 매몰찬데, 그건 버그 아니에요? 서비스 기간 안 끝났다면 수리를 부탁하고 싶은데요."

"그, 그래? 그런 보고는 못 받았는데······."

타츠오는 당혹스러운 표정을 지으며 볼을 긁적였다. 그 모습을 본 마나는 쓴웃음을 지으며 말을 이었다.

"—선배, 이쪽은 정령인 니아 씨예요."

"뭐, 정령?"

마나의 말을 들은 타츠오가 니아를 다시 응시했다. 그 시선을 느낀 니아가 「웃홍~」하며 요염한 포즈를 지었다. 마나는 그 모습을 보더니, 또 한숨을 내쉬었다.

"예. 하지만 발언 중 7할 정도는 헛소리인 사람이니까, 그냥 무시해버려도 돼요."

"휘유~. 마나티는 평소와 다름없이 쿨하네~."

니아는 그렇게 말하며 깔깔 웃었다. 마나도 니아의 그런 부분을 딱히 신경 쓰지는 않지만, 타츠오는 사람 말을 너무 진지하게 듣는 경향이 있기에 미리 그렇게 말해준 것이다.

"흐음, 이츠카 타츠오…… 소년과 여동생 양의 파더……."

니아는 뭔가를 생각하듯 턱을 매만졌다. 마나는 의아하다는 듯이 고개를 갸웃거렸다.

"왜 그래요?"

"아, 어떤 별명이 좋을까 싶어서 말이야~. 다들 내가 어떤 별명을 붙일지 고대하잖아?"

"딱히 그런 적은 없는데요……."

마나티라는 수중 생물 같은 별명이 붙은 마나가 인상을 찡그렸지만, 니아는 개의치 않는 눈치였다. 그리고 곧, 뭔가가 생각난 것처럼 손뼉을 쳤다.

"그래. 이번에는 알기 쉽게 가자. 『파파』로 해야지."

"……그것만은 관두세요. 앞으로 어떤 상황이 벌어질지 예상되어버리거든요."

마나는 한숨을 내쉬며 고개를 저었다. 타츠오는 난처하다는 듯이 쓴웃음을 머금었다.

"어, 반대하는 이유가 좀 특이하네. 무슨 일 있는 거야?"

니아는 눈을 껌뻑였다. 마나는 타츠오와 시선을 마주한 후, 「실은……」 하고 자초지종을 간략하게 설명해줬다.

"흠흠, 오호라……. 정석적인 착각 이벤트입니까~."

니아는 팔짱을 끼면서 고개를 끄덕이더니, 곧 히죽 웃었다.

"그런 문제라면, 두 사람은 재수가 되게 좋네."

"예?"

마나와 타츠오가 눈을 동그랗게 뜨자, 니아는 검지를 세워서 좌우로 까딱거렸다.

"내가 누구인지 잊은 거야? 이 세상에 모르는 게 없는 무적의 천사 〈라지엘〉을 지닌 슈퍼 뷰티 스피릿 걸, 니아 님이거든~?"

"아―."

니아의 말을 들은 마나가 짤막한 탄성을 토했다.

듣고 보니 맞는 말이었다. 그녀가 지닌 책의 천사 〈라지엘〉의 전지(全知)의 천사라고 불린다. 이 세상의 모든 사상을 『알 수』 있는, 반칙급 권능을 지닌 천사다. 하루코가 어디 있는지 간단히 알아낼 수 있을 것이다.

"그래……. 맞는 말이네요."

"우훗후~, 그렇지? 장소는 물론이고, 뭘 하고 있는지도 전부 알아낼 수 있거든~? 마음속까지는 알 수 없지만, 말과 행동을 통해 화가 났는지도 알 수 있을 거야. 상대방이 좀 진정했을 타이밍에 돌격하면 될 것 같지 않아?"

"그래요…… 효율적이네요. 〈라지엘〉은 토키사키 쿠루미의 천사라는 이미지가 있어서, 거기까지 생각이 미치지 않았어요."

"이, 이 몸을 하위 호환 취급하지 마~!"

마나의 말을 들은 니아가 고함을 질렀다. DEM과의 최종 결전 당시의 일로 쿠루미 또한 〈라지엘〉을 가지게 된 것이, 니아도 조금은 신경 쓰이는 것 같았다.

"정말~, 그런 소리 하면 알아봐주지 않을 거야~!"

"아, 죄송해요. 잘 부탁할게요."

"어쩔 수 없네……."

니아는 입술을 삐죽 내밀면서 그렇게 말하더니, 손가락을 튕겼다.

그에 맞춰 빛의 입자가 모여들면서, 한 권의 책이 생겨났다.

"오오……?!"

그 광경을 본 타츠오가 깜짝 놀랐다. 무리도 아닐 것이다. 데이터상으로는 알고 있더라도, 천사 현현의 순간을 목격한 것은 처음일 테니 말이다.

그런 리액션을 보고 기분이 좋아진 건지, 니아는 씨익 웃으며 페이지에 손가락을 댔다.

그리고 의식을 집중시키려는 듯이 눈을 감더니, 지면을
훑듯 손가락을 옮겼다.

"흠……. 주택가를 벗어나지는 않은 것 같네. 응? 누군가
와 같이 있어. 이건…… 무쿠찡?"

"무쿠로 씨, 말인가요?"

뜻밖의 이름을 들은 마나가 눈을 치켜떴다. 호시미야 무
쿠로. 니아와 마찬가지로, 시도에게 영력을 봉인 당한 정령
이다. 혼자 있던 하루코와 우연히 만난 걸까?

그 질문에 답하지 않은 니아의 눈썹이 희미하게 흔들리더
니, 그녀는 눈을 감은 채 말을 이었다.

"그것보다…… 우와, 기분 엄청 나빠 보이네. 방금까지는
좀 진정된 것 같았는데, 지금은 어마무시하게 화난 것 같잖
아? 등 뒤에서 불꽃이 활활 타오르는 레벨이야. 손도 부들
부들 떨고 있어. 시선이 향한 곳…… 뭔가를 보고 있어……?
불륜 현장? 숨겨진 애만이 아니라 불륜 상대까지 나타났
다? 잠깐만, 이건─."

바로 그때, 뭔가를 눈치챈 니아가 눈을 치켜뜨며 왼편을
쳐다보았다. 덩달아 마나와 타츠오도 그쪽을 쳐다보았다.

"─아."

그리고, 눈치챘다. 어느새 나타난 건지, 분노에 찬 표정을
지은 하루코가 그 자리에 있었다.

그녀의 표정을 보아하니, 또 단단히 착각을 한 게 틀림없
어 보였다.

　"하, 하, 하—."

　"하, 하루!"

　"하필이면 저딴 여자와아아아아아아앗!!"

　하루코는 타츠오의 말을 듣지도 않더니, 눈물을 줄줄 흘
리며 어딘가로 뛰어갔다.

　주택가의 길을 달리면서, 하루코는 하염없이 후회에 사로
잡혔다.

　무쿠로의 설득으로 일단 타츠오의 말을 들어보자고 생각
해 집으로 향해 걷고 있을 때, 우연히 남편과 마주치고 말
았다.

　게다가 예의 숨겨둔 자식(가칭)뿐만 아니라, 또 한 명의 여
성을 데리고 있었다. 꽤나 친근하고 가까운 사이 같았다. 여
자의 감이 하루코에게 알려줬다. —저 여성이, 숨겨둔 자식
(가칭)의 어머니가 틀림없다고…….

　"우에에에에에에엥! 탓군은 바보오오오오오오오!"

　하루코는 눈물을 펑펑 쏟으며, 길을 내달렸다.

　전혀 각오하지 않았다면 거짓말이겠지만, 이렇게 갑작스레
현장을 목격하게 될 줄은 몰랐다. 게다가, 게다가, 상대가

저런 타입의 여성일 줄이야. 꾀죄죄하고 촌스러운 운동복 차림에, 마감 직후의 만화가처럼 녹초가 된 듯한 얼굴. 하루 코와는 전혀 다른 타입의 여자다. 머릿속에서 여러 감정이 엉망으로 뒤엉켰다. 같은 맛만 계속 보다 보면, 때로는 다른 맛을 즐기고 싶어지는 것이 남자의 본성인 걸까. 아니면 원 래 저런 마니악한 취향을 가지고 있었던 걸까. 아아, 아아, 젠장, 미리 말해줬다면 밤샘 직후에 촌스러운 운동복 정도 는 입어줬을 텐데—.

—다음 순간…….

하루코의 그런 생각을, 격렬한 자동차 경적이 끊었다.

그리고, 이해했다. 자신이 어떤 상황에 처한 건지를 말이다.

그렇다. 앞뒤 살피지 않고 길을 내달리며 십자로를 가로지 르려던 순간, 왼편에서 맹렬한 스피드로 달려오는 자동차의 모습이 보인 것이다.

"위험해!"

"하루코!"

"아—."

반쯤 무의식적으로, 목에서 짤막한 목소리가 흘러나왔다.

갑작스러운 일에 놀란 나머지, 몸이 굳어버리고 말았다. 하지만 의식만은 냉정하게 상황을 파악하고 있었다.

마치, 시간이 수백 배로 늘어난 듯한 느낌이다. 이것이 주 마등이라는 걸까. 머릿속에 다양한 광경이 떠올렸다, 사라졌다.

"＿＿."

하루코는 그제야 눈치챘다. 차례차례 떠오르는 광경들이, 시도와 코토리, 그리고 타츠오의 얼굴로 가득 차 있다는 것을…….

―그렇다. 방금 그런 일이 있었는데도, 역시 자신은 그 사람을 사랑하는 것이다―.

"하루우우우우우우우우우!!"

바로 그때였다. 그런 고함이 들리더니, 하루코는 누군가가 자신을 꼭 끌어안는 감촉을 느꼈다.

그 사람이 누구인지는 생각해볼 필요도 없다. ―타츠오다. 뒤편에서 뛰어온 타츠오가, 하루코를 감싸려는 듯이 몸을 날린 것이다.

하지만― 늦었다. 차는 이미 코앞까지 다가온 상태다. 이 타이밍에는 차를 피할 수 없다. 만약 하루코가 목숨을 건지더라도, 타츠오가 희생되고 만다.

시간이 느리게 흘러가는 가운데, 하루코는 어떤 가능성을 떠올렸다.

그것이 바로, 타츠오의 목적일지도 모른다는―.

"안 돼, 탓―"

하루코가 타츠오의 이름을 부르려던 순간―

세상이, 정지됐다.

"어……?"

위화감에 감싸인 하루코는 눈을 깜빡였다. 마치 하루코와 타츠오, 그리고 다가오는 차가 눈에 보이지 않는 거대한 손에 감싸인 듯한 느낌이다.

하루코와 타츠오의 몸이 공중을 가르듯 떠오르며, 차를 피했다. 그리고 차가 지나간 후, 지면에 살며시 놓였다.

"방금 그건—."

"아야야…… 하루, 다친 데는 없지……?"

하루코가 망연자실한 표정으로 눈을 동그랗게 뜨고 있을 때, 그녀의 밑에 깔려 있던 타츠오가 신음에 가까운 목소리로 그렇게 말했다.

"아…… 응. 어……."

하루코는 그제야 눈치챘다. 하루코를 감싸려는 듯이 꼭 끌어안은 타츠오의 손이, 그녀의 가슴을 꼭 움켜잡았다는 사실을…….

"……탓군은 이럴 때도 여전하다니깐."

"아…… 미안해. 일부러 그런 건……."

타츠오는 허둥지둥 손을 뗐다. 하루코는 작게 한숨을 내쉬며 쓴웃음을 지었다.

"괜찮아. 알아. ……고마워. 덕분에 살았어."

하루코는 그렇게 말한 후, 주위를 두리번거렸다.

"……그건 그렇고, 대체 무슨 일이 일어난 거야? 탓군, 혹시 위기 상황에서 초능력에 눈뜨기라도 한 거야?"

"아, 내가 한 게 아냐. 아마 이건— 임의영역^{테리터리} 아닐까?"

타츠오가 흘러내린 안경을 고쳐 쓰며 그렇게 말했다. 테리터리. 그것은 위저드가 리얼라이저로 전개하는 결계 같은 것이다. 그 힘이라면, 방금 같은 현상을 일으키는 것이 가능하리라.

"하지만, 대체 누가 테리터리를—."

"—정말, 하루코는 여전히 덜렁이네요. 타츠오 선배를 너무 곤란하게 만들어버리지 말라고요."

바로 그때였다.

하루코의 질문에 답하듯, 위편에서 누군가의 목소리가 들려왔다.

고개를 들자, 한 소녀가 눈에 들어왔다. 타츠오의 숨겨둔 자식(가칭)이다.

"어—."

하루코는 무심코 숨을 삼켰다.

상대방이 서 있는 모습이, 얼굴이, 그리고 저 특이한 말투가……

기억 속에 존재하는 어느 소녀와, 놀라울 정도로 흡사했다.

물론, 말도 안 되는 일이다. 그녀는 30년도 전에 행방불명이 됐으며, 하루코와 동갑이다.

하지만 그런 도리와 상식을 전부 무시해버릴 만큼, 지금

눈앞에 선 소녀의 모습은 너무나도 『그녀다웠다』. 하루코는 반쯤 얼이 나간 채 그 얼굴을 올려다보며, 떨리는 목소리로 말했다.

"마, 나……?"

하루코가 그렇게 말하자…….

"—예. 오래간만이에요, 하루코."

타카미야 마나는 옛날과 다름없는 미소를 지으며 그렇게 대답했다.

◇

"정말! 그렇게 된 거야?! 탓군은 바보! 그런 거면 빨리 말해주면 좋았잖아!"

"응. 뭐, 말하려고 하긴 했는데……."

"하하…… 어쨌든, 오해가 풀려서 다행이야."

이츠카 가의 거실에서 하루코와 타츠오의 이야기를 듣던 시도가 힘없이 쓴웃음을 흘렸다.

시도와 코토리가 하루코를 찾는 사이에 한바탕 문제가 발생했던 것 같지만, 아무래도 원만하게 해결된 것 같았다. 시도와 코토리는 은근슬쩍 시선을 교환한 후, 동시에 안도의 한숨을 내쉬었다.

"그건 그렇고, 마나가 DEM에 납치당해서 위저드가 됐을 줄은 몰랐어……. 괜찮은 거야?"

하루코가 걱정스러운 어조로 묻자, 맞은편 소파에 앉아있던 마나가 과장스럽게 어깨를 으쓱했다.

"예. 뭐, 몸을 멋대로 개조당한 것 같지만 그것도 다 나았어요. 무엇보다 그 밥맛 사장을 박살 내준 덕분에, 화도 풀려버렸고요."

"후후…… 그런 면은 옛날이나 지금이나 똑같네. 좀 안심이 돼."

하루코는 웃으면서 눈가를 훔쳤다.

그녀의 심정도 이해가 안 되는 건 아니다. 두 번 다시 만나지 못할 줄 알았던 친구와 이렇게 재회한 것이다. 일전의 결전에서 신지의 기억이 되살아난 시도 또한 감개무량한 광경이었다.

바로 그때, 하루코는 뭔가가 생각난 것처럼 「맞아」 하고 말하며 손뼉을 치더니, 마나의 옆에 있던 무쿠로와 니아를 쳐다보았다. 듣자하니 무쿠로는 하루코와, 그리고 니아는 타츠오와 우연히 마주쳤다고 한다.

"정령 아가씨들과도 제대로 인사를 나눠야겠네. ―이츠카 하루코라고 해. 시~ 군과 코토가 항상 신세를 많이 지고 있다며?"

"음. 그렇지 않으니라. 오히려 무쿠들이 신세를 지고 있지."

"맞아~. 개의치 마. 그것보다 이츠카 마마. 아까 『하필이면 저딴 여자와아아아아아앗!!』하고 외쳤지? 저딴 여자는 어떤 여자야? 나 말한 거 아니지? 응? 그렇지?"

무쿠로는 미소를 지으며 대꾸했고, 니아는 빙긋 웃으며 고개를 갸웃거렸다. 그러자 하루코는 진땀을 흘리며 시선을 피했다.

"그, 그건 그렇고 아까 탓군은 정말 멋졌어! 내가 위기에 처한 순간에 바람처럼 나타나서 구해줬잖아! 시~군과 코토한테도 그 멋진 모습을 보여주고 싶었다니깐~!"

하루코가 과장스럽게 손짓 발짓을 섞으며 흥분한 어조로 그렇게 말하자, 타츠오는 멋쩍은 듯이 머리를 긁적였다.

"아하하…… 결국 나 혼자서는 무리라서, 마나 양한테 도움을 받았지만 말이야."

"중요한 건 그게 아냐. 구해주려 했다는 게 중요하단 말이야. ……그래도, 너무 무리하지는 마. 탓군한테 무슨 일이 생긴다면, 나도 못 살 거야."

"하루……."

"탓군……."

두 사람은 눈을 반짝이며 서로를 응시했다. 아무래도, 궁지를 극복하면서 유대가 더욱 끈끈해진 것 같았다. 신혼 커플 같은 그 모습을 본 시도는 무심코 쓴웃음을 지었다.

"방금까지 다툰 사이처럼 안 보이네."

"뭐, 아빠가 바람을 피울 리가 없는걸~."

코토리는 어깨를 으쓱하며 그렇게 말했다. 시도도 동의한다는 듯이 같은 동작을 취했다.

하지만— 바로 그때였다.

"—어머."

갑자기 거실의 문이 열리더니, 그런 목소리가 들렸다.

이웃에 있는 맨션에 사는 정령이 놀러 왔나 했더니— 아니었다. 그 사람은 색소가 옅은 머리카락을 하나로 모아 묶은 소녀였다.

마리아. 공중함 〈프락시너스〉의 AI가 리얼라이저와 천사의 권능으로 실제 몸을 얻어 탄생한 존재다.

"아, 마리아. 어서 와."

"예. 보기 드문 분들이 오셨군요, 시도."

마리아는 거실에 있는 하루코와 타츠오를 흥미롭다는 듯이 쳐다본 후, 차분한 발걸음으로 다가갔다.

그리고 타츠오의 앞에 서더니, 화사한 미소를 지으며 말했다.

"만나 뵙고 싶었어요. —아버지."

"뭐어……?!"

마리아가 그렇게 말하자, 방금까지 온화하던 하루코의 표정이 얼어붙었다. 타츠오는 영문을 모르겠다는 듯이 입을 쩍 벌렸다.

……확실히 마리아는 〈프락시너스〉의 AI이니, 하루코와 타츠오를 부모님이라고 여길 수도 있겠지만—

"그런 소리를 타이밍 좀 봐가면서 해, 마리아아아아아아앗!"

시도는 비명에 가까운 목소리로 그렇게 외치더니, 또 눈물을 흘리며 뛰쳐나가려 하는 하루코의 손을 어찌어찌 움켜잡았다.

정령 캠핑

CampingSPIRIT

DATE A LIVE ENCORE 10

사람이 여행을 떠나는 이유는 다양하다.

견문을 넓히기 위해 미지의 땅으로 향하는 이도 있고, 새로운 만남을 추구하며 여행을 떠나는 이도 있다. 그저 관광을 위해 가볍게 여행을 떠날 때도 있을 것이며, 학교 행사의 일환인 수학여행과 소풍도 어엿한 여행이다.

물론 무언가로부터 몸을 감추기 위해 고향을 버리는 이도 있으며, 허락되지 않는 사랑을 하게 되어 도피행을 떠나는 이도 있으리라.

혹은—.

"—다아아아아알리이이이이이잉! 코토리 야아아아아아앙! 어어어어, 엄청난 사실을 깨달았어요오오오오! ……예? DEM? 아, 그런 게 아니라요. 저는 이번 달에 졸업하는데,

온갖 소동에 휘말리느라 졸업여행을 못 갔어요오오오! 우에에엥! 너무해요오오오오! 이대로 있다간, 욕구 불만이 쌓여서 큰일날지도 몰라요오오오오! 헉, 크윽…… 도, 도망치세요, 달링, 코토리 양……! 왠지, 갑자기 두 사람이 맛있어 보여…… 크어어어어엉!"

……느닷없이 집에 쳐들어온 인기 아이돌이 이런 소리를 늘어놓으며 달려들었기 때문에, 여행을 계획할 수밖에 없게 되는 가능성 또한, 없다고는 단정할 수 없다.

이리하여, 정령들의 졸업여행이 개최되게 되었다.

◇

"으음—."

나뭇잎 사이로 쏟아지는 햇살을 맞고, 졸졸 흐르는 물소리를 들으며, 이츠카 시도는 크게 기지개를 켰다.

주위를 둘러보니, 드문드문 존재하는 나무들과 적당히 정비된 들판이 눈에 들어왔다. 잔잔히 흐르는 맑은 강, 때때로 들려오는 벌레와 새 소리. 사람 손을 전혀 타지 않은 자연은 아니지만, 도회지의 인간이 즐기기에는 딱 정당한 레벨일 것이다.

비수기라 그런지, 〈라타토스크〉가 손을 썼기 때문인지, 아니면 원래 인적이 드문 건지는 모르겠지만, 이곳에는 시도 일행 뿐이었다. 개방적인 공기를 온몸으로 느끼려는 듯이, 시도는 또 기지개를 켰다.

"때로는 이런 것도 괜찮은걸."

"응. 계기 자체는 좀 그렇지만, 이런 식의 힐링도 나쁘지 않은 것 같아."

시도가 그렇게 중얼거리자, 옆에 있던 여동생인 코토리가 두 개로 나눠 묶은 머리카락 끝을 흔들며 고개를 끄덕였다. 시원해 보이는 티셔츠 차림에 퀼로트 스커트라는 가벼운 옷차림이며, 좋아하는 막대사탕을 입에 물고 있었다.

그렇다. 시도 일행은 자택에서 차로 약 두 시간 거리에 있는, 강가의 캠핑장에 와있었다.

시도와 코토리가 여행을 가는데, 정령들이 따라오지 않을 리가 없었다. 강 쪽을 쳐다보니, 수영복으로 갈아입은 토카와 요시노 일행이 즐겁게 물놀이를 하고 있었다.

지금은 3월이다. 계정상 봄이라고는 해도, 강에 들어가기에는 너무 이른 시기다.

하지만 불가사의하게도 이 여행이 결정된 순간부터 기온이 점점 올라가더니, 지금은 초여름 날씨가 됐다.

마치 이 세상을 다스리는 신이 「호오, 캠핑을 가는 건가」하고 중얼거리며 편의를 봐주기라도 한 듯한, 그런 이상기후다. 시도는 〈라타토스크〉의 관여를 의심했지만, 아무래도 코토리는 아는 바가 없는 것 같았다. 불가사의한 일도 다 있다.

"어이~! 시도! 물놀이 안 할 것이냐?"

"시원해서 참 기분 좋아요."

토카 일행이 시도와 코토리를 향해 힘차게 손을 흔들었다. 시도는 「응, 금방 갈게」 하고 말하며 마주 손을 흔든 후, 다른 멤버들을 확인하듯 주위를 둘러보았다.

토카, 요시노와 함께 놀고 있는 오리가미, 나츠미, 무쿠로. 강가에서 평평한 돌을 찾아서 누가 물수제비를 더 많이 성공하는지로 승부를 하고 있는 카구야와 유즈루. 그리고 그 옆에서 다른 이들을 둘러보며 즐거운 듯이 미소 짓고 있는 쿠루미와 벌써 캔맥주를 따고 있는 니아의 모습이 눈에 들어왔다.

"……어, 그러고 보니 주최자 격인 미쿠는—"

"—꺄아아아아앗!"

시도가 그렇게 말한 순간, 강 쪽에서 비명이 들려왔다.

누구 비명인지는 생각해볼 필요도 없다. 바로 미쿠다. 다른 이들과 마찬가지로 수영복으로 갈아입은 미쿠가, 반짝이는 눈으로 다른 이들을 둘러보고 있었다.

"맑디맑은 물속에서 놀고 있는 청아한 엔젤들……! 아아, 아아, 여기는 정말 현세인가요?! 혹시 저 자신도 모르는 사이에 트럭에 치여서 천국에 온 게 아닐까요?! 하악~ 하악~…… 더는 못 참아요~! 미쿠, 돌격!"

……하고 외친 미쿠가 강에 다이빙했다. 그리고 사방으로 물을 튀기며, 강에서 놀고 있는 토카 일행에게 다가갔다.

"아니! 뭐가 저렇게 빠르지?!"

"음…… 인간의 움직임이 아닌 것 같구나……!"

"끼야———?!"

정령들은 사방팔방으로 도망쳤다. 하지만 뒤늦게 도망치던 나츠미가 미쿠에게 잡히고 말았다. 그 모습은 물을 마시러 왔다가 악어에게 습격을 당하고만 가련한 새끼 사슴을 연상케 했다.

그런 광경을 본 코토리는 휴우 하고 한숨을 내쉬었다.

"다행이야. 꽤 진정한 것 같네."

"그래."

시도도 고개를 끄덕이며 그렇게 답했다.

하지만 몇 초 후, 「……응?」 하고 중얼거리며 고개를 갸웃거렸다. 희미한 위화감이 느껴졌다. 왠지 감각이 마비된 듯한 느낌이 엄습한 것이다.

하지만 다들 즐기고 있는 건 틀림없어 보였다. 시도는 다시 정령들을 둘러본 후, 가늘고 긴 한숨을 내쉬었다.

"졸업 여행……. 벌써 그런 시기구나. 시간 참 빨리 흐르네."

"어머, 왜 갑자기 기분이 가라앉은 거야? 시도가 졸업하는 것도 아니잖아."

시도가 감회에 젖으며 그렇게 말하자, 코토리는 의외라는 듯이, 그리고 놀리는 듯한 시선으로 그를 쳐다보았다.

"그건 그렇지만 말이야. 뭐랄까…… 이 1년 동안 이런저런 일이 있었잖아? 이렇게 다 같이 캠프를 온 게 꿈만 같네."

"후후…… 뭐, 그럴지도 몰라."

코토리는 그 말에 동의한다는 듯이, 눈을 가늘게 뜨며 어깨를 으쓱했다.

하지만 그런 반응을 보이는 것도 무리는 아니었다. 지난 달, 시도 일행은 과장이 아니라 진짜로 목숨이 걸린 큰 승부를 펼쳤다.

겨우겨우 승리를 거두기는 했지만, 지금 이 평온은 적지 않은 희생과 손실을 치른 끝에 거머쥔 것이다. 그 점을 생각하면, 이 평온한 시간이 너무나도 소중하게 여겨졌다.

그런 시도의 생각이 코토리에게도 전해진 것 같았다. 코토리는 미소를 머금으며 자리에서 일어났다.

"─그렇다면, 더욱 추억을 만들어야 하지 않겠어?"

그렇게 말한 코토리는 천천히 티셔츠를 벗기 시작했다.

"윽! 어이, 코토리─."

"뭘 당황하고 그래? 안에 수영복을 입었단 말이야."

시도가 반사적으로 고개를 돌리려고 하자, 장난기 어린 미소를 머금은 코토리가 그렇게 말하면서 손을 내밀었다.

"자, 시도도 같이 가자."

"……그래."

옷 안에 수영복을 입고 있다는 걸 알면서도 고개를 돌린 것이 좀 멋쩍었지만, 코토리의 손을 잡고 몸을 일으킨 시도는 다른 이들이 있는 강 쪽으로 향했다.

　그 후로 얼마나 놀았을까. 미쿠를 달래서 나츠미로부터 떼어낸 후, 다 같이 물놀이를 했고(뭐, 결국은 아까 전과 마찬가지로 술래잡기를 하게 됐지만), 야마이 자매와 합류해서 물수제비를 했으며(힘의 토카와 기술의 오리가미가 엄청난 접전을 펼쳤다), 쿠루미와 니아를 끌어들여서 다 함께 낚시를 했다(참고로 이 시점에서 니아는 술에 취했으며, 물고기가 미끼를 물었는데도 고개를 꾸벅이며 졸기만 했다).

　강가에 짐을 둔 곳으로 돌아가서 스마트폰으로 시간을 확인한 시도는 허리에 손을 대며, 몸을 일으켰다.

　"자아…… 슬슬 저녁 식사 준비를 해야겠네."

　"오오, 저녁 말이냐?! 오늘은 뭘 만들 거지?!"

　식사, 라는 말을 들은 토카가 눈을 반짝이며 그렇게 물었다. 시도는 타고 온 차 쪽을 손가락으로 가리키며 대답했다.

　"모처럼 캠프를 왔으니까, 바비큐를 하자. 숯과 화로도 가지고 왔으니 말이야. 그리고 아까 잡은 생선도 소금구이로 먹는 거야."

　"뭐?! 갓 잡은 물고기도 먹는 것이냐?!"

토카는 한층 더 눈을 반짝이며 몸을 쑥 내밀었다. 그런 토카의 등을 감싸듯 뒤편에서 꼭 끌어안은 미쿠가 불만을 표시하듯 입술을 삐죽 내밀었다.

"에이~, 아직 이르잖아요~. 좀 더 놀자고요~, 달링."

"나도 마음 같아서는 그러고 싶지만, 우리 집 부엌에서 요리를 하는 게 아니잖아. 슬슬 준비를 시작하지 않았다간 저녁 시간 전에 준비를 못 마칠 거야. 저녁을 굶고 싶지는 않지?"

"그건 그렇지만~……."

그렇게 말한 미쿠는 응석을 부리듯 토카의 목덜미에 얼굴을 비볐다. 토카는 간지러운지 몸을 배배 꼬았다.

"게다가 아직 텐트 설치도 안 끝났잖아? 어두워지기 전에 그것도 마치고 싶어."

시도가 그렇게 말하자, 강에서 나온 코토리가 그 말에 동의한다는 듯이 고개를 끄덕였다.

"맞아. 텐트를 처음 쳐보는 애들도 많을 테니까, 빨리 준비를 시작하는 편이 좋겠어. 요즘 텐트는 치기 쉽다지만, 어디까지나 옛날에 비해 그렇다는 거잖아."

"나는 익숙해."

"……아, 응. 오리가미는 그럴지도 몰라."

오리가미가 엄지를 세우며 그렇게 말하자, 코토리는 쓴웃음을 지었다. 오리가미는 원래 육상자위대 AST 소속 위저드였다. 그런 훈련을 받은 적이 있더라도 이상할 것이 없다.

그래도 인원이 많은 만큼, 전원이 잘 텐트를 치는 건 쉽지 않을 것이다. 그렇게 판단한 시도는 고개를 끄덕였다.

"그럼 식사 준비는 내가 할 테니까, 너희는 텐트 설치를 맡아줘."

"뭐? 하지만 혼자선……."

코토리는 미간을 살짝 찌푸리며 그렇게 말했다. 하지만 시도는 웃음을 흘리며 손을 가볍게 내저었다.

"괜찮아. 화로 조립은 자주 해봤고, 불붙일 때 쓸 버너도 있는걸."

"으음…… 그건 그럴지도 모르지만……."

코토리가 팔짱을 끼며 그렇게 말하자, 미쿠는 문뜩 뭔가가 생각난 것처럼 고개를 치켜들었다.

"그렇군요~! 그럼 저녁 준비는 달링에게 맡기고, 저희는 텐트를 준비할게요! 자, 다들 가요~!"

그리고 연기하는 듯한 투로 그렇게 말하면서 다른 이들의 손을 잡아끌었다. 코토리 일행은 「아, 저기……」 하고 말하며 당황했지만, 곧 그 기세에 압도당한 듯이 순순히 들판 쪽으로 걸어갔다.

"……어? 미쿠 녀석, 왜 저러지?"

홀로 강가에 남겨진 시도는 미쿠의 갑작스러운 태도 변화에 고개를 갸웃거렸다. 아까까지만 해도 그렇게 불만을 보였는데, 대체 어떤 심경의 변화가 있었던 걸까.

하지만 생각한다고 답이 나올 것 같지는 않았다. 시도는 바비큐 화로를 설치하기 위해, 차 쪽으로 걸어갔다.

"므흐흐~…… 이쯤 왔으면 괜찮을 것 같네요~."

토카와 코토리의 손을 잡아끌며, 정령들을 데리고 들판 쪽으로 온 미쿠는 시도의 모습이 보이지 않는 곳에서 웃음을 흘렸다.

그런 미쿠를 본 다른 정령들이 미심쩍은 표정을 지었다.

"괜찮을 것 같다니…… 뭐가 말이야?"

"텐트 말인가요……? 그럼 차에 가서 가져와야……."

나츠미와 요시노가 고개를 갸웃거리며 그렇게 말하자, 미쿠는 더욱 진한 미소를 지으며 손가락을 하나 세웠다.

"실은, 여러분에게 드릴 제안이 있는데 말이죠~……."

""""……어?""""

정령들은 서로의 얼굴을 쳐다보았다. 그런 정령들을 둘러본 미쿠는 자신의 『제안』을 입에 담았다.

◇

그리고, 그로부터 얼마 후—.

"—잘 먹겠습니다."

""""잘 먹겠습니다!""""

시도의 말에 답하듯, 바비큐 화로 주위에 모인 정령들이 한목소리로 그렇게 말했다.

"좋아. 그럼 팍팍 구울게. 숯불은 화력이 세서 음식이 잘 타니까, 주의해."

집게를 쥔 시도는 먹기 쉬운 크기로 자른 고기와 채소, 밑 준비를 마친 생선 등을 석쇠 위에 올려놓았다. 그러자 치익~ 하는 소리를 내며 연기가 피어오르더니, 향긋한 냄새가 주위에 퍼져나갔다.

"오오…… 좋은 냄새가 나는구나!"

"하하, 그렇지? 숯불은 이래서 좋다니깐."

토카는 눈을 반짝이며 코를 킁킁거렸다. 그 코미컬한 모습을 본 시도는 무심코 미소를 머금었다.

예상보다 시간이 더 걸렸지만, 토카와 유즈루, 쿠루미와 요시노가 도중에 도와주러 온 덕분에 식사 준비를 무리 없이 마칠 수 있었다.

현재 시각은 오후 일곱 시. 시간상으로는 초저녁이지만, 주위는 이미 한밤중처럼 어두웠다. 아까 시도가 피운 모닥불과 고출력 랜턴이 없다면 옆에 있는 이의 얼굴도 알아볼 수 없을 것이다.

하지만 그런 열악한 상황조차도, 지금의 시도 일행에게 있어서는 비일상을 돋우는 향신료 중 하나였다. 벽과 바닥과

천장이 없는 식탁. 간소한 접이식 의자. 주위를 가득 채운 숯 냄새. 그런 요소가 뒤섞이자, 이곳이 평소와 조금 다른 세계처럼 느껴졌다.

곧 석쇠 위에 올려둔 식재료가 다 익었다. 시도가 「좋아, 이것들은 먹어도 되겠네」 하고 말하자, 기다리고 있었다는 듯이 정령들의 젓가락이 춤췄다.

"으음! 맛있구나, 시도!"

"호오, 그래……. 이것이 지옥의 업화의 위력인 건가. 마음에 드는구나. 칭찬해주겠노라."

"경탄. 확실히 맛있어요. 어쩌면 이 로케이션도 한몫하는 걸지도 모르겠군요."

정령들이 고기와 채소를 즐겼다. 시도는 웃음을 터뜨리더니, 식재료를 추가로 석쇠에 올려놨다.

"확실히 밖에서 먹으면 이상하게도 맛있게 느껴진다니깐."

"흠. 다 같이 먹기 때문에 그런 걸지도 모르겠구나."

"아, 그럴지도 몰라."

무쿠로가 채소를 우물우물 먹으며 그렇게 말하자, 시도는 고개를 끄덕이며 그 말에 맞장구를 쳤다.

"……어?"

바로 그때, 시도의 눈썹이 희미하게 흔들렸다. 다들 식사를 하고 있는데, 아까부터 젓가락질을 전혀 하지 않는 정령이 두 명 있었기 때문이다.

한 사람은 손에 캔맥주를 든 채 꾸벅꾸벅 졸고 있는 니아.

다른 한 사람은 접이식 의자에 축 늘어진 것처럼 몸을 맡기고 있는 나츠미였다. 참고로 옷과 피부도 좀 더러워진 것처럼 보였다.

니아가 안 먹는 건 이해가 되지만, 나츠미는 좀 신경 쓰였다. 시도는 나츠미에게 다가가서 얼굴을 쳐다보았다.

"나츠미? 왜 그래?"

"……어? 아, 그게…… 좀 지쳤을 뿐이야……."

시도가 말을 건네자, 나츠미는 어깨를 부르르 떨며 고개를 들었다.

"아…… 물놀이 직후에 텐트 설치처럼 익숙하지 않은 일을 했으니 말이야. 고생했어."

"……아, 텐트 설치는 괜찮았는데……."

"뭐?"

나츠미가 그렇게 말하자, 시도는 고개를 갸웃거렸다. 그 모습을 본 나츠미는 화들짝 놀라며 입을 다물었다.

"─시도."

바로 그때, 자신의 부르는 목소리를 들은 시도가 뒤편을 돌아보았다. 그러자 오리가미의 모습이 눈에 들어왔다.

"여기 있는 식재료도 구워도 돼?"

"뭐? 아, 물론이야."

시도는 그렇게 답하더니, 화로 쪽으로 돌아갔다.

그 와중에 오리가미와 나츠미가 눈빛을 교환하는 듯한 느낌이 들었지만…… 아마 기분 탓일 것이다.

"자, 밤은 이제부터야. 닭꼬치와 구운 주먹밥, 그리고 준비해둔 철판으로 야키소바도 가능해."

"뭐……! 그런 것도 가능한 것이냐?!"

"어머나, 과식을 주의해야겠군요."

"흠냐…… 닭꼬치……?! 니아 님은 닭꼬치를 좋아해~……."

시도의 말에 정령들이 환성을 토했다. 의자에 앉아서 졸고 있던 니아도 맥주 캔을 치켜들며 고개를 들었다.

그 모습을 본 시도는 쓴웃음을 지으면서, 석쇠에 다른 식재료를 올렸다. 아까와는 다른 종류의 맛있는 냄새가 주위에 감돌자, 이미 식사를 하고 있던 정령들의 위가 자극을 받았다.

그렇게, 졸업여행 캠프 첫날의 밤은 깊어갔다.

다들 배가 찰 때까지 바비큐를 즐긴 후, 간단한 캠프파이어를 하거나, 모닥불에 둘러앉아 별것 아닌 이야기로 수다를 떨거나, 하늘을 올려다보며 별을 감상하는 등, 야외에서만 가능한 일들을 하며 보냈다.

밤의 어둠은 인간에게 근원적인 공포를 안겨주지만, 거기에 빛이 더해지면 기묘한 연대감이 생겨난다. 딱히 그것을 노리고 졸업여행으로 캠프를 가려고 한 건 아니지만, 깊은 어둠 속에서 보내는 평온한 시간에 젖어 든 시도는 이곳을

여행지로 고르기 잘했다고 다시 한번 생각했다.

"─하암……."

얼마나 그러고 있었을까. 무쿠로가 갑자기 작게 하품을 했다.

"하하, 오늘은 쉬지 않고 움직였으니 피곤할 거야."

"으음…… 그런 게 아니니라. 무쿠는 아직 멀쩡하니라."

무쿠로는 그렇게 말하면서도, 졸린 것처럼 눈을 비볐다.

호주머니에서 스마트폰을 꺼내서 화면을 보니, 이미 오후 열 시가 지났다. 평소 일찍 자고 일찍 일어나는 무쿠로가 졸린 것도 무리는 아닌 시간이다. 시도는 가볍게 기지개를 켜더니, 의자에서 일어났다.

"그럼 슬슬 자자. 나도 좀 졸린 것 같아. ─텐트는 들판 쪽에 설치해뒀지?"

─바로 그때였다.

"""…………!"""

시도가 그렇게 말한 순간, 정령들 사이에서 긴장감이 감돌았다. 방금까지 졸려 보이던 무쿠로도 갑자기 정신이 번쩍 든 듯한 표정을 짓고 있었다.

"어? 내가 이상한 소리라도 했어?"

이 갑작스러운 분위기의 변화에 시도가 당황했을 때, 정령들이 일제히 자리에서 일어나며 2인 1조를 짜듯 움직이기 시작했다.

"뭐, 뭐야……?"

시도는 영문을 몰랐기에, 의아하다는 듯이 눈썹을 찌푸렸다. 바로 그때, 한 걸음 앞으로 나선 미쿠가 미소를 머금으며 입을 열었다.

"―우후후. 달링이 저녁 준비를 하는 사이, 저희는 어떤 게임을 했어요~."

"게임?"

시도가 그렇게 묻자, 미쿠는 「예~」하고 대답했다.

"지금 이 자리에 있는 이들 전원이 한 텐트에서 자는 건, 공간상 무리잖아요~. 그래서 제비뽑기를 해서 2인 1조를 짠 후, 각각 「자기가 생각한 최강의 잠자리」를 만들기로 했어요~."

"흐음……."

설마 시도가 식사 준비를 하는 사이에 그런 게임을 한 건가. 시도는 눈을 동그랗게 뜨며 턱을 매만졌다.

하지만 모두가 한 텐트에서 잘 수도 없으니 여러 잠자리가 필요한 게 당연했다. 그렇다면 팀을 만들어서 경쟁하는 것도 재미있는 시도일지도 모른다.

"그리고 말이죠~. 각 팀이 만든 잠자리를 차례대로 소개할 테니까, 달링이 가장 괜찮다고 생각한 곳을 골라줬으면 해요~."

"아, 그래. 그런 거라면―."

시도는 미쿠의 말을 듣고 고개를 끄덕이려 했다.

하지만―.

"그럼 달링은 오늘 밤, 가장 괜찮다고 생각한 곳에서 그 팀원들과 함께 자면 돼요~."

"……뭐?"

시도는 이어지는 말을 듣고 잠깐 얼어붙고 말았다.

"……으음, 방금 뭐라고 했어?"

"그러니까~. 가장 괜찮다고 생각한 장소에 묵어달라는 거예요."

미쿠는 윙크를 하며 그렇게 말했다. 아무래도 잘못 들은 게 아닌 것 같았다. 시도는 식은땀을 삐질삐질 흘리며 고개를 저었다.

"무, 무슨 소리를 하는 거야! 말도 안 돼! 보통 텐트를 여러 개 치면, 그중 하나를 남자용으로 해야 하는 거 아냐?!"

"에이~, 그러면 재미없……. 저희의 가는 팔로는 인원수만큼의 텐트를 치는 게 한계였거든요~. 으윽~."

"아니, 본심이 튀어나왔거든?! 아무튼, 그건 안 돼. 선택하는 건 무리―."

시도는 말을 멈췄다.

이유는 단순했다. 모닥불에 둘러앉은 정령들이 「모처럼 열심히 쳤는데, 봐주지 않는 거야……?」 하고 말하는 듯한 눈길로 시도를 응시하고 있었던 것이다.

"으……."

그녀들의 저런 시선이 쇄도하자, 시도는 난처해졌다. 그는 몇 초 동안 고민한 후, 땅이 꺼지도록 한숨을 내쉬었다.

"······일단, 둘러보기만 할게."

""""······아!""""

시도가 그렇게 말하자, 정령들의 표정이 환해졌고— 다음 순간, 그녀들의 눈에는 투쟁의 불꽃이 맺혔다.

"으음····· 첫 번째는 토카와 유즈루 팀이구나."

"음!"

"수긍. 잘 부탁드려요, 시도."

시도의 말을 듣고 힘차게 고개를 끄덕인 토카와 유즈루는 그를 안내하려는 듯이 들판 쪽으로 걸어갔다. 시도는 두 사람의 뒤를 따르며, 어두운 밤길을 나아갔다.

토카와 유즈루는 곧 걸음을 멈추더니, 랜턴을 켰다. 그러자, 어둠에 휩싸여 있던 들판이 밝아지면서, 그곳에 설치된 텐트의 전모가 드러났다.

"우와—."

그 모습을 본 시도는 무심코 눈을 치켜떴다.

팽팽하게 쳐진 로프, 그리고 단단하게 박힌 말뚝. 선명한 노란색 텐트가 초보자가 쳤다는 게 믿기지 않을 만큼 멋지게 설치되어 있었다.

"흐음, 대단하네. 잘 쳤잖아. 나보다 능숙한 것 같아."

시도가 순순히 칭찬하자, 유즈루는 흐흥 하고 코웃음을 쳤다.

"당연. 카구야와의 서바이벌 대결에서 승리한 유즈루에게 이 정도는 아무것도 아니에요. 토카도 작업 순서를 외우는 게 빨라서 많은 도움이 됐죠."

"음! 설마 이렇게 빨리 잠자리를 완성할 줄은 몰랐다. 텐트는 참 멋진 것이구나! 하지만, 이게 전부는 아니다. 자, 내부도 살펴봐라!"

토카가 가슴을 두드리며 그렇게 말했다. 시도는 고개를 약간 갸웃거리더니, 무릎을 굽히며 텐트 안으로 들어갔다.

"우와, 이건……."

그리고 안에 들어가자마자 눈치챘다. 아무래도 텐트 바닥에 단열 시트를 깐 것 같았다. 낮에는 따뜻했지만, 밤에는 기온이 내려갈지도 모른다. 이런 세세한 배려가 참 기뻤다.

"아하, 내부까지 신경을 썼네. 점수를 잘 줘야겠는걸."

"……음? 무슨 소리를 하는 것이냐. 침낭의 베갯머리 쪽을 살펴봐라."

"뭐?"

아무래도 토카가 봐줬으면 하는 포인트는 다른 곳인 것 같았다. 시도는 침낭의 베갯머리 쪽을 쳐다보았다. 거기에는 천으로 덮여 있는 부자연스러운 무언가가 있었다.

시도는 미간을 살짝 모으면서, 그 천을 걷었다. 그러자 과자와 초콜릿 같은 대량의 과자가 모습을 드러냈다.

"이, 이건······."

"음! 야식이다!"

시도의 말을 들은 토카가 의기양양하게 팔짱을 끼며 그렇게 답했다.

"······후후. 어떠냐, 시도. 우리 텐트를 고르면, 한밤중에 배가 고프더라도 전혀 걱정할 필요 없다."

토카는 목소리를 낮추더니, 약간 음흉한 표정을 지으며 그렇게 속삭였다. 아무래도 토카는 이게 반칙에 가까운 짓이라고 생각하는 것 같았다. 토카의 표정에는 고양감과 약간의 죄책감, 그리고 나쁜 짓에 시도를 끌어들인다는 쾌감 같은 것이 어려 있었다.

"하하······ 그렇구나. 괜찮은 생각인걸."

시도는 식은땀을 흘리며 쓴웃음을 지었다. 아까 바비큐를 배부르게 즐긴 만큼, 금방 배가 꺼질 것 같지는 않지만 말이다.

"—제지. 설마 그게 전부라고 생각하는 건 아니겠죠?"

하지만 그게 전부가 아닌 것 같았다. 시도가 텐트를 나가려고 하자, 유즈루가 그가 나가지 못하게 막아섰다.

"뭐?"

"지적. 여기는 텐트, 어디까지나 잠자리예요. 그렇다면 가장 중요한 건 잠자리의 편안함 아닐까요?"

"뭐, 그렇기는 할 거야……."

시도가 그렇게 답하자, 유즈루와 토카는 시선을 교환한
후에 텐트 밖으로 나갔다. 그리고 옷깃 스치는 소리 같은
게 들린 후, 두 사람은 다시 텐트 안으로 들어왔다.

—동물귀 후드가 달린 폭신폭신한 실내복으로 갈아입고
말이다.

"아니……?!"

언제 준비한 건지 모르겠지만, 정말 귀여운 파스텔 컬러
실내복이었다. 노출도가 엄청난 건 아니지만, 소매 밖으로
어렴풋이 드러난 손가락 끝, 그리고 옷자락 아래로 드러난
허벅지가 시도의 심박수를 상승시켰다.

"어떠냐, 시도! 폭신폭신 옷이다!"

"유혹. 유즈루와 토카 사이에 누워서 잠든다면, 분명 좋
은 꿈을 꿀 수 있을 거예요."

"아니, 너희 사이에—."

두 사람에게 압도당해서 뒷걸음질을 치던 시도의 눈썹이
떨렸다. —그제야, 텐트 안에 따뜻해 보이는 침낭 세 개가
나란히 깔려 있다는 사실을 눈치챈 것이다. 침낭 안에 들어
가 있다고는 해도, 저 두 사람과 저렇게 밀착된 상태에서—.

"……."

자연스럽게 얼굴이 달아올랐다. 시도는 머릿속에 생겨난

망상을 떨쳐내려는 듯이 고개를 저은 후, 텐트를 나섰다.

　"―자, 다음은 우리 텐트야."

　"음. 나리, 이쪽이니라."

　다음으로 그렇게 말한 이는 코토리와 무쿠로였다. 자신만만하게 들판을 가로지르며 나아가던 두 사람이 이윽고 걸음을 멈췄다.

　그리고 코토리가 스마트폰을 조작하자, 주위에 설치되어 있던 라이트가 켜지며 이 주위를 눈부시게 비췄다.

　"우와……?!"

　랜턴과는 비교도 안 될 정도로 강렬한 빛이었기에, 시도는 무심코 눈을 가늘게 떴다. 하지만 놀랄 일은 그것만이 아니었다. ―그 빛 속에는, 토카와 유즈루 팀의 것보다 다섯 배는 거대해 보이는 텐트가 존재했던 것이다.

　"이, 이게 뭐야……."

　그 압도적인 위용에 압도당한 시도가 입을 쩍 벌렸다.

　하얀 시트로 그려진 실루엣은 유목민의 천막인 게르 혹은 서커스 텐트를 연상케 했다. 입구도 넓어서, 들어가지 않고도 내부를 볼 수 있었다. 커다란 침대 세 개가 방사형으로 배치되어 있으며, 그 중앙에는 조그마한 스토브까지 놓여 있었다. 마치 고급 호텔방 같은 느낌이다. 소위 글램핑이라

불리는 캠프에 가까웠다.

시도가 얼이 나가 있을 때, 코토리는 미소를 머금으며 머리카락을 쓸어올렸다.

"어때? 콘셉트는 『발리 섬의 저녁』. 우아한 밤을 보낼 수 있도록, 이국적인 분위기를 연출해봤어."

"음. 그리고 잘 보거라, 나리."

무쿠로는 약간 흥분한 기색으로 시도의 손을 잡아끌었다. 여전히 얼이 나가 있던 시도는 그대로 텐트 안으로 발을 들였다.

"그럼 부탁하마, 나리의 여동생."

"오케이~."

무쿠로가 그렇게 말하자, 코토리가 또 스마트폰을 조작했다.

그러자 어딘가에서 위잉~ 하는 전동음이 들리더니, 텐트의 천장 일부가 열렸다. 그러자 눈부시게 빛나는 별들이 모습을 드러냈다.

"어떠하냐? 별을 보면서 잠들 수 있느니라. 나리의 여동생에게 이렇게 꾸며달라고 부탁했지."

"으, 응…… 대단한걸……."

시도가 얼이 나간 듯한 목소리로 그렇게 중얼거리자, 코토리는 승리를 확신한 것처럼 씨익 웃었다.

"그렇지? 이 장치를 다느라 고생했다니깐."

"으음…… 그런데 말이야……."

"응? 왜?"

"이 텐트, 진짜로 너희 둘이서 친 거야?"

"……당연하잖아."

시도가 묻자, 코토리는 티 나게 시선을 피하며 그렇게 답했다. 목소리도 딱딱했다.

"……무쿠로, 정말이야?"

"음…… 저, 정말이니라. 결코, 나리의 여동생이 〈라타토스크〉 측에 지원을 요청한 건……."

"─윽! 무쿠로!"

코토리가 입에 거품을 물며 무쿠로의 말을 막았다. ……역시 지원을 요청했던 것 같았다.

이래서야 토카와 유즈루의 텐트와 같은 기준으로 평가하는 건 좀 그렇다는 생각이 들었지만, 딱히 남의 도움을 받으면 안 된다는 규칙은 없었다. 시도는 낮은 신음을 흘리면서, 다음 텐트로 향했다.

"으음, 다음은……."

"우후후, 저희 차례군요."

"잘 부탁해요……!"

『분명 시도 군도 한눈에 반해버릴 걸~?』

코토리와 무쿠로의 텐트를 나선 시도를 기다리고 있었던

것은 쿠루미, 요시노, 그리고 요시노가 왼손에 낀 토끼 모양 퍼핏 인형『요시농』이었다. 이것도 꽤 희귀한 조합이었다.

"이쪽이랍니다."

쿠루미가 그렇게 말하며 안내해준 곳은 들판과 숲의 경계에 위치한 장소였다. 이미 켜져 있는 랜턴이 주위를 환하게 비추고 있었다.

낙낙하게 쳐진 방수 시트 아래에 놓인 테이블과 의자가 우아한 공간을 연출하고 있었다. 테이블 위에는 간소한 티 세트가, 의자 위에는 고양이와 토끼 쿠션이 놓여 있었다.

"오, 이것도 참 멋진…… 어, 그런데 어디서 자면 돼?"

시도는 주위를 둘러보며 고개를 갸웃거렸다. 그렇다. 확실히 멋진 공간이기는 하지만, 보이는 것이라고는 의자와 테이블뿐이었다. 텐트나 침낭 등이 보이지 않았던 것이다.

"아, 잠은—."

쿠루미가 시도의 의문에 답하려는 듯이 랜턴을 손에 들더니, 방수 시트 옆을 비췄다.

그곳에 존재하는 나무들 사이에, 검은 천 같은 것 두 개가 설치되어 있었다.

"이건…… 해먹?"

그렇다. 그것은 틀림없는 해먹이었다. 게다가, 낮잠을 잘 때 쓰는 그물 타입이 아니라, 침낭처럼 몸을 완전히 감싸는 타입이었다.

"예, 예. 언뜻 보면 불안정해 보이지만, 지면에서 떨어져 있는 덕분에 텐트 안보다 따뜻하답니다."

"시험 삼아 누워봤는데, 참 쾌적했어요."

『맞아~. 요시농도 푹 잘 수 있을 것 같아~.』

"흐음……."

시도는 탄성을 터뜨리며 해먹을 펼쳐 보았다. 천이 두껍고 튼튼해서, 생각보다 편안하게 잘 수 있을 것 같았다.

"이런 것도 재미있는걸. 캠핑에서만 맛볼 수 있는 묘미잖아. 하지만……."

"……응? 왜 그래요?"

시도의 말을 들은 요시노가 눈을 깜빡였다. 시도는 볼을 긁적이며 말을 이었다.

"아, 해먹이 두 개밖에 없는 것 같아서 말이야. 만약 내가 여기를 고르더라도 같이 잘 수는 없을……."

"—우후후."

시도는 말을 끝까지 잇지 못했다. 쿠루미가 미소를 지으며 그의 어깨에 손을 얹었기 때문이다.

"저희도 아직 익숙하지 않아서, 두 개밖에 설치하지 못했답니다. 그러니 시도 씨가 이곳을 선택해주신다면, 저 혹은 요시노 양의 해먹에서 동침해줬으면 좋겠군요……."

"……뭐, 뭐어?!"

시도는 무심코 그렇게 외쳤다. 하지만 쿠루미는 시도의 반응을 개의치 않으며, 요시노를 부르듯 속삭였다.

"자, 요시노 양도 같이 해요."

"아, 예……!"

요시노는 약간 긴장한 표정으로, 쿠루미의 반대편에 서서 시도의 빈 어깨에 손을 얹더니―.

""―후우.""

두 사람은 동시에, 시도의 귀에 숨결을 불어 넣었다.

"……윽?!"

시도는 이 갑작스러운 일에 당황했고, 금방이라도 넘어질 듯이 휘청거리며 다음 장소로 향했다.

"―홋. 드디어 왔느냐, 시도. 기다리고 있었노라."

"진정한 주인공, 등장이에요~!"

다음으로 시도가 향한 곳은 카구야와 미쿠 콤비의 텐트였다. 두 사람은 피겨스케이트 페어 같은 포즈를 취하며, 자신만만한 미소를 흘렸다.

"……어? 달링, 무슨 일 있었나요?"

두 귀를 꼭 누르며 얼굴을 새빨갛게 붉힌 시도를 본 미쿠가 의아하다는 듯한 표정을 지었다. 시도는 허둥지둥 고개를 저었다.

"……윽! 아, 아, 아무것도 아냐. 그것보다, 두 사람의 텐트는 어디 있어? 아무것도 안 보이는데…….”

시도가 그렇게 말하자, 카구야와 미쿠는 히죽거리며 짜잔! 하고 다른 포즈를 취했다.

“우후후~. 그럼 부탁해요, 카구야 양!”

“알았느니라!”

미쿠의 요청에 따라, 카구야가 그 자리에서 빙글빙글 회전했다.

그리고 그대로 새로운 포즈를 취하더니, 손을 하늘로 치켜들며 손가락을 튕겼다.

“어둠 속에서 강림하거라! 캠피이이이이이이이——잉!!”

그 순간, 카구야의 뒤편이 찬란히 빛났다. 그리고 낮은 구동음이 들리더니, 거대한 무언가가 다가왔다. 그것은 바로—.

“캐, 캠핑카?!”

그렇다. 트럭 같은 외견을 지닌 거대한 차가 이 자리에 나타난 것이다.

캠핑카. 그 이름 그대로, 캠핑용 차량이다. 카구야와 미쿠는 시도의 리액션에 만족한 것처럼 고개를 끄덕이더니, 차량 내부를 소개하려는 듯이 정중히 문을 열었다.

“우, 우와…….”

컨테이너 같은 차량 안에는 테이블과 간이침대, 그리고 텔레비전과 냉장고까지 갖춰져 있었다. 당연하다면 당연한 거지만, 잠자리로서 나무랄 데가 없었다.

"크크, 어떠하냐? 완벽한 주거환경이지? 우리 팀을 고르고 싶어지지 않느냐?"

"자아~. 저희를 골라준다면, 특별히 운적석 위의 침대를 쓰게 해줄게요~."

"뭐…… 저기가 침대인 거야— 어, 이래도 되는 거야?! 이건 텐트 설치 승부 아니었어?!"

시도가 무심코 그렇게 외치자, 두 사람은 태연한 표정으로 어깨를 으쓱했다.

"에이~. 꼭 텐트를 쳐야 한다는 규칙은 없었거든요~?"

"그러하니라. 그리고 캠핑카라니……? 무슨 소리를 하는 건지 모르겠구나. 이것은 나와 미쿠가 피의 맹약을 통해 마계에서 소환한 마수이니라."

"저기, 그 설정은 완전 억지 그 자체거든?! 그리고 운전석에 앉은 사람은 미쿠의 매니저 분이었잖아!"

시도가 그렇게 외치자, 카구야와 미쿠는 시치미를 떼듯 어깨를 으쓱하기만 했다.

아무래도 미쿠는 이런 비장의 카드가 있어서, 이 승부를 제안한 것 같았다. 좀 약았다는 생각이 들지만, 엄청난 유혹이 시도를 엄습했다. ……남자애는 나이를 얼마나 먹든, 이런 장치나 기믹을 좋아한다.

"정말……."

이런 것까지 동원되자, 시도는 이제 놀라는 것 자체가 의미 없다는 생각이 들었다. 시도는 메마른 웃음을 흘리면서, 마지막 팀이 있는 곳으로 향했다.

　……하지만 시도가 방금 한 생각은 겨우 몇 분 만에 산산조각이 나고 말았다.

　"…………으음. 오리가미, 나츠미. 이게 뭐야?"

　마지막 팀, 오리가미&나츠미 페어가 설치한『잠자리』를 본 시도는 무심코 폐부를 쥐어짜내는 듯한 목소리를 토했다.

　하지만 그러는 것도 당연했다. 시도의 눈앞에는 텐트나 차가 아니라,『집』이 존재하니 말이다.

　집. 그렇다. 집이다. 다른 적당한 표현이 없었다. 원래 그 자리에 존재하던 나무를 기둥 삼았으며, 튼튼한 벽과 지붕이 설치되어 있었다. 평범하게 생각해보면, 겨우 두세 시간만이 집을 만드는 건 무리다. 이 광경을 본 시도는 한순간, 나츠미의 〈하니엘〉을 이용한 게 아닌가 하고 의심하고 말았다.

　하지만 그렇지 않았다. 주위의 나무와 덩굴을 잘라서 마련한 듯한 건축자재가, 흙을 구워 만든 벽이 그런 초현실적인 힘이 쓰였다는 사실을 부정하고 있었다. 무엇보다, 저 집에서는 두 장인의 뜨거운 정열이 어려 있는 것처럼 느껴졌다.

　그런 시도의 전율을 느낀 걸까. 오리가미와 나츠미는 고개를 끄덕였다.

"힘냈어."

"…………죽는 줄 알았어."

"과하게 힘냈잖아!"

두 사람의 말을 들은 시도가 무심코 비명에 가까운 고함을 질렀다.

"대체 뭘 어떻게 해서 이런 걸 만든 거야?! 너희가 무슨 개척자냐?! 하룻밤 잘 곳이란 레벨이 아니거든?! 대체 뭐가 너희를 이렇게까지 하게 만든 거야?!"

혼란에 빠진 시도가 그렇게 외치자, 오리가미는 볼을 붉혔고, 나츠미는 메마른 미소를 흘렸다.

"시도와 같이 잘 수 있을 것 같아서……."

"……나는, 그게, 어쩌다 보니……."

"너희의 재능을 살릴 곳이 분명 이 세상 어딘가에 존재할 거야!"

시도는 몸을 뒤로 젖히더니, 밤하늘을 올려다보며 비명을 질렀다.

……다섯 조, 열 명이 설치한 텐트(텐트가 아닌 것도 존재)를 심사한 시도는 정령들과 함께 들판 중앙에 모였다.

왠지 목이 마른 느낌이 들지만…… 어쩔 수 없다. 후반부에 꽤나 절규를 토했으니 말이다.

"—자, 전부 둘러봤지?"

코토리는 팔짱을 끼며 그렇게 말했다. 그녀의 말투는 평소와 마찬가지로 차분했지만, 입에 문 사탕의 막대 부분은 쉴새 없이 위아래로 흔들리고 있었다.

"그, 그래……."

시도가 식은땀을 흘리며 대답하자, 정령들은 자신만만하게 웃거나 혹은 긴장한 표정을 지었다.

"크큭, 그럼 골라보거라. 시도가 가장 묵고 싶다는 생각이 든 잠자리를 말이다!"

"우후후. 저와 요시노 양의 해먹을 고르실 거죠?"

"……시도, 우리를 고른다면 과자만이 아니라 주스도 마음껏 마실 수 있다."

반응이 미묘하게 다르기는 하지만, 다들 시도의 심사 결과를 기다리며 그를 쳐다보았다. 시도는 마른침을 삼킨 후, 고민에 잠기듯 입을 꾹 다물었다.

—바로 그때였다.

"—잠깐 멈춰어어어어엇! 한 명 빠졌거든~?!"

그들의 긴장을 찢어발기듯, 어딘가에서 그런 목소리가 들려왔다.

"아니……, 이 목소리는……?!"

"대체 어디서……?!"

"—아! 저쪽을 보세요!"

요시노가 그렇게 말하며 시도의 뒤편을 가리켰다. 다른 이들의 시선이 일제히 그쪽으로 향했다.

그곳에는—.

"…………니아, 뭐 하는 거야?"

들판 한가운데에는 침낭 안에 들어간 니아가 애벌레처럼 굴러다니고 있었다.

"그게…… 나도 모르는 사이에 너희끼리 텐트를 쳐서, 나만 잘 곳이 없잖아……. 너무해~! 따돌림 반대~! 구체적인 요청을 드리자면, 저도 어디서 좀 재워주면 안 될깝쇼……."

니아는 그렇게 말한 후, 「영차」하며 몸을 일으켰다. 하지만 양손이 침낭 안에 있기 때문에 균형을 잘 잡을 수가 없는 것 같았다. 곧 또 지면을 데굴데굴 굴렀다.

그 모습을 본 코토리가 땅이 꺼지게 한숨을 내쉬었다.

"……팀을 나눌 때 말을 걸었지만, 너는 술에 취해서 곯아떨어져 있었잖아."

"어, 그래? 아하하…… 눈치 못 챘어."

니아는 얼버무리려는 듯이 그렇게 웃더니, 다시 몸을 일으키려 했다. 하지만 균형을 유지하는 게 어려운 것 같았다. 다시 지면에 쓰러지더니, 그대로 데굴데굴…… 구르며 어둠 속으로 사라지고 말았다.

"우에에에에에엥! 누가 좀 멈춰줘어어어어어어어———."

곧 「꾸엑」하는 소리가 들리더니, 더는 아무 소리도 들리지 않았다. 시도는 쓴웃음을 흘리며 다른 이들을 쳐다보았다.

"……으음, 누가 자기 텐트에 니아를 재워주지 않겠어?"

시도가 그렇게 말하자, 다들 어쩔 수 없다는 듯이 고개를 끄덕였다.

"그건 그렇고, 시도. 심사 결과를 발표해줘."

"아, 응. 알았어."

시도는 마음을 다잡으려는 듯이 헛기침을 한 후, 다시 소녀들을 둘러보며 생각에 잠겼다.

처음에는 모든 텐트를 둘러보기만 하고 고르진 않을 생각이었지만, 그녀들이 너무 열성적이었기에 그럴 수 없게 됐다. 이 상황에서 하나를 고르지 않는 건, 그녀들의 노력을 헛되이 하는 행동이란 생각이 들었다.

하지만 그렇다고 해서 마음 가는 대로 고를 수는 없다.

우선 쿠루미와 요시노의 해먹은 아웃이다. 같은 잠자리에서 자는 것만으로도 문제가 있는데, 동침까지 했다간 보통 문제가 아닐 테니 말이다.

같은 이유로 토카&유즈루 페어를 고를 수도 없다. 평범한 텐트라는 점에는 호감이 갔지만, 저 밀폐공간 안에서 실내복으로 갈아입은 두 사람 사이에 끼어서 잠드는 건 심장에 너무 나쁠 것 같았다.

카구야&미쿠 페어의 캠핑카와 오리가미&나츠미 페어의 집념 하우스는 공간적으로는 충분히 여유가 있지만, 같이 자는 인원에 좀 문제가 있었다. 카구야와 나츠미는 괜찮겠지만, 미쿠와 오리가미라면 한밤중에 뭔가 일을 벌일 게 뻔하다.

　그렇다면, 역시 코토리&무쿠로 페어가 무난할까. 침대 사이의 간격도 꽤 떨어져 있을 뿐만 아니라, 코토리는 시도의 여동생, 무쿠로는 시도의 가족이다. 같은 곳에서 자더라도 아슬아슬하게 문제는 없을 것이다. 그렇게 판단한 시도는 고개를 들었다.

　"내가 묵고 싶은 곳은—."

　시도가 심사 결과를 밝히려던, 바로 그 순간이었다.

　"——윽?!"

　갑자기 땅이 울리는 듯한 소리가 들리더니, 시도 일행이 서 있는 장소가 크게 떨리기 시작했다.

　"앗……!"

　"지, 지진……?!"

　"다들 진정해! 근처에 무너지거나 쓰러질 건 없어! 자세를 낮추고 진동이 멎을 때까지 기다리는 거야!"

　코토리가 당황한 이들에게 지시를 내렸다. 그러자 다들 그 말에 따라 이 자리에서 몸을 웅크렸다.

　이윽고 지진이 잦아들더니, 다시 밤의 정적이 찾아왔다.

시도는 머뭇거리며 몸을 일으키더니, 주위를 둘러보았다.

"다, 다들 괜찮아?"

"으, 응. 다친 데는 없어……."

"깜짝 놀랐어요……."

다들 그렇게 말하며 서로를 부축해주며 몸을 일으켰다.

바로 그때, 문득 뭔가를 눈치챈 것처럼 유즈루의 눈썹이 흔들렸다.

"전율. 니아는 괜찮을까요?"

"아—."

시도는 그 말을 듣고 눈을 치켜떴다. 그러고 보니 니아는 침낭에 들어간 채 지면을 굴러갔다. 어쩌면 방금 지진으로 강쪽으로 굴러갔을 가능성이 있다.

"어이, 니아?! 어디 있어?! 들리면 대답해~!"

시도가 손을 입가에 대며, 그렇게 외쳤다.

그러자 잠시 후, 먼 곳에서 목소리가 들려왔다.

"—어이— 여기야, 여기— 사아알려줘어어어—."

틀림없다. 니아의 목소리다. 시도 일행은 서로를 쳐다본 후, 랜턴을 들고 목소리가 들린 곳을 향해 뛰어갔다.

그리고—.

"…………어?"

그곳에 도착한 시도는 무심코 걸음을 멈추고 당혹스러운 표정을 지었다.

하지만 그것도 무리는 아니었다. 시도와 함께 뛰어온 정령들 또한 다들 비슷한 표정을 짓고 있었다.

그것도 그럴 것이, 그곳에는 거대한 텐트가 존재했다.

……아니, 그것을 텐트라고 불러도 될지 판단이 서지 않았다. 확실히 구성요소의 절반 정도는 텐트지만, 남은 절반은 커다란 차와 집이었기 때문이다.

그렇다. 믿기지 않게도, 정령들이 설치한 텐트와 집, 그리고 캠핑카까지도 전부 합체된 것이다. 또한 그 집의 처마 끝에는 마치 도롱이 벌레처럼 니아의 침낭이 걸려 있었다.

"이, 이건…… 우리의 텐트……?"

"방금 지진으로 전부 뒤섞여버린 걸까요……?"

"마, 말도 안 돼! 부딪쳐서 박살이 났다면 몰라도, 이렇게 블록 장난감처럼 조립이 되다니—."

"……하지만, 진짜로 그렇게 됐는데……."

"……."

나츠미가 지적하자, 코토리는 입을 다물었다.

하지만 코토리의 심정도 이해는 됐다. 평범하게 생각해보면 말도 안 되는 일이다. 별개의 텐트들이 이렇게 균형을 맞춰서 합체됐으니 말이다.

게다가 믿기지 않게도, 텐트들의 뼈대가 완전히 맞물린 덕분에 무너질 기색이 없었다. 게다가 그 내부는 마치 누가 정돈한 것처럼 깔끔했으며, 침낭과 침대가 한 줄로 배치되어 있었다.

실물을 봐도 믿기지 않는, 기적이라고밖에 표현할 수 없는 현상이다. 마치 세상을 뜻대로 할 수 있는 신이 「그 텐트를 고를 바에야 차라리 전원이 같이 자」 하고 말하는 것만 같은 일이었다.

"흠……."

정령들이 경악을 금치 못하는 가운데, 토카는 낮은 신음을 흘리며 텐트 안으로 성큼성큼 걸어 들어갔다. 그리고 텐트의 상태를 확인하듯 주위를 만져보더니, 「음」 하고 말하며 고개를 끄덕인 후, 한가운데에 놓인 침낭 안에 들어갔다.

"잠깐…… 토카, 위험해! 빨리 나와!"

"괜찮다. 무너질 것 같지 않거든. 그리고 모두의 텐트가 하나로 합쳐졌으니, 여기서 잘 수밖에 없지 않느냐."

"아, 아니, 그래도……."

코토리가 당혹스럽다는 듯이 미간을 찌푸렸다. 하지만 토카는 개의치 않는다는 듯이 옆에 있는 침낭을 손으로 두드렸다.

"자, 시도도 와라! 여기가 특등석이다!"

"뭐? 아, 응—."

왠지 토카가 저렇게 말하니, 시도는 불가사의하게도 괜찮을 것 같은 느낌이 들었다. 그 말에 따라 텐트 안으로 들어간 시도는 토카의 옆에 섰다.

그러자, 다른 정령들도 시도의 뒤를 이어 텐트 안으로 들어갔다.

"방금 그 말은 흘려넘길 수 없어. 시도는 내 옆자리에서 자야 해."

"어머나, 텐트가 하나가 됐으니 다른 방법으로 결판을 내는 게 옳지 않을까요?"

"아니, 그러니까 위험— 하아, 정말……! 전원 집합! 어디서 잘지 가위바위보로 정하자! 가위바위보!"

"꺄아~! 결과적으로 잘 됐어요~! 잘은 모르겠지만, 다 같이 한 텐트에서 잔다면 최고의 졸업여행이네요오오오~! 감사합니다, 하느님, 부처님, 달링니이이이이임!"

텐트 안이 갑자기 시끌벅적해졌다.

참고로 텐트 밖에서 「……저기~, 여러분~? 나를 잊은 거아냐~?」 하고 중얼거리던 도롱이벌레가 구출된 것은, 가위바위보가 끝나서 다들 어디서 잘지 정해진 후였다.

◇

랜턴을 끄자, 밤을 맞이한 숲에는 달과 별의 빛만이 남아있었다.

누가 어디서 잘지 정하기 위해 가위바위보 대회를 하긴 했지만, 한밤중의 텐트 안은 옆에 누가 있는지도 모를 만큼 어두웠다.

다들 잠자리에 든 직후에는 미쿠에게 습격을 당한 나츠미의 비명, 오리가미의 숨결을 느낀 시도의 신음, 그리고 주의를 주는 코토리의 고함 등이 울려 퍼졌다. 하지만 다들 잠든 후에는 조용하기 그지없었다. 멀리서 들려오는 벌레와 부엉이 소리를 제외하면, 때때로 누군가가 뒤척이는 소리와 니아가 이를 가는 소리만 들릴 뿐이었다.

—그렇게, 정적이 감도는 어둠 속……

"……저기, 시도. 깨어있느냐?"

갑자기 옆에서 그런 말이 들려오자, 시도는 눈동자를 움직였다.

"……토카, 왜 그래? 잠이 안 오는 거야?"

토카를 향해 고개를 돌린 시도는 다른 이들이 깨지 않도록 낮은 목소리로 그렇게 말했다.

그렇다. 가위바위보로 잠잘 장소를 정했지만, 결국 토카와 시도는 처음에 그녀가 말했던 장소에서 자게 됐다.

"후후…… 역시 깨어있었느냐. 왠지…… 그럴 것 같았다."

토카는 그렇게 말하며 웃음을 흘렸다.

시도는 그 말을 듣고 불가사의한 느낌을 받았다. 왠지 시도도 토카가 잠들지 않았을 듯한 느낌을 받았던 것이다.

눈을 뜨거나 감더라도 변함없는 경치 속에서, 토카는 말을 이었다.

"오늘은— 즐거웠다. 강 놀이는 바다와 다른 재미가 있었고, 바비큐의 맛은 최고였지. 다 같이 텐트를 만든 것도 좋은 추억이 됐다."

"하하…… 그거 다행인걸. 일단 미쿠의 졸업여행 삼아 오긴 했지만, 다 같이 이렇게 놀러 와서 재미있어."

"음……. 정말, 즐거웠다. 또…… 올 수 있으면 좋겠구나."

"당연히 또 올 수 있어. 이제 DEM이 우리를 위협할 일은 없잖아. 몇 번이든 올 수 있을 거야. 다 같이, 또 말이야."

"……음. 그래."

"……어?"

시도는 고개를 약간 갸웃거렸다. 어두워서 표정은 보이지 않지만, 토카의 목소리에서 약간의 슬픔이 묻어나는 듯한 느낌이 들었다.

"토카, 왜 그래?"

"……아무것도 아니다. 내일이 너무 고대 되어서 잠이 오지 않는 것뿐이다. —잘 자라, 시도."

토카는 그렇게 말한 후에 돌아눕는 소리가 들리더니, 그 후로 그녀는 아무 말도 하지 않았다.

시도는 그 모습을 보고 어렴풋한 의문을 느꼈지만— 곧 강렬한 졸음이 엄습한 탓에, 더는 아무 말도 할 수가 없었다.

정령 워울프

WerewolfSPIRIT

DATE A LIVE ENCORE 10

『―이른 아침, 마을 외곽에서 마을 제일의 미소녀인 마리아의 유해가 발견됐습니다.』

간헐적으로 빗소리가 들리는 가운데, 스마트폰에서 흘러나온 조용한 음성이 그렇게 말했다.

『유해는 심하게 손상되었으며, 그 잔인한 행위가 인간이 아닌 자의 소행이라는 것을 알려주고 있습니다. 거대한 발톱 자국, 날카로운 송곳니 흔적, 그리고 주위에 가득 찬 짐승 냄새―.

그것들은 이 마을에「늑대인간」이 숨어 있다는 것을 눈치채기에, 충분한 재료입니다.』

꿀꺽, 하고 침을 삼키는 소리가 주위에서 들려왔다.

긴장 탓에 마른 목을 적시기 위해 침을 삼킨 걸지도 모르지만―.

어쩌면 입술 가장자리에서 흘러내리려 하는 군침을 참기 위해 침을 삼킨 걸지도 모른다.

『그렇습니다. 당신들은 찾아내야만 합니다. 마을 사람들 속에 숨어 있는 늑대인간을 말이죠. 설령 잘못된 판단을 내려서 동료의 목을 매다는 한이 있더라도……. 그러지 않았다간, 내일 아침에는 바로 당신이 저기에 쓰러져 있을지도 모르니까—.』

스마트폰에서 흘러나온 음성이 그렇게 말한 순간, 하늘에 번개가 치면서 어둑어둑한 텐트 안에 있던 소녀들의 얼굴을 비췄다.

"……윽!"

시도는 숨을 삼켰다.

왠지 번개에 비친 소녀들의 그림자가 한순간, 흉포한 늑대처럼 보였다.

◇

……이런 흉흉한 도입부로 시작하기는 했지만, 딱히 살인 사건이 시작된 것은 아니다.

이 모든 일은 오늘 아침, 미쿠의 졸업여행을 겸해 강가로 캠핑을 온 시도 일행이 추적추적 내리는 빗소리에 눈을 뜨면서 시작됐다.

"아……. 꽤 많이 내리는걸. 이래선 급류타기를 못 하겠네."

시도가 밖을 살피며 그렇게 말하자, 복잡하게 조립된 텐트 안에 있던 정령들이 아쉽다는 듯이 한숨을 내쉬었다.

"으음…… 그러냐."

"훗, 하늘의 기분은 변덕쟁이란 말이 있지."

다들 한마디씩 하며 다양한 반응을 보였다.

그렇다. 거대한 텐트 안에는 토카, 오리가미, 코토리, 요시노, 카구야, 유즈루, 미쿠, 나츠미, 니아, 무쿠로, 그리고 쿠루미까지, 〈라타토스크〉의 보호를 받는 정령 전원이 모여 있었다.

"뭐, 아쉽기는 하지만 날씨만은 마음대로 할 수가 없으니까요~. 하지만 어쩌죠? 비 오는 날에 할 수 있는 놀이가 있던가요?"

미쿠는 볼에 손가락을 대며 고개를 갸웃거렸다. 그러자 니아는 뭔가 생각난 것처럼 자신의 가방을 뒤지기 시작했다.

"훗훗훗. 이럴 줄 알고 좋은 걸 준비해뒀어~."

그리고 가방 안에서 컬러풀한 그림이 그려진 상자를 여러 개 꺼냈다.

"이건……."

"그래. 아날로그 게임이란 거야. 수학여행의 동반자 하면 바로 이거잖아. 이참에 다 같이 해보지 않겠어?"

"수학여행……."

시도는 쓴웃음을 지으면서, 니아가 꺼내놓은 상자를 쳐다 보았다. 트럼프와 UNO, 그 외에도 처음 보는 게임이 여러 개 있었다.

"꽤 종류가 많네…… 뭘 할까?"

"으음, 글쎄~."

니아는 음미하듯 상자를 둘러보기 시작했다. 그리고 잠시 후, 혀를 날름 핥으면서 그 중 하나를 골랐다.

"그럼 이걸 해보자. 제목은 『늑대인간』! 꽤 유명한 게임이 니까 이름을 들어본 적 있는 사람도 있을걸?"

니아는 그렇게 말하면서, 늑대 그림이 그려진 상자를 다 른 이들에게 보여줬다.

"늑대인간……."

해본 적이 없기는 하지만, 이름은 들어본 적이 있다. 시도 말고도 오리가미와 나츠미, 야마이 자매와 코토리는 안다는 듯한 표정을 짓고 있었다.

"늑대인간……인가요?"

"으음, 왠지 섬뜩한 명칭이구나."

요시노와 토카가 진지한 눈길로 카드를 응시했다. 그러자 니아는 아하하~ 하고 가벼운 웃음을 흘렸다.

"딱히 무서운 게임은 아냐. 바로 정체 은닉 게임이란 거 지. 마을 사람 속에 숨어 있는 늑대인간을 잡으면 마을 사 람 진영의 승리. 마을 사람이 줄어서 그 숫자가 늑대인간과 같거나 적어지면 늑대인간 진영의 승리. 어때? 간단하지?"

니아가 그렇게 말하자, 이번에는 무쿠로가 의아하다는 듯이 고개를 갸웃거렸다.

"흐음…… 허나, 늑대인간은 마을 사람보다 강하지 않느냐? 대체 어떻게 쓰러뜨리는 거지?"

"이 게임은 낮 파트와 밤 파트로 나뉘어 있는데, 늑대인간이 비스트 모드가 될 수 있는 건 밤뿐이야. 그래서 밤이면 밤마다 마을 사람이 한 명씩 습격을 당하지만, 낮에는 늑대인간도 평범한 인간과 똑같거든. 그러니 마을 사람이 낮에 늑대인간을 찾아내서 목을 매달아버리는 거지."

니아는 그렇게 말하면서 「꾸엑~」 하며 자기 목을 조르는 시늉을 했다. 그 모습을 본 요시노가 숨을 작게 들이마셨다.

"무서운 게임이에요……."

"아, 진짜로 목을 매다는 건 아냐."

니아가 쓴웃음을 흘리며 요시노를 달래자, 잠자코 듣고 있던 코토리가 사탕의 막대 부분을 위아래로 흔들면서 팔짱을 꼈다.

"아하. 마을 사람은 늑대인간을 사냥해야만 하지만, 누가 늑대인간인지 모른다. 어쩌면 실수로 같은 편인 마을 사람을 해칠지도 모른다. 하지만 죽이지 않았다간 머지않아 늑대인간에게 전멸당한다―. 섬뜩한 내용이기는 하지만, 재미있을 것 같은 게임이네."

"그렇지? 이거라면 열두 명이 함께 즐길 수 있어."

"우후후. 하지만 감과 운만 믿으며 늑대인간을 찾는 건 좀 불안하군요. 게임에 전략성을 부여해줄 무언가가 있을 것 같은데 말이죠."

쿠루미가 눈을 가늘게 뜨며 그렇게 말하자, 니아는 「딩동 댕~」 하고 말하며 고개를 끄덕였다. 그리고 텐트 바닥에 카드를 깔기 시작했다.

"늑대인간 게임에는 직책, 그러니까 각각의 멤버에게 주어진 역할이 있어. ─우선『마을 사람』."

니아는 그렇게 말하면서 데포르메된 인간이 그려진 카드를 가리켰다.

"가장 숫자가 많고, 특수 능력도 없는 직책이지만, 이 게임의 주인공이라고 할 수 있는 포지션이야. 용기와 지략을 무기 삼아, 늑대인간을 해치우는 게 사명이지."

다음으로 니아는 늑대가 그려진 카드를 그 옆에 뒀다.

"다음은『늑대인간』. 밤이 되면 마을 사람을 한 명 습격해. 그리고 낮에는 다른 사람들에게 의심받지 않도록, 죄 없는 마을 사람인 척을 하는 거야. 열두 명이 이 게임을 한다면, 늑대인간은 두 명 정도가 적당하겠네. 늑대인간인 두 사람이 사망하면, 마을 사람의 승리야. 하지만 마을 사람이 늑대인간과 같은 숫자만큼 줄어든다면, 그때는 늑대인간 측이 이긴 게 돼."

그리고— 하고 말한 니아는 새로운 카드들을 그 옆에 깔았다. 그 카드들에는 수정구슬을 손에 쥔 캐릭터, 등 뒤에 유령이 있는 캐릭터, 갑옷을 입고 검을 쥔 캐릭터가 그려져 있었다.

"이 세 장의 카드가 마을 사람 승리의 열쇠가 되는 직책이야. 『점술사』는 밤마다 한 명을 지명해서, 그 정체가 인간인지 늑대 인간인지 알아낼 수 있어. 만약 늑대인간을 찾아낸다면, 상황은 단숨에 마을 사람에게 유리해질 거야.

그리고 『영매사』는 전날에 처형된 자가 인간인지 늑대인간인지 알아낼 수 있어. 이것도 중요한 정보야. 늑대인간을 처형했다면 러키~. 하지만 처형된 이가 마을 사람이라면, 마을 사람은 자기 동료가 줄어든 게 돼.

그리고 이것은 『기사』. 밤에 늑대인간에게 맞설 수 있는 유일한 직책이야. 밤마다 한 사람을 지명해서, 그 인물을 지킬 수 있어. 기사에게 지켜진 사람은 늑대인간에게 습격을 당해도 죽지 않아. 하지만 자신이 습격을 당한다면 죽고 마니까, 정체가 들통나지 않도록 주의해."

정령들은 차례차례 소개된 직책 카드를 보면서 낮은 신음을 흘렸다.

바로 그때, 미쿠가 손가락 하나를 세우며 고개를 들었다.

"얼추 알겠어요. 하지만, 이래서는 늑대인간 측이 너무 불리하지 않나요?"

니아는 그 말을 듣더니, 「므흐흐」 하고 웃으면서 새로운 카드 한 장을 바닥에 깔았다. 달빛 아래에서 광기에 찬 미소를 짓고 있는 캐릭터가 그려진 카드였다.

"—『미치광이』. 이 게임의 트릭스터야. 늑대인간 진영이지만, 점술사와 영매사가 조사하더라도 마을 사람으로 판명돼. 마을 사람이면서도 늑대인간의 편에 선 배신자지. 늑대인간을 위해 상황을 교란하고, 여차할 때 늑대인간의 편에서는 복병이야."

"아하……. 음흉한 역할이네요~. 하지만 맡으면 재미있을 것 같아요."

미쿠는 진땀을 흘리면서도 입술 가장자리를 치켜올렸다. 니아는 「그렇지~?」 하고 말하며 웃더니, 손에 쥐고 있던 카드를 쳐다보며 잠시 생각에 잠긴 후에 그 카드를 바닥에 깔아놨다.

"기왕 이렇게 많은 인원이 하는 거니까, 좀 특수한 카드도 섞어보자. 우선—『여우 요괴』야."

"여우 요괴……? 어떤 역할이야?"

"으음, 여우 요괴는 제3세력이라고 할 수 있어. 늑대인간에게 습격을 당해도 죽지 않아."

"……어, 그게 뭐야. 처형할 수밖에 없는 거야?"

나츠미는 도끼눈을 뜨며 물었다.

하지만 니아는 「쯧쯧쯧」 하고 혀를 차며 고개를 좌우로 저었다.

"그게 말이지~. 여우 요괴는 점술사에게 점쳐지면 죽고 말아. 그래서 늑대한테 죽지 않더라도, 끝까지 살아남는 건 꽤 어려워."

"흐음…… 그렇구나."

"하지만, 마을 사람 진영 혹은 늑대인간 진영의 승리가 확정된 순간, 여우 요괴가 살아있다면 여우 요괴의 승리가 돼. 난이도는 꽤 높지만, 여우 요괴가 되어서 이긴다면 쾌감이 엄청나다니깐~."

니아는 윙크를 하면서 그렇게 말한 후, 마지막 카드를 바닥에 깔았다. 바로— 맛있어 보이는 빵을 안아 든 캐릭터가 그려진 카드를 말이다.

"그리고 이게 바로 『빵집 주인』. 매일 아침, 사람들에게 맛있는 빵을 구워줘."

"뭐?!"

그 말을 들은 토카가 눈을 반짝이며 몸을 쑥 내밀었다.

"그거 참 멋진 역할이구나!"

"그렇지~? 보통은 잘 쓰이지 않는 카드지만, 토~카는 이런 걸 좋아하지 않아~?"

"음! 정말 멋진 카드다!"

토카는 환한 미소를 지으며 고개를 연거푸 끄덕였다. 시도는 쓴웃음을 지으며 그 모습을 바라본 후, 니아를 향해 고개를 돌렸다.

"그런데, 그 빵집 주인의 효력은 뭐야?"

"엄청 맛있어."

"뭐?"

"그러니까, 엄청 맛있는 빵을 만드는 거야. 빵집 주인에게 필요한 건 그게 전부잖아?"

"……."

시도는 한동안 아무 말도 하지 못했지만, 곧 이해했다. 즉, 게임의 분위기를 띄우기 위한 재미 카드 같은 것이리라. 그래도 아침에 빵을 받지 못한다면, 전날에 처형된 사람 혹은 밤에 습격을 당한 사람이 빵집 주인이라는 걸 알 수 있을지도 모른다.

"뭐, 됐어. 일단 해보자."

이런 게임은 익히기보다는 익숙해지는 게 좋다. 설명을 다시 듣는 것보다, 한번 해보면 빨리 이해가 될 것이다. 시도는 그렇게 생각하며 고개를 들었다.

"으음, 맞다. 그리고 다양한 로컬룰이 존재하는데, 일단 내가 아는 걸로…… 아, 맞다. 이 게임에는 전원의 직책을 파악하고 있는 게임 마스터가 필요해. 내가 해도 되겠지만, 인원이 주는 것도 좀 그러니까—."

니아는 호주머니에서 스마트폰을 꺼내더니, 조작한 후에 모두에게 잘 보이는 위치에 그것을 뒀다.

그 화면에는 낯익은 소녀의 얼굴이 표시되어 있었다.

"어, 마리아?"

『—예, 시도. 여행은 즐겁나요?』

시도가 그렇게 말하자, 〈프락시너스〉의 AI인 마리아가 스마트폰의 스피커를 통해 대답했다.

『이야기는 들었어요. 제가 게임 마스터를 맡도록 하겠어요. —니아의 요청이라는 게 좀 불만이지만, 저처럼 성숙된 인격의 소유자는 그 정도 일로는 화내지 않아요. 예. 적당히 이용해먹기 좋은 여자 취급을 당하더라도, 화내지 않고말고요.』

"……"

그 말과 달리, 엄청 불만을 느끼고 있는 것 같았다. ……시도는 나중에 선물이라도 사다 줘야겠다고 생각했다.

『—자아. 그럼 시작해볼까요. 사용할 카드는 잘 섞은 후에 참가자에게 한 장씩 나눠주세요.』

"으, 응."

시도는 마리아의 지시에 따라 카드를 섞기 시작했다.

바로 그때, 이 흐름을 끊듯 한 소녀가 조용히 손을 들었다. —오리가미였다.

"—잠깐만. 제안이 하나 있어."

"제안?"

시도가 묻자, 오리가미는 고개를 끄덕이며 말을 이었다.

"늑대인간은 매우 우수한 게임이야. 하지만 그것을 더욱 익사이팅하게 만들기 위해, ○○식 룰의 채용을 제안하고 싶어."

"······○○식······ 아, 오리링 오리지널이라는······."

왠지 귀에 익은 그 말을 들은 시도가 인상을 찡그렸다. 하지만, 오리가미는 표정을 바꾸지 않으며 고개를 저었다.

"오리링 올마이티."

"그건 어떤 의미야?!"

시도는 비명에 가까운 목소리로 그렇게 외쳤다. 그렇다. 일전에 눈싸움 때도, 오리가미는 비슷한 제안을 했던 것이다.

"○○식의 주요 요강은 아래와 같아.

하나, 『승리 진영의 생존자는 패배 진영에게 그 어떤 부탁이든 딱 하나 할 수 있다』.

둘, 『입증되지 않은 속임수는 속임수가 아니다』."

"또 속임수를 쓰려는 거지?!"

오리가미를 상대로 그런 룰로 승부를 하는 건 자살행위다. 시도는 고개를 좌우로 저었다.

하지만 그런 시도와 달리, 마리아는 딱히 개의치 않는다는 투로 『흠』 하고 신음을 흘렸다.

『좋아요. 허가하겠어요.』

"어, 어이, 진심이야? 그런 걸 인정했다간, 오리가미가 무슨 짓을 할지 모른단 말이야."

『조금은 엉망진창인 편이 보는 사람도 재미있을 테니까요.

게다가……』

"게다가?"

『저한테는 불이익이 없어요.』

"……"

……역시 여행에 참가 못한 것 때문에 삐친 것 같았다. 〈라타토스크〉의 업무 때문에 어쩔 수 없었지만 말이다.

『하지만, 그 룰의 혜택을 받는 건 오리가미가 아닐 거라고 생각해요.』

"뭐?"

『게임을 진행해보면 알 수 있을 거예요. —자, 카드를 나눠주세요.』

"아, 알았어……."

시도는 그 말에 따라, 멤버들에게 카드를 한 장씩 나눠줬다.

이리하여, 늑대인간이 숨어있는 마을은 첫날 밤을 맞이하게 됐다.

◇

"마리아아아아아앗!"

"맙소사, 마리아 씨가……."

"……그것보다, 마을 최고의 미소녀란 말을 자기 입으로 하는 거야?"

마을 외곽에서 마리아가 시체로 발견되자(어디까지나 그런 설정), 마을 사람들이 비명(과 딴죽)을 질렀다.

그 뒤를 이어, 스마트폰에서 또 목소리가 흘러나왔다.

『여러분이 사랑해 마지않았던 미소녀, 마리아의 죽음은 마을에 깊은 슬픔을 가져왔습니다. 하지만, 슬퍼하고 있을 수만은 없습니다. 여러분 사이에는 늑대인간이 두 명 숨어 있으니까요.

여러분은 수상한 인물을 골라서 처형하기로 결심했습니다.

—논의 타임을 시작하겠습니다. 여러분은 대화를 통해, 오늘 탈락할 사람을 선정해 주세요.』

마리아가 그렇게 말한 순간, 스마트폰 화면에 카운트다운이 표시됐다. 이것이 제로가 되기 전에, 논의를 끝내야만 하는 것이다.

"……."

시도는 작게 숨을 내쉰 후, 다시 손에 쥔 카드를 쳐다보았다.

—여우 캐릭터가 그려진 카드를 말이다.

그렇다. 시도의 직책은 난이도가 높다는 『여우 요괴』였다.

즉, 시도는 단 한 번도 점술사에게 점쳐지지 않으면서 끝까지 살아남아야만 한다. 꽤 어려운 역할이다.

"우리 중에 마리아를 죽인 늑대가……."

"전율. 단서가 너무 적어요."

카구야와 유즈루는 진지한 눈빛으로 다른 이들을 둘러보

았다. 승부를 즐기는 저 두 사람은 이 세계관에 완전히 빠져든 것 같았다.

그 모습을 본 시도는 생각을 바꿨다. 시도는 여우 요괴지만, 지금은 어디까지나 아무 죄 없는 마을 사람을 연기하면서 다른 이들과 함께 늑대인간을 찾아내야만 한다.

"으음······. 점술사와 영매사가 능력을 발휘하는 건 다음 밤부터니까, 첫날에는 감으로 처형할 사람을 정할 수밖에 없는 거지?"

시도는 그렇게 말하며 다른 이들의 얼굴을 둘러보았다. ······하지만 그것만으로는 누가 늑대인간인지 알 수 있을 리가 없었다.

유일하게 표정으로 판별할 수 있었던 건, 카드를 받고 약간 아쉬운 표정을 지었던 토카가 빵집 주인이 아닐 거라는 점이다.

다들 남들을 살피고 있을 때, 니아가 갑자기 힘차게 손을 들었다.

"저기요~! 이 니아 님은 커밍아웃을 하겠어요~! 나, 실은 점술사야. 그러니까 나를 죽이지 말아줘~!"

"뭐······?!"

시도는 그 느닷없는 선언을 듣고 눈을 동그랗게 떴다. 아니, 시도만이 아니었다. 다른 정령들도 깜짝 놀란 표정을 지었다.

그럴 만도 했다. 점술사라는 사실을 밝히면 목을 매달릴 가능성은 없을 것이다. 하지만, 점술사는 늑대인간이 가장 없애고 싶어하는 직책인 것이다.

"니, 니아, 갑자기 그런 소리를 해도 괜찮은 거야? 오늘 밤에 늑대인간에게 습격을 당하면, 점도 칠 수 없을 텐데—."

"므흐흐, 걱정하지 마. 이 마을에는 기사가 있거든."

"아……."

그 말이 옳다. 늑대인간의 습격을 막는 기사가 있다면, 점술사가 이름을 밝혀도 문제 될 것이 없다. 오히려 첫날에 점술사가 죽는 사태를 막기 위해서는 이것이 타당한 방법처럼 느껴졌다.

"—그러니 이 안에 있는 기사님! 오늘 밤에는 나를 지켜 줘! 참, 아직 정체를 밝히지 않아도 돼! 표적이 될 테니까 말이야!"

니아는 그렇게 말하며 힘차게 손을 흔들었다.

이것으로 아무런 단서도 없던 마을에, 어렴풋한 지침이 생겨났다. 오늘 탈락자는 니아 이외의 사람 중에서 고르는 편이 타당할 것이다—.

하지만…….

"……어?"

다음 순간, 시도는 무심코 미간을 찌푸렸다.

그러는 것도 무리는 아니었다. 아까 전의 니아처럼, 이번에는 무쿠로가 손을 들었기 때문이다.

"음…… 이게 어떻게 된 게지? 무쿠도 점술사이다만……."

그리고, 영문을 모르겠다는 표정으로 그렇게 말했다.

그 말을 들은 정령들의 표정에 당혹감이 어렸다.

—점술사가, 두 명.

그것은 니아 혹은 무쿠로가 거짓말을 하고 있다는 의미였다.

그렇다면—.

"……"

시도는 반쯤 무의식적으로 니아를 쳐다보았다.

아니, 시도만이 아니었다. 미리 짠 것도 아닌데, 어찌 된 건지 모든 정령이 니아를 쳐다보았다. 그리고 그녀들의 눈에는…….

(무쿠로가 진짜 같아…….)

라는 기색이 어려 있었다.

"……왜, 왜 그런 눈으로 쳐다보는 거야~?"

그 의도를 눈치챈 건지, 니아가 볼을 부들부들 떨며 그렇게 말했다.

"그게……."

"아무것도 아냐……."

"나를 의심하는 거잖아! 왜야! 나와 무쿠찡은 조건이 동일한데~!"

다른 이들의 반응을 본 니아가 우는 시늉을 했다.

……아하, 좋은 의미에서든 나쁜 의미에서든, 평소의 행실

이 드러나는 게임이라는 사실을 시도는 이해했다.

하지만 아무리 의심스럽더라도, 결정적인 증거가 있는 건 아니다. 실수로 점술사를 죽이는 사태를 피해야만 하는 만큼, 니아와 무쿠로 이외의 인물 중에서 탈락자를 고르는 편이 좋을 것이다.

문제는 기사가 오늘 밤에 누구를 지킬 것인가, 다. 만약 가짜 점술사를 지킨 바람에 진짜 점술사가 죽는다면, 그야말로 최악의 결과다. 늑대인간이나 미치광이가 점술사를 자처하는 건, 그런 식의 교란을 노리기 때문일지도 모른다.

시도가 그런 생각을 하고 있을 때, 스마트폰에서 삐삐 하는 알람음이 흘러나왔다.

『시간이 됐어요. 오늘 탈락자를 선정해 주세요.』

"어, 벌써 시간이 된 거야?!"

"하나도 모르겠어요~……."

마리아가 그런 선고를 내리자, 정령들이 난처한 표정을 지었다.

니아와 무쿠로라는 자칭 점술사가 두 명이나 나타났지만, 다른 단서는 없다. 다소 선택지가 줄어들기는 했지만, 감에 의존해 탈락자를 골라야만 한다는 점에는 변함이 없다.

"……아니, 하지만—"

시도는 볼을 긁적이면서 생각을 정리했다.

확실히 누가 수상한 인물인지는 알 수 없다. 하지만 첫날에 지명해야 할 인물이 누구인지는 짐작이 됐다.

『그럼 투표를 하겠어요. 처형하고 싶은 사람을 손가락으로 가리키세요. 하나, 둘, 셋―.』

마리아의 말에 맞춰, 다들 일제히 손가락을 내밀었다.

"……윽."

다음 순간, 작게 숨을 삼키는 소리가 텐트 안에 울려 퍼졌다.

하지만 그것도 무리는 아니었다.

왜냐하면 시도, 토카, 코토리, 나츠미, 요시노, 무쿠로, 니아의 손가락이 오리가미를 가리킨 것이다.

참고로 오리가미와 쿠루미는 나츠미를, 유즈루는 카구야를, 카구야는 유즈루를, 미쿠는 코토리를 가리켰다.

"―어째서야?"

오리가미는 뜻밖이라는 표정을 지었다. 확실히, 오리가미는 논의에 전혀 참여하지 않았다. 그런데 과반수 득표로 탈락자로 선정된 것이 부자연스러울지도 모른다.

하지만, 이유는 명백했다. 시도는 멋쩍은 표정을 지으며 볼을 긁적였다.

"……아니, 그야 뻔하잖아. 그런 룰을 제안한 사람이 끝까지 살아남으면 무섭거든……."

정령들이 시도의 말에 동의한다는 듯이 고개를 끄덕였다.

"그 룰은 속임수를 쓰겠다고 선언하는 거나 다름없잖아."

"……죽일 수 있을 때 죽여 두는 편이 좋아……."

"죄, 죄송해요……."

다들 그렇게 말하자, 오리가미는 원통하다는 듯이 「큭」 하고 미간을 찌푸렸다.

"오산이야. 〈바꿔치기 토비〉라 불린 내 손가락 기술을 선보이기 전에 처형당하다니……."

"아니, 대체 무슨 짓을 할 속셈이었던 거야……."

시도가 볼을 긁적이며 묻자, 오리가미는 작게 한숨을 토하며 뒤편으로 물러났다.

"룰은 룰이야. 나는 탈락하지만, 너희가 늑대인간을 잡아서 마을의 평화를 되찾기를 빌게."

"오리가미 씨……."

오리가미가 좀 떨어진 곳에 앉으며 관전 모드에 들어갔다. 아무래도 저곳이 사후 세계인 것 같았다.

『자, 그럼 다음 밤이 찾아왔습니다. 여러분, 눈을 감아주세요.』

마리아의 지시에 따라, 시도 일행은 눈을 꼭 감았다.

『─아침입니다. 눈을 드세요.

유감스러운 소식이 있습니다. 마을 외곽에서, 갈기갈기 찢긴 미쿠의 유해가 발견됐어요.』

"꺄아아아아아아——?!"

마리아가 그렇게 선고하자, 미쿠는 찢어지는 듯한 비명을 질렀다.

"제, 제가 말인가요~?! 아직 아무 짓도 안 했는데~……."

미쿠는 그렇게 말하며 울상을 짓더니, 몸을 둥글게 말했다. 요시노가 위로하듯 미쿠의 등을 어루만져줬다.

"으음~, 밋키~가 당했구나. 그럼 밋키~는 늑대인간이 아니었던 거네."

"……어, 진짜야? 이미지적으로 미쿠가 늑대인간일 줄 알았는데……."

니아의 말에 나츠미가 뜻밖이라는 듯이 눈을 동그랗게 떴다.

"제 이미지가 대체 어떤대요~?! 밤이면 밤마다 여자애를 덮치는, 짓 같은 건…… 같은 건……."

미쿠의 목소리 톤이 점점 낮아졌다. 표정에는 「어머…… 괜찮을 것 같은데요……? 아니, 여기 있는 사람 중 누군가가 밤이면 밤마다 저를 덮친다는 것도, 꽤……」 같은 심정이 어려 있었다.

『자, 미쿠는 사후 세계로 가주세요.』

"어쩔 수 없네요~. 천국에서 오리가미 양과 꺄아꺄아~ 우후후~ 하면서, 여러분의 활약을 지켜보도록 하겠어요~."

미쿠는 그렇게 말하면서 둘러앉은 이들 사이에서 빠져나왔다. 그리고 사후 세계에서 오리가미를 꼭 끌어안으려고 했다가, 그대로 제압당했다.

『참고로 오늘 아침에도, 여러분에게는 맛있는 빵이 전달됐어요.』

"오오, 빵집 주인은 무사했구나!"

마리아의 말을 들은 토카가 안도의 한숨을 내쉬었다.

시도는 무심코 쓴웃음을 지었다. 토카가 빵집 주인이 아니라는 것을 알 수 있었기 때문이다.

『그럼 오늘 처형할 사람을 고르기 위한 논의를 시작해주세요.』

마리아가 그렇게 선언하자, 아까와 마찬가지로 스마트폰에 표시된 숫자가 카운트다운되기 시작했다.

그에 맞춰, 자칭 점술사인 니아가 힘차게 손을 들었다.

"자아~! 다들 내 말 좀 들어봐. 나, 어젯밤에 소년을 점쳐봤거든? 그런데 소년은 인간이었어~!"

"뭐? 나를 점친 거야?"

"그래. 이걸로 소년의 결백은 증명됐어! 나와 함께 늑대인간을 열심히 찾아보자~!"

니아는 엄지를 치켜들었다. 그 모습을 본 시도는 「으, 응」하고 말하며 쓴웃음을 흘리더니, 마찬가지로 엄지를 치켜들었다.

그 뒤를 이어, 무쿠로도 손을 들며 말했다.

"음, 무쿠는 나츠미를 점쳐봤느니라. 나츠미도 인간이었지."

"흐음…… 그렇구나. 어제보다 판단재료가 많아졌네."

코토리는 생각에 잠기며 턱을 매만졌다.

확실히 그 말이 옳았다. 늑대인간을 찾아내지 못한 건 아쉽지만, 이것으로 어제보다 용의자의 숫자가 줄어들—.

(…………어.)

바로 그때, 시도의 눈썹이 꿈틀거렸다. 이 일련의 흐름 속에서, 명백하게 이상한 점이 존재했던 것이다.

그렇다. 니아는 분명, 시도를 점쳤다고 말했다.

하지만 점쳐지면 죽고 마는 여우 요괴인 시도는 지금 멀쩡히 살아있다.

이것이 가리키는 사실은 하나다.

(—역시 네가 가짜였냐, 니아아아아아앗!!)

시도는 마음속으로 고함을 질렀다.

마을 사람 진영의 인물이 자기 직책을 거짓말해봤자 득될 것이 없다. 즉, 니아는 점술사를 가장한 늑대인간, 혹은 미치광이인 것이다.

의도치 않게, 남들이 모르는 정보를 손에 넣고 말았다. ……하지만 이 사실을 밝힐 수는 없다. 만약 니아가 수상하다는 말을 했다간, 시도의 정체가 발각될 수도 있는 것이다. 지금은 아무 말 없이 상황을 지켜보는 편이 좋으리라.

뭐, 여우 요괴인 시도는 마을 사람과 늑대인간 중 어느 쪽이 이기든 아무 상관 없다. 끝까지 살아남기만 하면 되는 것이다.

그렇다면 니아를 진짜 점술사로 여기며, 늑대인간 진영의 편에 서는 것도 괜찮을 것이다. ……그러기 위해서는 진짜 점술사인 무쿠로를 가짜 취급을 해야 하니, 시도는 양심이 찔릴 것 같지만 말이다.

"저기……."

시도가 그런 생각을 하고 있을 때, 요시노가 갑자기 입을 열었다.

"응? 요시노, 왜 그래?"

"실은 제가 영매사인데요……."

"뭐?"

시도는 그 느닷없는 커밍아웃을 듣고, 요시노를 향해 고개를 돌렸다.

영매사는 전날에 처형된 자— 지금 같은 경우에는 오리가미의 정체를 알 수 있는 직책이다. 점술사와 마찬가지로 마을 사람들에게 지침을 제시할 수 있다. 그런 만큼, 늑대의 표적이 되기 쉬운 인물이기도 했다.

그런 영매사가 자신의 정체를 밝혔다는 건—.

"오리가미 씨는…… 늑대인간이었어요."

""""……아!""""

요시노가 그렇게 말하자, 다들 눈을 치켜떴다. 장외난투나 다름없는 이유로 탈락한 오리가미가, 늑대인간이었다니…….

마을 사람 진영으로서는 매우 운이 좋았다. 하지만 그것은 지나치게 「절묘하다」는 판단을 내리기에 충분한 요소이기도 했다. 말하지는 않았지만, 쿠루미와 코토리는 생각에 잠기듯 눈을 가늘게 떴다.

　하지만 점술사 때처럼 영매사를 자처하는 또 다른 이가 나타나지는 않았다. 물론 이미 사망한 오리가미 혹은 미쿠가 영매사일 거라고 생각한 요시노가 도박을 했을 가능성도 있지만…… 효율과 요시노의 성격을 생각해보면 그럴 가능성은 적었다.

　"그렇다면……."

　바로 그때, 나츠미가 표정을 굳히면서 중얼거리듯 말했다.

　"……늑대인간은 같은 편이 누구인지 알 테니까…… 첫날, 오리가미에게 투표하지 않았던 사람 중에 또 한 명의 늑대인간이 있는 걸까?"

　""".……아!"""

　나츠미가 자신의 추리를 입에 담자, 카구야, 유즈루, 쿠루미의 눈썹이 흔들렸다.

　그렇다. 첫날, 오리가미 이외의 인물에게 투표한 멤버다. 그러고 보면 미쿠도 코토리에게 투표를 했지만, 그녀는 이미 늑대인간에게 습격을 당했다.

　"자, 잠깐만 있어 보거라! 그런 이유만으로 의심을 산다는 건 납득할 수 없느니라!"

"불만. 맞아요. 변명할 기회를 주세요."

"그래요. 요시노 양이 거짓말을 했을 가능성도 있지 않을까요?"

의심의 눈초리를 받은 세 사람이 그렇게 말했다.

하지만 바로 그때, 논의 타임 종료를 알리는 알람이 울렸다.

『시간이 됐어요. 투표를 하겠어요.』

"아, 딱 재미있어지려던 참인데!"

"아직 후보를 확정 짓지 못했지만…… 어쩔 수 없네."

니아와 코토리는 고민하듯 미간을 찌푸리며 손가락을 세웠다. 시도를 비롯한 다른 이들도 마찬가지로 투표 준비를 시작했다.

『그럼 오늘 처형할 사람을 동시에 골라주세요. 하나, 둘, 셋—.』

마리아의 말에 맞춰, 다들 누군가를 가리켰다. 결과—.

쿠루미, 네 표.

카구야, 네 표.

유즈루, 두 표.

『흠, 쿠루미와 카구야가 동일 득표군요.』

"이럴 때는 어떻게 해?"

코토리가 묻자, 스마트폰 화면에는 이제까지와는 다른 숫자가 표시됐다.

『동일 득표일 경우, 두 사람이 각각 1분 동안 변명을 한 후에 재투표를 실시해요. 재투표에서도 비길 경우, 오늘 탈락자는 없어요.』

"그렇구나⋯⋯."

코토리는 납득했다는 듯이 사탕의 막대 부분을 쫑긋 세우더니, 카구야와 쿠루미를 쳐다보았다.

"그럼 카구야부터 해봐. 왜 오리가미에게 투표하지 않았는지 가르쳐주지 않겠어?"

"으음⋯⋯."

코토리가 그렇게 말하자, 스마트폰에 표시된 숫자가 바뀌며 카운트다운이 시작됐다. 카구야는 불만을 드러내듯 팔짱을 끼면서 입을 열었다.

"이 몸 또한, 오리가미가 정한 약정에 문제가 있다고 생각했느니라. 허나, 그렇다면 이 몸이 승리하면 전부 해결될 문제지. 그렇다면 적을 쓰러뜨리는 것이야말로 지상 과제이지 않느냐! 이 몸은 늑대인간이 아니니라! 불꽃의 힘으로 생명을 이어붙이는 자! 이 몸이 죽는다면, 생명의 불꽃 또한 사그라들고 말 것이니라!"

힘차게 주먹을 말아쥔 카구야가 연설을 하듯 그렇게 외쳤다. 뭐, 뒷부분은 무슨 소리인지 알아들을 수 없었지만 말이다.

『그럼 다음으로 쿠루미, 부탁해요.』

마리아의 말에 맞춰, 다시 카운트다운이 시작됐다.

"저도 카구야 양과 거의 비슷한 이유랍니다. 여러분이 그런 선택을 한 것도 이해가 되지만, 선택을 할 때는 미래에 투자할 수 있는 분을 고르자고 생각했죠. 제가 나츠미 양에게 투표를 한 이유는—."

쿠루미는 혀로 입술을 핥더니, 섬뜩한 미소를 머금었다.

"적으로 돌렸을 때 성가실 듯한 분을, 미리 목을 매달아 버리는 편이 좋을 거라고 생각했답니다."

"""……."""

정령들은 침묵에 잠겼다.

……뭐랄까, 아직 정체가 확정된 것은 아니지만 저 말이, 저 표정이—.

늑대인간 그 자체처럼 느껴졌던 것이다.

『그럼 재투표를 하겠어요. 하나, 둘, 셋—.』

그리하여, 모든 이들의 손가락이 일제히 쿠루미를 가리켰다.

"어머, 어머. 저를 믿어주시지 않는다니, 정말 슬프군요."

쿠루미는 한숨을 내쉬며 자리에서 일어나더니, 오리가미와 미쿠가 기다리는 사후 세계로 여행을 떠났다.

『쿠루미가 처형됐습니다. 그럼 또 밤이 왔습니다. 눈을 감아주세요.』

마리아가 담담한 어조로 그렇게 말했다. 시도와 다른 이들은 지시에 따라 눈을 감으며, 밤이 찾아오기를 기다렸다.

『—아침이 됐습니다. 눈을 떠주세요.

유감스러운 소식이 있습니다. 마을 외곽에서, 엄청 재미있는 포즈를 취한 카구야의 유해가 발견됐어요.』

"뭐어어엇?! 왜 나만 괴상한 포즈를 취하고 있는 거야?!"

마리아의 무자비한 선고를 들은 카구야가 비명에 가까운 목소리로 그렇게 외쳤다.

"뭐……."

그 말을 들은 시도, 그리고 일부 정령들은 미간을 찌푸렸다.

그 이유는 크게 두 가지다. 하나는 단순히, 아직 늑대인간이 처형되지 않았다는 점에 대한 우려다.

다른 하나는— 오늘 희생자로 카구야가 선택됐다는 사실에 대한 경악 때문이었다.

"어떻게 된 거지……? 카구야한테는 늑대인간이라는 혐의가 있었어. 진짜 늑대인간에게는 자신의 정체를 숨겨줄 더할 나위 없는 미끼가 될 거야. 그런데 일부러 죽여버리다니……."

시도가 신음에 가까운 목소리로 그렇게 말하자, 니아는 머리를 긁적이며 답했다.

"으음…… 하지만, 이해가 안 되는 건 아냐. 늑대인간으로서는 점술사나 영매사를 해치우고 싶겠지만, 아직 기사가 살아있다면 실패할 가능성도 있잖아. 하지만 늑대인간이란 의심을 받았던 카구양을 기사가 지킬 가능성은 낮아. 단기

결전을 노린다면 충분히 메리트가 있어. 뭐, 거기까지 생각하지 않고 대충 타깃을 골랐을 가능성도 있지만 말이야. 그 외에는—."

"그 외에는?"

시도가 묻자, 니아는 씨익 웃으며 말을 이었다.

"—가련한 마을 사람을 도발하며 즐기고 있는 걸지도 몰라."

"""……윽!"""

니아가 그렇게 말하자, 시도와 정령들은 일제히 숨을 삼켰다.

그런 긴박한 분위기를 더욱 고조시키려는 듯이, 스마트폰에서 마리아의 목소리가 흘러나왔다.

『여러분에게 알려드릴 슬픈 소식이 하나 더 있습니다.

—오늘 아침에는, 빵 굽는 냄새가 마을 안에 감돌지 않았어요.』

"빠, 빵집 주이이이이이이이이이이인——?!"

그 선고를 들은 토카가 절규를 토했다.

"크, 으으윽…… 네 빵이 있었기 때문에, 나는 이제까지……! 으, 으윽……! 하늘에서 지켜봐다오……. 네 원통함을 꼭 풀어주겠다……!"

눈가에 눈물이 맺힌 토카가 주먹을 으스러질 정도로 움켜쥐었다. 그 범상치 않은 통곡을 들은 남은 정령들은 전율했고, 사후의 세계에 있던 미쿠는 「아아~, 제가 죽었을 때도 이렇게 한탄해주지 그랬어요~」 하고 말하며 입술을 삐죽 내밀었다.

"빵집 주인…… 아."

바로 그때, 시도는 눈썹을 살짝 모았다.

……어쩌면 카구야가 아까 했던 말은 빵을 굽는 것을 의미했을지도 모른다. 혹시 그녀 나름대로 자신의 직책을 공개했던 걸까.

『다들 나름대로 생각하는 바가 있겠지만, 이제 그만 논의 타임에 들어가겠어요. 오늘 처형할 사람을 선정해 주세요.』

마리아가 그렇게 말하는 것과 동시에, 또 카운트다운이 시작됐다.

그에 맞춰, 무쿠로가 분하다는 듯이 입을 열었다.

"음…… 무쿠가 점친 건 카구야였느니라. 물론 그녀는 인간이었지."

"아…… 그럴 수도 있겠네. 타이밍이 좋지 않았는걸."

무쿠로의 말을 들은 시도가 볼을 긁적였다.

어젯밤에 죽지 않았더라도, 카구야의 혐의는 벗겨졌을 것이다. 우연이겠지만, 늑대인간은 최적의 타이밍에 카구야를 죽인 것이다.

"아, 나도 카구야를 점쳤어. 이야~, 카구양이 죽은 건 참 아쉽네~."

"……"

니아는 무쿠로를 따라 하듯 그렇게 말했다. 그 수상쩍은 행동을 본 정령들은 미심쩍은 눈초리로 니아를 쳐다보았다.

하지만 그 말이 거짓말이란 증거는 없다. 게다가 지금 이 자리에서 니아보다 혐의가 짙은 이가 한 명 있는 것이다.

요시노는 머뭇거리며 입을 열었다.

"쿠루미 씨는 인간이었어요. 그리고 카구야 씨도요. 저기, 그렇다면……."

그렇게 말한 요시노는 머뭇거리며 유즈루를 쳐다보았다. 유즈루는 그 말을 부정하려는 듯이 고개를 크게 저었다.

"변명. 유즈루는 늑대인간이 아니에요. 잘 생각해보세요. 만약 유즈루가 늑대인간이라면, 카구야를 해쳐서 용의자를 저 한 사람으로 줄일 리가 없잖아요."

"아……."

요시노는 그 말을 듣고 눈을 치켜떴다. 확실히 그 말이 옳았다.

바로 그때. 니아가 끼어들었다.

"어머머~? 정말 그래~? 오히려 그 변명을 준비해뒀으니까, 일부러 스릴을 즐기려고 카구양을 골로 보내버린 거 아냐~?"

"부정. 괜한 의심 하지 마세요. 증거가 있나요?"

그렇게, 두 사람의 배틀이 시작됐다.

하지만 첫날에 오리가미가 아니라 다른 사람에게 투표를 했다는 사실이 존재하는 만큼, 오늘 처형되는 건 유즈루가 농후해 보였다.

유즈루가 카구야에게 투표한 것이 문제는 아니다. 유즈루 이외의 용의자가 전부 죽어버린 상황에서 그녀가 늑대인간이 아니라면, 진짜 늑대인간은 첫날에 동포를 죽인 것이 되는 것이다—.

"——."

거기까지 생각이 미친 시도의 눈썹이 희미하게 떨렸다.

오리가미는 게임이 시작되기 전에 말도 안 되는 제안을 해서, 경계의 대상이 됐다. 시도도 일찌감치 탈락시켜야만 한다고 생각했으며, 실제로 그녀는 첫날에 목이 매달렸다.

그 흐름을 예상했다면, 진짜 늑대인간은 일부러 동포를 희생시켜서 자신에게 의심의 눈초리가 향하는 것을 피했을 수도 있지 않을까.

확실히 그것은 도박이다. 하지만 그런 판단을 내릴 결단력과 담력을 갖춘 인물로, 시도는 짚이는 이가 있었다.

"……무쿠로. ……와 니아."

"응?"

"어? 소년, 무슨 일이야?"

시도의 말을 들은 무쿠로와 니아가 고개를 갸웃거렸다. 무쿠로만 언급해도 됐겠지만, 자신의 정체를 계속 숨기기 위해서는 니아를 언급해야 한다고 생각한 것이다.

"오늘은 유즈루가 처형될지도 몰라. 하지만, 그렇게 했는

데도 살인이 끝나지 않는다면…… 점쳐줬으면 하는 사람이
있어."

"흐음……?"

"호오~, 그게 누군데?"

두 사람이 흥미롭다는 듯이 물었다. 시도는 천천히 손을
들어 올리더니, 어느 인물을 가리켰다.

"—코토리, 야."

"……흐음?"

시도가 그렇게 말하자, 코토리는 재미있다는 듯이 눈을
가늘게 떴다.

바로 그때, 스마트폰에서 알람이 흘러나왔다.

『투표 시간입니다. 오늘 탈락시킬 사람을 손가락으로 가리
켜주세요. 하나, 둘, 셋—.』

마리아의 말에 맞춰, 다들 일제히 손가락으로 가리켰다.

결과는— 유즈루가 다섯 표, 니아가 세 표였다.

"원통. 큭…… 어쩔 수 없군요. 여러분의 분발을 기대하겠
어요."

유즈루는 원통하다는 듯이 미간을 찌푸리더니, 사후 세계
로 걸어갔다. 카구야와 유즈루가 기쁘다는 듯이 손짓을 했다.

『유즈루가 탈락했습니다. 마을은 밤을 맞이했어요. 여러
분, 눈을 감아주세요.』

일곱 명이 남은 마을에, 마리아의 목소리가 울려 퍼졌다.

늑대인간이 어슬렁거리는 밤이, 다시 찾아왔다.

『─아침입니다. 눈을 떠주세요.

기쁜 소식이 있습니다. 오늘은 희생자가 발생하지 않았습니다.』

"뭐……?!"

"그럼 늑대인간 씨가 사라졌다는 건가요……?"

마리아의 말을 들은 정령들이 그렇게 말했다. 하지만 마리아는 고개를 조용히 저었다.

『아뇨. 늑대인간은 여전히 마을에 숨어 있습니다. 논의를 시작해 주세요.』

그렇게 말한 순간, 카운트다운이 시작됐다. 시도 일행은 표정을 굳히며 서로를 쳐다보았다.

"늑대인간이 남아있는데 희생자가 발생하지 않았다면……
표적이 된 누군가를 기사가 지켰다는 거지?!"

시도가 약간 큰 목소리로 그렇게 말했다. 실은 그것만이 아니라, 늑대인간이 여우 요괴인 시도를 노렸을 가능성도 있다. 하지만 여우 요괴의 존재를 가능한 한 숨기고 싶은 시도로선, 기사의 존재를 어필하는 편이 좋았다.

바로 그때, 니아가 손뼉을 쳤다.

"맞아~. 기사님 만세! 이걸로 우리의 승리도 머지않았어!"

"그래. ……그런데, 어제 내가 부탁한 것 말인데—."

시도가 코토리를 힐끔 쳐다보며 그렇게 말하자, 그녀는 의연한 표정으로 사탕의 막대 부분을 쫑긋 세웠다. —마치 자신에게 덤빈 도전자를 환영한다는 듯이…….

"음……."

무쿠로는 땀을 삐질삐질 흘리며 코토리를 손가락으로 가리켰다.

"나리의 여동생은…… 늑대인간이니라."

"""……윽!"""

무쿠로가 그렇게 말하자, 토카, 나츠미, 요시노가 숨을 삼켰다.

그 와중에 니아만이 과장스러운 액션을 취하며…….

"뭐어?! 무쿠찡, 무슨 소리를 하는 거야! 여동생 양은 인간이야!"

무쿠로의 결과에 정면에서 반박했다.

그러자 코토리는 과장스럽게 어깨를 으쓱했다.

"맞아. 나는 인간이야. 두 점술사 중 한 명이 가짜일 거라고 생각했는데, 설마 무쿠로가 가짜일 줄은 몰랐어. 처음이 게임을 하면서 이렇게 멋진 플레이를 펼치다니, 깜짝 놀랐다니깐. —거꾸로 니아는 너무 익숙해 보여서 진짜 수상했지 뭐야."

"키야~! 가차 없네!"

니아는 자기 이마를 찰싹! 소리가 나게 때렸다. ……그런 모습도 수상했다.

"으…… 으음, 대체 누가 진짜지……?"

토카가 혼란스럽다는 듯이 미간을 찌푸렸다. 그러자 무쿠로와 니아는 동시에 몸을 쑥 내밀었다.

"토카, 나를 믿거라! 나리의 여동생은 늑대인간이니라!"

"속으면 안 돼, 토~카! 나를 믿어!"

"으, 음……."

토카는 애원하듯 시도를 쳐다보았다. 시도는 쓴웃음을 흘리며 생각을 정리했다.

진짜 점술사는 무쿠로다. 그렇다면 시도의 예상대로 코토리는 늑대인간일 것이다.

또 한 명의 늑대인간인 오리가미가 이미 사망한 만큼, 여기서 코토리를 해치우면 마을 사람의— 아니, 살아남은 여우 요괴인 시도의 승리가 확정된다.

아직 살아남은 이들을 속이려니 마음이 아팠지만, 이것은 게임이다. 시도는 작게 고개를 끄덕이며 입을 열었다.

"—무쿠로의 말이 옳을 거라고 생각해. 코토리에게 투표하면, 우리가 이겨."

시도가 그렇게 말하자, 토카의 표정이 환해졌다.

"그러하냐! 그렇다면—"

—하지만 바로 그때였다.

"……잠깐만 있어 봐."

토카의 말을 막듯, 나츠미가 손바닥을 펼쳤다.

"나츠미……?"

"무쿠로가 진짜 점술사에, 코토리가 늑대인간이라는 의견에는 동의해. 니아는 아까부터 무쿠로의 말을 따라하기만 했거든. ……하지만, 코토리의 목을 매다는 건 좀 기다려봐."

"응? 나츠미 씨, 그게 무슨 말인가요?"

요시노는 의아하다는 표정을 지으며 그렇게 말했다. 그러자 나츠미는 어두워 보이는 표정으로 말을 이었다.

"……다들 잊은 것 아냐? 여우 요괴의 존재를 말이야."

"—윽."

느닷없이 여우 요괴가 언급되자, 시도의 어깨가 움찔했다.

"물론 이미 탈락했을 가능성도 있지만…… 만약 여우 요괴가 살아있는 상태에서 승패가 갈린다면, 여우 요괴가 이긴 게 돼. 가능하다면, 여우 요괴를 사냥한 후에 코토리를 처형하는 게 최선일 거야."

"흐음…… 무쿠가 점을 쳐서 여우 요괴를 해치우면 되는 게냐?"

무쿠로가 고개를 갸웃거리며 물었다. 하지만 나츠미는 잠깐 생각에 잠긴 후, 고개를 슬며시 저었다.

"……아냐. 그러기엔 늦었을지도 몰라. 다음 턴에 점술로 여우 요괴를 해치우더라도, 그 사이에 마을 사람 한 명은 처형을, 또 다른 한 명은 늑대인간에게 습격을 당할 거야.
물론 기사가 살아있어서 늑대인간을 막아낸다면 이야기가
달라지겠지만……. 남은 사람은 네 명이고, 그 중 한 명이
늑대인간, 다른 한 명이 미치광이일 경우, 우리에게는 승산
이 없어. 상대방이 표의 반수를 확보했으니, 늑대인간을 해
치울 수 없게 되거든."

"음, 그럼 어떻게 하면 좋겠느냐?"

"……이상적인 전개는 오늘 여우 요괴를 처형하고, 내일
늑대인간을 처형하는 거야. 그러면 한 명은 희생되겠지만,
아슬아슬하게 이길 수 있을 거야."

"그래……. 허나, 여우 요괴가 누구인지 모르면 어렵지 않
겠느냐?"

"으음……."

나츠미는 눈을 가늘게 뜨더니, 남은 멤버를 둘러보았다.

"……가능성이 있는 건 두 사람, 하지만 토카의 저 태도가
연기일 거라고는 보기 힘들어……."

그리고, 혼잣말을 계속 중얼거리더니…….

"─저기, 시도."

나츠미는 표적을 정하듯, 시도의 눈을 응시했다.

"왜, 왜 그래?"

"……아까 니아가 너를 점쳤지? 하지만 니아는 미치광이일
거야.

저기, 너는 그저 속고 있을 뿐인 마을 사람?

아니면— **가짜에게 점쳐진 덕분에 목숨을 부지한 여우 요괴?**"

"—윽!"

그 말에, 자신의 모든 것을 꿰뚫어 보는 듯한 그 시선에, 시도는 무심코 숨을 삼켰다.

"……."

관찰의 천재한테는 그 정도 반응만으로도 충분했던 것 같았다. 나츠미는 눈을 내리깔더니, 토카 일행에게 고하듯 입을 열었다.

"오늘은 시도를 처형하자. 만약 마을 사람이더라도, 내일 코토리를 없애면 문제 될 건 없어."

그 말을 한 순간, 스마트폰의 알람이 울렸다.

『시간이 됐습니다. 투표를 하겠어요. 하나, 둘, 셋—.』

마리아의 말에 맞춰, 투표가 시작했다.

토카 일행은 잠시 망설인 후, 시도를 가리켰다.

"나, 나구나……."

"……으음. 미안하다, 시도."

토카는 미안해하듯 눈썹을 팔자 모양으로 만들었다. 시도는 쓴웃음을 지으며 어깨를 으쓱했다.

"개의치 마. 어디까지나 게임이니까 말이야. 마을 사람의 승리를 기원하겠어."

그렇게 말한 시도는 한숨을 내쉬며 자리에서 일어나더니,

사후 세계로 떠났다.

"그건 그렇고……"

시도는 도중에 나츠미를 힐끔 쳐다보았다.

"……정말 대단한 녀석이야."

그리고 아무에게도 들리지 않을 만큼 작은 목소리로 그렇게 중얼거렸다.

쿠루미가 아까 했던 말이 생각났다. 역시 이런 게임에서는, 나츠미를 적으로 돌리면 절대 안 된다는 생각이 들었다.

『—아침이 됐습니다. 눈을 뜨세요.

유감스러운 소식이 있습니다. 마을 외곽에서, 나츠미의 유해가 발견됐습니다.』

"……아, 응. 뭐, 그렇게 나올 줄 알았어. 그럼 뒷일을 부탁해."

다음 날 아침. 나츠미는 마리아의 선고를 듣고 고개를 끄덕이더니, 요시노와 무쿠로, 토카를 향해 손을 흔들며 자리에서 일어났다. 마치 자기가 표적이 될 거라고 예상한 것처럼 말이다.

……걸음을 떼기 직전, 사후 세계에서 환하게 웃으며 손짓하는 미쿠를 보고 머뭇거렸지만 말이다.

남은 플레이어는 토카, 요시노, 무쿠로, 코토리, 니아, 이렇게 다섯 명이다.

하지만, 이미 승패는 갈렸다. 나츠미가 목숨을 걸고 해준 말 덕분에, 마을 사람들은 굳게 단결하게 된 것이다.

『그럼, 논의를 시작해 주세요. 오늘 탈락할 사람은—.』

"더는 할 필요 없다."

마리아의 말을 막듯, 토카가 조용히 입을 열었다.

"이제 끝났다, 코토리. 아니— 늑대인간이여!"

그리고 코토리를 손가락으로 가리켰다. 토카의 양옆에 있는 요시노와 무쿠로도, 결의에 찬 눈으로 코토리를 응시했다.

『코토리, 토카가 저렇게 말하는데 어떻게 할 거죠? 물론 코토리가 이의를 제기한다면, 논의 타임에 들어가겠습니다만……』

마리아의 말, 그리고 세 사람의 시선을 접한 코토리는 휴우 하고 한숨을 내쉬며 어깨를 으쓱했다.

"아니, 됐어. 짧은 논의 타임 중에 이 상황을 뒤집을 수 있을 것 같진 않거든. —죽은 자는 말이 없다지만, 죽은 자가 남긴 말은 살아남은 자의 마음에 강하게 남는 법이네. 한 수 배웠어."

그것은, 사실상의 패배 선언이었다.

마리아는 눈을 약간 내리깔면서, 말을 이었다.

『알았어요. 그럼 오늘 탈락자는 코토리인 걸로 하겠습니다.

—마을에 밤이 찾아왔지만, 이제 희생자는 발생하지 않았습니다.

축하드립니다. 마을에 숨어 있던 늑대인간이 전부 사라졌습니다.』

"오오!"

"해냈어요!"

"음……!"

세 사람은 환성을 질렀다. 그들을 축복하듯, 사후 세계에서도 박수가 터져 나왔다.

"쳇~, 꽤 괜찮게 풀렸는데 말이야~. 그리고 여동생 양과 나라면, 방금 상황에서도 어찌어찌 역전할 수 있었던 거 아냐?"

니아는 입술을 삐죽 내밀면서 자신이 쥐고 있던 카드를 보여줬다. 거기에는 미치광이의 일러스트가 그려져 있었다.

"기분 좋은 패배라는 것도 있거든. 시도의 수읽기, 나츠미의 관찰력, 그것을 신뢰한 남은 애들. 다들 멋졌어."

코토리도 그렇게 말하며 자신의 카드를 보여줬다. 그 카드에는 늑대인간이 그려져 있었다.

그것을 본 니아는 「여동생 양은 어른이네~」 하고 말하며 웃었다.

"꺄아~! 해냈어요! 토카 양, 요시노 양, 무쿠로 야아아앙~! 멋졌어요~! 아, 물론 나츠미 양도요~!"

그 뒤를 이어, 나츠미를 옆구리에 꼭 낀 미쿠가 사후 세계에서 마을로 돌아와서 자신의 자리에 놓여 있던 카드를 뒤집었다. 그 카드에는 기사 일러스트가 그려져 있었다.

"······우와, 미쿠가 기사였어? 꽤 이른 단계에서 죽었네······."

미쿠에게 안겨 있던 나츠미는 땀을 삐질삐질 흘리며 자신의 카드를 보여줬다. 종반부에 노도와도 같은 활약을 선보였던 나츠미의 직책은 평범한 마을 사람이었다.

그 뒤를 이어, 사후 세계에 있던 정령들이 차례차례 자기 자리로 돌아와서 각자의 직책을 밝혔다.

오리가미는 늑대인간. 유즈루, 쿠루미는 마을 사람. 카구야는 빵집 주인. 그리고 요시노는 영매사, 무쿠로는 점술사였다.

얼추 예상에서 벗어나지 않는 직책이었다. 시도 또한 원래 있던 자리로 돌아온 후, 자신의 직책을 밝히려 했다.

—바로 그때였다.

"흠. —그렇다면, 내가 이긴 건가."

갑자기 토카가 그렇게 말하더니, 자신이 들고 있던 카드를 뒤집었다.

바로— **여우 요괴가 그려진 카드**를 말이다.

"어······?"

토카의 카드를 본 시도는 얼이 나간 듯한 반응을 보였다.

아니, 시도만이 아니었다. 나츠미, 그리고 다른 정령들도 놀란 것처럼 눈을 동그랗게 떴다.

그럴 만도 했다. 여우 요괴는 시도의 직책이었던 것이다.

설마, 실수로 여우 요괴 카드가 두 장 들어갔던 걸까? 시도는 허둥지둥 자신의 카드를 살펴보았다.

"아니—."

그걸 본 시도는 또 당황하고 말았다.

시도의 직책은 여우 요괴였다. 틀림없다.

하지만, 지금 시도가 손에 든 카드는 바로 마을 사람 카드였던 것이다.

"마, 말도 안 돼. 나는 분명 여우 요괴 카드였는데……."

당혹스럽다는 눈썹을 찌푸린 시도는 곧 숨을 삼키며 토카를 다시 쳐다보았다.

"설마…… 바꿔치기……?!"

그러자 토카는 평소의 활기찬 분위기만 봐서는 상상도 안 될 만큼 냉혹한 표정을 짓더니, 손에 쥔 여우 요괴 카드를 보여줬다.

"이상한 소리를 하는구나, 인간. 무슨 증거라도 있느냐?"

『—각각의 직책은 제 기록에—.』

"흥."

마리아가 말을 이으려 하자, 토카는 짜증을 내듯 눈을 가늘게 떴다.

그러자 다음 순간, 마리아의 얼굴이 떠올라 있던 스마트폰 화면이 치지직 하는 소리를 내면서 흔들리더니, 곧 스마트폰에서 연기가 피어올랐다.

"내, 내 스마트포오오오오오오온?!"

니아는 비명을 지르며 스마트폰을 쥐더니, 흔들어보거나 두들겨봤다.

하지만 토카는 그런 니아에게는 시선조차 주지 않으며, 당당히 시도를 응시했다.

"다시 묻겠다. 증거가 있다면 입증해 보거라. —설령 네놈의 말이 사실일지라도, 이 유희의 룰로는 그런 행위가 허용될 텐데?"

"""——아!"""

토카가 그렇게 말하자, 시도, 그리고 정령들은 어깨를 부르르 떨었다.

그 말이 옳았다. 오리가미가 첫 날에 탈락하면서 반쯤 유명무실해지기는 했지만, 이 늑대인간 게임은 OO식 룰이 적용됐다. 입증 못 한 속임수는 속임수가 아니다. 그렇다면, 지금 이 결과가 전부다.

토카는 반론이 없는지 확인하듯 다른 이들을 둘러본 후, 흥 하고 코웃음을 치켜 고개를 치켜들었다.

"승자는 언제나 한 명. 그리고 승자에 걸맞는 이는 바로 **토카**뿐이다."

그리고 그렇게 말한 후, 여우 요괴 카드를 시도에게 던졌다.

그 모습을 본 시도의 볼을 타고 땀방울이 흘러내렸다.

평소의 토카라면 절대 하지 않을 발언과 표정이었다. 실제로 일부 정령은 그 갑작스러운 변화에 깜짝 놀라며, 말문이 막혔다.

하지만 시도는 **이 토카**의 정체를 짐작할 수 있었다.

그렇다. —토카의 반전체다.

정령이 반전할 때의 비정상적인 영력 및 격렬한 변화는 발생하지 않았지만, 지금 토카는 예의 반전체와 흡사한 듯한 느낌이 들었다.

"……잠깐만 있어봐. ○○식 룰이 아직 유효하다면—"

바로 그때, 나츠미는 미간을 모으면서 쥐어 짜낸 듯한 목소리로 그렇게 말했다.

시도 또한 그 말을 듣고 눈치챘다. ○○식 룰의 요점은 바로 속임수를 용인한다는 것만이 아니다. 생존한 승자가, 패배자에게 그 어떤 부탁이든 딱 하나 할 수 있는 것이다.

""""……"""""

시도, 그리고 정령들은 마른침을 삼켰다.

평소의 토카라면 몰라도, 이렇게 변해버린 그녀가 대체 어떤 부탁을 할지 몰라 경계하고 있었던 것이다.

다른 이들의 우려를 눈치챈 건지, 토카는 옅은 미소를 지으면서 천천히 입을 열었다.

하지만—.

"……음, 카레와 햄버그 중에서 고민이 된다만…… 캠프

중이라는 점을 생각하면 역시 카레인가……."

다음 순간, 그렇게 말하는 토카의 표정은 다른 이들이 아는 그녀의 평소 모습으로 되돌아와 있었다.

"……어?"

시도는 무심코 눈을 치켜뜨며 고개를 갸웃거렸다. 그러자 토카는 의아하다는 듯이 시도의 얼굴을 응시했다.

"음? 어떤 부탁이든 하나 할 수 있다면서? 그렇다면 점심 메뉴를 내가 고를까 한다만……."

"아, 그게……."

갑자기 평소의 토카로 되돌아온 바람에, 당황하고 말았다. 시도는 얼버무리듯 고개를 저었다.

대체 방금까지의 토카는 뭐였던 걸까. 기묘한 백일몽을 꾼 듯한 기분에 사로잡힌 시도는 볼을 긁적였다.

이윽고 토카는 좋은 생각이 났다는 듯이 손뼉을 쳤다.

"결정했다. 너희에게 부탁할 게 있다."

"아, 응. 뭐가 먹고 싶은 거야?"

"아, 점심 메뉴는 시도가 정해라. 나는 다른 부탁을 하고 싶다."

"다른 부탁?"

"음."

시도가 묻자, 토카는 다른 이들의 얼굴을 둘러보며 미소 지었다.

"다들, 앞으로도 쭉 행복하게 살아줬으면 한다. 그것이, 내 부탁이다."

"――."

그 『부탁』을 듣고…….

시도는 한동안 말문이 막혔다.

토카의 말이 뜻밖이기도 했다. 하지만 그것보다, 그 부탁을 입에 담는 토카의 표정이, 목소리가, 시도의 심장을 옥죄었다.

그렇다. 그것은 마치, 아까 게임에서, 다른 이들이 죽으면서 남겼던 말 같아서―.

"……음? 왜 그러느냐?"

"윽! 아…… 아무것도 아냐."

시도가 그렇게 대답하자, 토카는 「그러냐!」 하고 힘차게 답하더니, 다른 이들의 카드를 모으기 시작했다.

"그럼 다시 승부하자! 이번에는 ○○식이 아닌 룰로 말이다!"

토카는 그렇게 말하며 다시 카드를 나눠주기 시작했다.

잠깐 얼이 나가 있던 정령들이 곧 미소를 머금더니, 손에 들고 있던 카드를 확인하기 시작했다.

"크크, 재미있구나! 이번에야말로 이 몸의 힘을 보여주겠노라!"

"응전. 이번에는 지지 않겠어요."

"그럼 다음은 ○○○식 룰로―."

^{트리플오}

"······또 첫날에 목이 매달릴 거야, 오리가미."

그런 말을 하면서, 다음 게임을 준비하기 시작했다.

"······그럼, 시작하자."

시도도 마음을 다잡듯 숨을 내쉬더니, 받은 카드를 확인하면서 자리에 다시 앉았다.

토카 애프터

AfterTOHKA

DATE A LIVE ENCORE 10

4월. 텐구시 동텐구에 위치한 이츠카 가의 부엌.

이 집의 주인인 이츠카 시도의 리드미컬한 칼질 소리가 울려 퍼졌다.

가늘게 썬 양배추 채를 접시에 담은 후, 그 위에 토마토와 바싹하게 튀긴 게살 크림 크로켓을 올렸다.

"좋아……. 뭐, 이 정도면 됐겠지."

시도는 휴우 하고 숨을 토한 후, 앞치마를 벗으면서 크로켓이 놓인 접시를 테이블로 옮겼다.

테이블 위에는 햄버그와 스튜, 내용물이 넘치도록 들어간 클럽하우스 샌드위치가 놓여 있었다. 마치 누군가의 생일을 축하하는 자리 같았다.

물론 한 사람이 먹기에는 양이 많았다. 하지만 시도가 이런 점심 식사를 준비한 데는 명확한 이유가 있었다.

그렇다. 그것은 바로—.

"—다녀왔다, 시도!"

그 순간, 복도 쪽에서 급한 발소리가 들려왔다. 그리고 문이 힘차게 열리더니, 한 소녀가 모습을 드러냈다.

부드럽게 휘날리는 긴 머리카락은 칠흑빛, 기쁨으로 가득찬 두 눈동자는 수정 빛깔, 그리고 소름 돋을 만큼 아름다운 그 얼굴에는 현재 친근한 미소가 어려 있었다.

그 모습을, 그 표정을, 그 목소리를 접한 시도는 무심코미소를 머금었다.

하지만 그것도 무리는 아니었다. 그녀야말로 시도가 이 1년 동안, 쭉 갈구해왔던 소녀인 것이다.

"—응. 어서 와, 토카."

시도는 만감이 교차하는 심정으로, 그 말을 입에 담았다.

토카. 야토가미 토카.

과거에 시도가 만나서, 그 힘을 봉인했던 『정령』.

몇 번이나 시도의 버팀목이 되어주고, 그를 구원해줬던, 소중한 동료.

그리고 1년 전— 시도와 정령들 앞에서 사라지고 만 소녀.

두 번 다시 만날 수 없을 거라 여겼던 그녀가, 지금 이렇게 눈앞에 있다. 그 기적에, 시도는 또 눈물이 날 것만 같았다.

"음? 시도, 왜 그러느냐?"

"……아, 생각보다 검사에 시간이 걸린 것 같아서 말이야. 그것보다 점심이 다 됐어. 토카가 먹고 싶어 했던 걸 전부 준비한 과식 풀세트야."

"오오!"

시도가 얼버무리듯 그렇게 말하며 테이블 위를 가리키자, 토카는 테이블을 물어뜯을 듯한 반응을 보이며 눈을 동그랗게 떴다.

"아니……! 설마 내가 먹고 싶다고 했던 걸 전부 준비한 것이냐?! 그중에서 하나만 해줄 줄 알았다만—."

"응? 좀 많았어?"

시도가 장난스러운 미소를 지으며 그렇게 말하자, 토카는 고개를 저었다. 그 우스꽝스러운 모습을 본 시도는 또 웃음을 흘렸다.

"기왕 만들었으니까 식기 전에 먹자. 손 씻고 입 헹구고 와."

"음!"

힘차게 고개를 끄덕인 토카는 재빨리 준비를 마친 후에 테이블 앞에 앉았다. 시도도 맞은 편에 앉으며 말했다.

"그럼, 잘 먹겠습니다."

"잘 먹겠습니다!"

시도와 토카는 동시에 그렇게 말하더니, 갓 만든 음식을 먹기 시작했다.

오늘은 평일이다. 다른 이들은 학교에 가거나 일을 하러 갔으며, 이츠카 가에는 시도와 토카 뿐이다.

사실 시도도 대학 강의를 받으러 가야 하지만, 오늘은 특별히 쉬기로 했다. 그것도 그럴 것이, 오늘은 토카가 오래간만에 이츠카 가에 돌아온 날인 것이다.

—지금으로부터 며칠 전인 4월 10일, 토카는 시도 앞에 나타났다.

니아의 말에 따르면, 『세계의 의지』라고 할 수 있는 존재가, 마나가 되어 세계에 녹아 들어간 토카의 정보를 재구성해줬다—고 한다. 하지만 〈라타토스크〉로서는 그것이 매우 이레귤러적인 일이었다.

아무리 니아가 괜찮다고 말했더라도 〈라타토스크〉는 토카와 세계, 양쪽의 안전을 확인할 수밖에 없었다. 결국 토카는 다른 이들과 제대로 재회의 인사도 나누지 못한 채, 〈프락시너스〉에서 상세한 검사를 받게 됐다.

하지만—.

"……."

시도는 점심 식사를 즐기고 있는 토카를 바라보며, 미소를 머금었다.

확실히 〈라타토스크〉의 우려도 이해가 안 되는 건 아니다. 하지만 밥을 맛있게 먹고 있는 저 모습은, 1년간의 공백이 전혀 느껴지지 않을 만큼 『토카』 그 자체였다.

"음, 맛있다⋯⋯! 한동안 만나지 못한 사이에 실력이 늘었구나, 시도!"

"하하, 그래?"

시도는 멋쩍은 듯이 웃으며, 스튜를 입에 넣었다.

토카의 말처럼, 불가사의하게도 음식이 맛있게 느껴졌다. 어쩌면 눈앞에 토카가 있기 때문일지도 모르지만 말이다.

이윽고, 테이블 위에 가득 놓인 요리가 깨끗이 사라졌다. 참고로 음식 섭취 비율은 시도 0.7에 토카 9.3이다. 토카는 만족한 듯이 배를 문지르며, 행복에 찬 숨결을 토했다.

"잘 먹었습니다! 음, 마음껏 즐겼구나⋯⋯. 이제 여한이 없다."

"저기, 그 말은 농담처럼 안 들려⋯⋯."

시도는 토카의 말을 듣고 무심코 쓴웃음을 흘렸다. 그러자 토카는 「응?」 하며 고개를 갸웃거린 후, 그 의미를 눈치챈 것처럼 고개를 저었다.

"미안하구나. 그런 뜻으로 한 말이 아니다."

"응. 나도 알아."

시도는 토카다운 반응을 보며 어깨를 으쓱한 후, 말을 이었다.

"그것보다 또 하고 싶은 건 없어? 오늘은 학교를 쉬기로 했으니까, 뭐든 어울려줄게."

시도가 그렇게 말하자, 토카는 잠깐 생각에 잠긴 후에 입을 열었다.

"하고 싶은 것……. 음, 그렇다면 부탁이 하나 있다. 시도, 들어주겠느냐?"

"물론이지. 뭐가 하고 싶은 거야?"

"음. 그게 말이다—."

시도가 묻자, 토카는 눈을 반짝이며 말을 이었다.

◇

"으음—."

라이젠 고교 1학년 2반 교실에, 수업 종료를 알리는 종소리가 울렸다.

그에 맞춰, 이츠카 코토리는 작게 기지개를 켰다. 흰색과 검은색 리본으로 묶은 머리카락이 의자 등받이에 닿았고, 아직 몸에 익숙하지 않은 검은색 블레이저 교복이 딱딱한 옷깃 스치는 소리를 내며 주름이 잡혔다.

"어머, 벌써 시간이 이렇게 됐군요."

칠판 앞에 선 교사가 그렇게 말하면서 분필을 내려놓더니, 그대로 학생들을 향해 돌아섰다. 그 동작의 궤적을 그리듯, 그녀의 옅은 노르딕 블론드 머리카락이 흔들렸다.

"그럼 오늘은 이쯤에서 수업을 끝내도록 하겠습니다. 다들 복습을 게을리하지 마세요."

그렇게 말한 교사는 출석부와 교과서를 들고 교실을 나서려 했다.

하지만 다음 순간, 그 교사는 아무것도 없는 데서 발이 미끄러지며 꼬꾸라졌다.

"으윽······?!"

엉덩방아를 찧은 직후, 교사가 놓친 출석부와 교과서가 그녀의 머리에 떨어졌다.

이 갑작스러운 일에 눈을 치켜뜬 학생들이 허둥지둥 교사에게 다가갔다.

"에, 엘렌 선생님!"

"괜찮아요?!"

"······괜찮습니다. 아무 문제없어요."

영어 교사이자 1학년 2반의 담임인 엘렌 메이저스는 눈가에 눈물이 희미하게 맺혔으면서도, 표정을 흐트러뜨리지 않으며 몸을 일으키려 했다.

하지만 많이 아픈 건지, 갓 태어난 새끼 사슴처럼 발을 부들부들 떨고 있었다. 결국 곁에 있던 학생의 어깨를 빌리면서, 어찌어찌 몸을 일으켰다.

"정말~, 여전하다니깐~."

코토리는 쓴웃음을 흘리면서 어깨를 으쓱했다.

과거에 엘렌은 인류 최강의 위저드라 불리며 코토리 일행을 위협했지만, 리얼라이저가 없으면 그냥 덜렁이에 불과했다. 고등학교가 개학하고 며칠밖에 지나지 않았지만, 그녀가 넘어지는 모습을 본 것만 해도 벌써 세 번째다.

"아파 보여요……. 도와주는 편이 좋을까요?"

옆자리에서 그런 걱정 섞인 목소리가 들려왔다. 그쪽을 쳐다보니 상냥한 인상의 소녀가 있었다. 코토리와 함께 올해 이 고등학교에 입학한 전직 정령, 히메카와 요시노다.

그녀는 트레이드 마크였던 토끼 모양 퍼핏 인형을 왼손에 끼고 있지 않았다. 과거에는 한시도 몸에서 떼지 않았던 단짝 친구인『요시농』은 현재, 요시노의 가방 안에서 자고 있었다.

그렇다. 요시노는 1년 전부터 점점『요시농』없이도 생활을 할 수 있게 됐으며, 학교에서는 항상 혼자 지낼 수 있을 정도로 성장한 것이다.

"괜찮지 않겠어? 도와줄 사람은 충분해 보이거든."

코토리는 보이지 않는 사탕의 막대 부분을 까딱거리는 시늉을 하며 말했다.

실제로 엘렌의 주위에는 여러 학생이 모여 있었다. 부임 직후부터 「흥, 저는 학생과 친해질 생각이 없어요」라는 듯한 차가운 분위기를 자아내던 엘렌은 치명적인 운동신경 탓에 곧 추태를 보였고, 지금은 친근한 선생님의 대표 주자 격으로 학생들에게 사랑받고 있었다.

……우수한 교사로서 존경받는다기보다, 손이 많이 가는 걱정거리 누나처럼 여겨지는 것 같지만 말이다. 그래도 인기

가 있는 건 틀림없다.

그리고 앞자리에서 그 광경을 보던 두 학생이 코토리와 요시노를 향해 고개를 돌렸다.

"흐음…… 하지만 의외구나. 엘렌이 저렇게 완벽하게 넘어질 줄이야."

한쪽은 앳된 외모와 상반되는 듯한 폭력적인 몸매를 자랑하는 전직 정령— 호시미야 무쿠로.

"그런가요? DEM에서 지내던 시절부터 저래버렸는데 말이죠."

다른 한쪽은 왼쪽 눈밑의 눈물점이 인상적이고, 단정한 외모를 지닌 전직 위저드— 타카미야 마나였다.

물론 이렇게 아는 이들이 한 반에 모여 있는 건 우연이 아니다.

다들 지금 생활에 익숙해져서 영력 역류의 걱정이 없다고는 해도, 전직 정령들을 한곳에 모아두는 편이 여러모로 좋다. 그래서 다들 한 반이 되도록 〈라타토스크〉에서 손을 쓴 것이다.

하지만, 이렇게 자리까지 가까운 것은 완전히 우연이다. 지금도—.

"……."

코토리는 대각선 뒤편— 창가 자리를 힐끔 쳐다보았다. 〈라타토스크〉 관계자 중에서 유일하게 떨어져 앉은 전직 정령, 쿄노 나츠미가 하늘을 멍하니 쳐다보고 있었다.

반 배정까지는 손을 쓸 수 있었지만, 순수한 제비뽑기로 정해지는 자리 배치까지는 조작하기가 어려웠다. 그 결과, 운이 나쁘게도 나츠미만이 다른 이들과 떨어진 곳에 앉게 됐다. 제비를 뽑은 순간의 나츠미가 「……아」 하고 말하며 지은 표정은, 아직도 코토리의 뇌리에 새겨져 있다.

하지만 코토리는 나츠미의 현재 상황을 우려하지는 않았다. 다른 이들과 같은 반이라는 사실에는 변함이 없으며, 무엇보다…….

"—나츠미 양, 수업이 끝났는데 왜 얼이 나가 있는 거야?"

"……윽! 아, 응. 미안해, 카논."

나츠미의 옆자리에 앉은 여학생이 친근한 어조로 그렇게 말했다. 나츠미는 화들짝 놀라더니, 교과서와 공책을 정리하기 시작했다.

그렇다. 이것도 완전히 우연이지만, 나츠미의 중학교 때 지인인 아야노코지 카논도 다른 이들과 마찬가지로 라이젠 고교에 입학해서 같은 반이 된 것이다.

코토리는 미소를 지으면서 앞쪽으로 고개를 돌린 후, 교과서 등을 가방에 집어넣었다.

방금 영어 수업은 6교시이며, 오늘 마지막 수업이다. 이제 종례가 끝나면, 집으로 돌아가도 된다. 그 뒤를 따르듯, 다른 이들도 하교 준비를 시작했다.

이윽고 일단 교무실에 다녀온 엘렌이 교실에 들어오더니(그

도중에 또 넘어졌던 건지, 스타킹의 무릎 부분에 조그마한 구멍이 났다), 간단한 연락 사항을 전한 후에 종례가 끝냈다.

가방을 손에 든 코토리는 나츠미와 카논이 다가올 때까지 기다린 후, 교실 출입구를 가리켰다.

"자, 그럼 돌아가자."

"⋯⋯응. 그래."

그렇게 말하며 교실을 나선 그녀들은 복도를 걸었다. 방과 후의 학교는 하교하는 학생들과 부활동을 하러 가는 학생들로 시끌벅적하게 북적이고 있었다. 다른 학생에게 방해가 되지 않도록, 그녀들은 두 줄로 걸으며 건물 입구로 향했다.

"―아, 이츠카 양. 돌아가는 길이에요?"

그런 와중에 뒤편에서 자신을 부르는 목소리가 느닷없이 들려오자, 코토리는 걸음을 멈췄다.

고개를 돌려보니, 안경을 쓴 아담한 체구의 교사가 눈에 들어왔다. 아는 얼굴이다. 코토리는 그쪽을 향해 돌아서더니, 고개를 꾸벅 숙였다.

"예. 잘 있어요, 오카미네― 아니, 칸나즈키 선생님."

코토리가 정정하자, 오카미네 타마에에서 칸나즈키 타마에로 이름이 바뀐 이 교사는 헤픈 웃음을 흘렸다.

"뉴후후후⋯⋯ 아직 익숙하지 않네요. 한 번만 더 불러주지 않겠어요?"

그렇게 말한 그녀는 왼손 약지에 낀 반지를 자랑하듯 어필했다.

코토리가 쓴웃음을 흘리며 한 번 더 「칸나즈키 선생님」이
라고 불러주자, 타마에는 볼을 새빨갛게 붉히며 몸을 배배
꼬았다.

그렇다. 예전부터 교제를 하던 오카미네 타마에와 〈라타
토스크〉 부사령관인 칸나즈키 쿄헤이는 일전에 드디어 결혼
한 것이다.

참고로 프러포즈 대사는 「매일 아침, 여자 중학생 코스프
레를 하고 저를 밟아주세요」 였다고 하는데, 타마에는 감격
한 나머지 그 말에 의문을 품지 않으며 바로 오케이했다고
한다.

또한 칸나즈키는 코토리가 중학교를 졸업했을 때, 「아내
에게 입혀보고 싶으니, 교복을 물려주시지 않겠습니까」 하
고 진지한 표정으로 말했기에, 현재까지 밝혀진 모든 인체
급소에 눈동냥으로 배운 촌경을 꽂아줬다.

그래도 본인이 행복하다면, 외부인이 참견할 문제는 아니
다. 코토리는 애매한 미소를 지으면서 「그럼 가볼게요」 하고
타마에에게 말하며 인사를 한 후, 다시 걸음을 옮겼다. 그
뒤를 따르듯, 다른 이들도 복도를 나아가기 시작했다.

"지금 돌아가면, 다섯 시 전에는 집에 도착할 것 같네."

"예. 그러고 보니 이렇게 다 같이 돌아가는 건 오래간만일
지도 몰라버리겠네요."

코토리의 말에, 마나가 대꾸했다.

그러고 보니 코토리 일행은 평소에 함께 등교할 때가 잦지만, 하교도 같이하는 경우는 적었다.

요시노, 나츠미, 무쿠로는 부활동에 관심이 있어서 견학을 하고 있으며, 일찌감치 검도부에 들어가기로 정해뒀던 마나는 이미 연습에 참가하고 있다. 〈라타토스크〉의 일을 해야 하는 코토리는 귀가부였기 때문에, 최근 며칠 동안은 조례가 끝나는 것과 동시에 그녀들은 헤어졌다.

하지만, 오늘은…….

오늘만은, 다 같이 돌아가기로 약속했다.

부활동 견학을 하던 정령들도 오늘은 견학을 하지 않기로 했으며, 마나도 미리 검도부 활동을 쉬겠다고 말을 해뒀다. 코토리도 아직 일이 남아있지만, 오늘은 바로 집에 돌아갈 생각이었다.

그럴 만도 했다. 오늘은―.

"……어?"

바로 그때였다. 복도를 걷던 코토리가 눈썹을 살짝 모았다.

수많은 사람이 앞쪽에 모여서 인산인해를 이루고 있었던 것이다.

"흐음, 대체 무슨 일인 게지?"

"글쎄~. ―저기, 무슨 일이에요?"

코토리는 앞쪽에 있던 상급생 같은 학생에게 말을 걸었

다. 그러자 그 남학생은 이마에 맺힌 식은땀을 닦으면서 코토리를 돌아보았다.

"그, 그게…… 지금 건물 입구에 전설의 선배가 와있는 것 같아."

"전설의 선배……?"

그 말을 듣고 고개를 갸웃거린 코토리는 머릿속으로 상상을 했다.

부활동 등으로 전설적인 활약을 한 졸업생……인 걸까. 지금은 4월이다. 후배들이 어쩌고 있는지 보려고, 졸업한 선배가 부에 얼굴을 비추는 건 드문 일이 아니다.

하지만 남학생은 표정을 굳히며 말을 이었다.

"1학년은 모르겠지만, 우리 사이에서는 엄청 유명한 선배야. ……내 말 잘 들어. 그 선배가 사라질 때까지 여기서 기다리는 편이 좋을 거야. 눈이라도 마주쳤다간 큰일나거든."

"그, 그런가요……?"

코토리는 그 말을 듣고 식은땀을 삐질삐질 흘렸다.

이렇게 두려워하는 것을 보면, 유명한 불량청소년인 걸까. 행실이 나빠 퇴학을 당했던 이 학교 학생이 흉악한 친구들을 끌고 모교에 쳐들어왔다…… 양아치 만화나 드라마에서 흔히 나오는 전개다.

하지만 라이젠 고교는 비교적 심성이 바른 학생이 많은 학교다. 정령들을 입학시키기에 앞서, 〈라타토스크〉 측에서 간단하게 조사도 해봤던 것이다. 그렇게 그림으로 그린 듯한 불량 학생은 없었던 것으로 알고 있다.

하지만 그런 코토리의 생각과 달리, 주위에 있던 다른 학생들도 남학생의 말에 동조하듯 한 마디씩 했다.

"그 선배는 전설적인 플레이보이인데, 항상 여러 여학생을 끼고 다녔나 봐!"

"전학 온 모든 여학생을 전부 건드렸대⋯⋯!"

"그리고 그 선배 집은 『나만의 동물원』이라고 불렸는데, 여자애를 감금하기 위한 감옥까지 있다더라고!"

"⋯⋯⋯⋯어어?"

코토리가 고개를 갸웃거리고 있을 때, 앞쪽에 있는 사람들이 술렁거리기 시작했다.

"와, 왔어⋯⋯! 선배야!"

"여자들은 숨어! 절대 눈을 맞추지 마!"

마을에 도적이 쳐들어왔을 때나 들릴 법한 외침이 들려왔다.

"으음⋯⋯."

"어, 어쩌죠, 코토리 씨⋯⋯."

코토리 일행이 어쩌면 좋을지 몰라 당황하고 있을 때, 이윽고 인파가 좌우로 갈라지면서 『전설의 선배』란 자가 모습을 드러냈다.

"어."

"음?"

"어라."

그리고 그 모습을 본 그녀들은 무심코 눈을 동그랗게 떴다.

그럴 만도 했다. 그 사람은 바로 코토리의 오빠인 이츠카 시도였던 것이다.

"오빠~?"

코토리가 그렇게 말하자, 시도는 그제야 그녀들을 발견한 것처럼 손을 작게 흔들었다.

"아, 저기 있네. 드디어 찾았어."

그리고 내빈용 슬리퍼로 철퍽철퍽하는 소리를 내며, 코토리 일행에게 다가왔다. 그때마다 주위 학생들이 술렁거렸다.

"……오빠, 왠지 남들이 오빠를 엄청나게 무서워하는 것 같은데……."

코토리가 도끼눈을 뜨며 그렇게 말하자, 시도는 딱히 개의치 않는다는 듯이 느긋한 미소를 지었다.

"하하. 내가 이 학교를 어떻게 다녔는지는 너도 알잖아?

—그 정도 잡음은 새가 지저귀는 소리로만 들린다고."

"……그, 그렇구나."

코토리는 볼에 경련이 일어난 것처럼 쓴웃음을 지었다. 정령들과의 생활이 시도의 마음을 강철처럼 단련시켜준 것 같았다. ……그런 상황을 만들어낸 〈라타토스크〉의 사령관인 코토리는 약간 책임감을 느끼고 있었다.

"그것보다 무슨 일이에요, 오라버니. 고등학교에 무슨 볼

일이라도 있어 버리나요?"

코토리의 옆에 있던 마나가 고개를 갸웃거리며 물었다. 그렇다. 시도는 코토리에게 있어 피가 이어지지 않은 오빠인 것과 동시에, 마나의 친오빠이기도 한 것이다.

"오빠……? 오라버니……?"

"저 세 사람은 남매일까? 하지만 저 두 사람은 2반의 이츠카 양과 타카미야 양이지? 성이 다른데……."

"설마 오라버니라고 부르라고 조교를……."

코토리와 마나가 입에 담은 호칭 때문에, 주위가 더욱 술렁거렸다.

하지만 시도는 딱히 개의치 않는지, 산들바람이 불었나 싶은 듯한 표정으로 말을 이었다.

"아, 그게 말이지. —너희의 근황을 알고 싶다지 뭐야."

"뭐?"

시도의 말을 듣고, 코토리는 눈을 동그랗게 떴다.

그러자 시도는 눈을 살짝 내리깔더니, 옆으로 한 걸음 옮겼다.

마치, 자신의 뒤편에 있는 누군가를 소개하려는 듯이…….

"——."

시도의 뒤편에서 앞으로 나온 인물을 본 순간…….

코토리는, 무심코 숨을 삼켰다.

아니, 코토리만이 아니었다. 마나도, 요시노도, 나츠미도,

무쿠로도…….

　다들 표정이 경악으로 물들었다.

　하지만, 그것도 무리는 아니었다.

　왜냐하면, 그 인물은 바로—.

　"—음, 다들 오래간만이다. 후후, 라이젠의 교복도 잘 어울리는구나."

　그렇게 말하며 상냥하게 미소 짓고 있는, 칠흑빛 머리카락의 소녀였던 것이다.

　"토카—."

　반쯤 무의식적으로, 그 이름이 입술 사이에서 흘러나왔다.

　물론 코토리와 다른 이들 또한, 1년 전에 사라지고 만 그녀가 부활했다는 것을 알고 있었다. 다들 모니터 너머로 얼굴을 마주했으며, 코토리는 검사 중에 몇 번 이야기를 나누기도 했다.

　그렇기에 그 검사가 오늘 끝난다는 것도 알고 있었다. 그래서 다들 오늘은 다른 일정을 취소하고 바로 집으로 돌아가기로 한 것이다.

　그렇다. 마음의 준비는 충분히 되어 있었다. 무슨 말을 할지도 생각해뒀다.

　하지만 이렇게 눈앞에 그녀가 나타나자, 말로 형용할 수 없는 감정이 차례차례 밀려와서 아무 말도 할 수가 없었다.

　그러자 토카는 그런 그녀들 앞에서 쓴웃음을 흘렸다.

"음…… 나 때문에 놀랐느냐? 학교에 갈 거면 이 옷을 입는 편이 좋을 거라고 생각했다만……."

그렇게 말하며, 자신의 옷차림을 살폈다.

지금 그녀는 그녀들과 똑같은 교복을 입고 있었다. 그 모습은 그녀들의 기억 속에 존재하는 토카와 똑같았다.

그 복장 때문인지, 주위 학생들은 「저, 저 미소녀는 누구지? 설마 또 한 명의 희생자……?」, 「잠깐만 있어 봐. 저 사람은 1년 전에 휴학했던 야토가미 선배……?」, 「저, 저 사람이 말이야?! 이츠카 선배가 나만의 동물원에 가둬뒀다던 그 소문의……?!」 같은 중얼거림이 들려왔다. 뭐, 시도는 여전히 개의치 않는 것 같지만 말이다.

"토카 씨―."

못 박힌 듯이 서 있던 소녀 중에서, 가장 먼저 움직인 이는 요시노였다. 감격한 표정으로 복도 바닥을 박차더니, 마치 넘어지듯 토카의 품속에 뛰어들었다.

"토카 씨, 토카 씨, 토카 씨……!"

"……음, 음. 나다, 요시노."

"우, 아, 아―."

토카가 요시노는 상냥히 안아주며 등을 쓰다듬어주자, 요시노는 오열을 흘리면서 몸을 부르르 떨면서 토카의 가슴에 얼굴을 더욱 묻었다.

―그것이, 계기였다.

"토카……!"

"……토카—."

"토카!"

"토카 씨……!"

다른 이들도 저주에서 해방된 것처럼 바닥을 박차더니, 일
제히 토카를 향해 밀려들었다. 빈틈이 없을 정도로 밀착하
더니, 감정이 이끄는 대로 토카를 꼭 끌어안았다.

"음— 다들 만나고 싶었다. 기다리게 해서 미안하구나."

토카는 가슴속을 가득 채운 마음을 입에 담듯 그렇게 말
하더니, 한 사람씩 꼭 끌어안아 줬다.

◇

"다들 수고했어! 그럼, 건배~!"

"건배!"
프로짓

"호응. 건배예요."

"건배."

텐구시에 있는 선술집의 어느 방.

혼죠 니아의 말에 맞춰, 여러 잔이 부딪치며 경쾌한 소리
를 냈다.

"……."

토비이치 오리가미는 손에 쥔 잔을 기울이더니, 안에 들어

있던 액체를 단숨에 들이켰다. 탄산의 강렬한 자극과 감귤류의 상큼한 향기가 입안에 퍼졌다.

"휴우~, 오리링은 참 잘 마시네."

니아가 어설픈 휘파람을 불며 박수를 쳤다.

그러자 맞은편에 앉아있던 야마이 카구야가 쓴웃음을 지었다.

"아니, 뭘 잘 마신다는 거야……? 이건 무알코올이잖아."

"미소. 괜한 소리 하지 마세요. 이런 건 분위기가 중요하니까요."

옆에 있던 카구야의 쌍둥이 자매, 유즈루가 미소를 머금으며 잔을 입에 댔다.

판박이라고 해도 과언이 아닐 만큼 똑같이 생긴 쌍둥이지만, 사실 이 두 사람을 분간하는 건 그렇게 어렵지 않다. 머리 모양과 체형 같은 특징은 물론이고, 가장 큰 포인트는 대학에 입학한 후로 같은 교복을 입지 않게 된 것이리라.

대학생 느낌의 아름다운 코디를 애용하는 유즈루와 달리, 카구야는 고등학생 때보다 좀 얌전해지기는 했지만 검은색 베이스의 옷을 즐겨 입으며 팔에 은제 액세서리를 착용한다. 그래서 좀 떨어진 곳에서도 두 사람을 분간하는 게 가능한 것이다.

유즈루의 말을 들은 니아가 아하하 하고 웃으면서 잔을 기울였다. 당연하겠지만, 니아의 잔에 담긴 것은 진짜 술이었다.

"그래~. 분위기에 취하는 거야, 카구양. —그것보다 다들 참 성실하네. 대학생에게 음주는 기본이잖아. 열여덟과 스물 정도는 오차범위 안 아냐?"

그렇게 말하며 볼을 붉힌 니아는 즐거운 듯이 손을 내저으며 웃었다.

그 말을 들은 건지, 안쪽 자리에 앉아있던 소녀가 스마트폰을 조작하기 시작했다.

"【속보】만화가, 혼죠 소지. 뒤풀이 파티에서 미성년 소녀에게 음주를 강요—."

"로봇 걸, 지금 무슨 소리 지껄이는 거야?!"

니아가 눈을 치켜뜨며 그쪽을 쳐다보았다. 하지만 소녀—마리아는 표정을 바꾸지 않으며 담담히 말을 이어갔다.

"준법 의식이 낮은 시대착오적인 불량 만화가에게, SNS의 무서움을 알려줄까 해서 말이죠……."

"에, 에이, 가벼운 농담이잖아. 술은 스무 살이 된 후에! ……그러니까 스마트폰을 내려놔 주시면 감사하겠사옵니다."

얼굴이 식은땀 범벅이 된 니아가 넙죽 엎드렸다. 마리아는 도끼눈을 뜨면서 한숨을 내쉬더니, 스마트폰을 홈 화면으로 되돌려서 가방에 집어넣었다.

"저도 아르바이트하는 곳이 사라지는 것을 바라지 않아요. 그래도 일단은 저명한 사람인 만큼, 언동에 주의를 기울여주세요."

"예입~……."

니아는 술이 확 깬 듯한 표정으로 대답을 했다.

그러자 마리아는 암산을 하듯 손가락을 접기 시작했다. ……물론 〈프락시너스〉의 AI인 그녀의 연산 성능은 인간과 비교조차 안 된다. 간단한 계산 정도라면 이런 동작을 취하지 않고도 가능하겠지만, 이것도 그녀 나름의 스타일일 것이다. 마리아는 평소에도 인간적인 행동을 즐기는 경향이 있었다.

"그럼 잊기 전에 청구 금액을 전해두겠습니다. 인터페이스 보디 셋, 열 시간 구속으로 합계 60만 엔입니다. 이달 말까지 지정된 계좌로 입금해 주세요. ―여러분도 빨리 청구해 두는 편이 좋을 거예요."

마리아는 그렇게 말하면서, 다른 이들을 쳐다보았다.

그렇다. 딱히 그녀들은 술자리를 가지기 위해 이곳에 모인 건 아니다. 니아의 원고 마감이 오늘까지인데 일손이 부족해서, 급히 호출을 받았던 것이다. 이 술자리는 어디까지나, 일을 마친 후의 뒤풀이다.

"마음에 안 들어."

오리가미는 잔을 테이블에 내려놓더니, 가늘게 숨을 내쉬었다. ―마음 속을 가득 채운 불만을, 아주 약간 겉으로 드러내듯 말이다.

그러자 니아는 미안하다는 듯이 합장을 했다.

"미안하다니깐……. 갑자기 부르는 건 좀 너무했다고 나도 생각해~."

"그게 아냐."

하지만 오리가미는 조용히 고개를 저었다.

그러자 야마이 자매는 고개를 끄덕였다.

"그러하니라. 모처럼 도와준 만큼, 좀 더 좋은 가게에 데려가줘도 됐지 않느냐."

"수긍. 왜 저렴한 체인점인가요. 뭐, 니아의 이미지에 어울리지만요."

야마이 자매가 그렇게 말하자, 니아는 입술을 삐죽 내밀었다.

"쳇~. 초짜 대학생 주제에 건방져~. 대중 주점에는 대중 주점 나름의 매력이 있어. 나는 햄까스는 두툼한 것보다 얄팍~한 걸 좋아하거든? 뭐, 한 단계 더 좋은 가게에 가고 싶다면, 술을 마실 수 있게 된 후에—."

"그런 것도 아냐."

오리가미는 니아의 말을 단칼에 끊으며 말했다.

작업을 도와주는 것 자체는 딱히 개의치 않으며, 이 가게에 불만이 있는 것도 아니다.

오리가미가 불만을 느끼는 건, 다른 이유 때문이다.

"—이런 이유를 준비하지 않더라도, 시도와 토카의 재회를 방해할 생각은 없었어."

오리가미가 그렇게 말하자, 야마이 자매는 동의를 구하듯 어깨를 으쓱했다.

"흥. 그것도 그렇구나. 이 몸들을 너무 깔보지 말거라."

"동의. 과도한 배려예요, 니아. 유즈루들도 그 정도 분별력은 있어요."

세 사람이 그런 반응을 보이자, 니아는 「아……」하고 신음을 흘리며 쓴웃음을 머금었다.

그렇다. 오늘은 부활한 토카가, 〈프락시너스〉의 정밀 검사를 마치고 이츠카 가로 돌아오는 날이다.

고등학생 팀에 비해, 대학생 팀인 오리가미들은 시간적으로 융통성이 있다. 강의를 빼먹고 시도와 함께 이츠카 가에서 토카를 기다리는 것도 가능하다.

그래서 시도와 토카만의 시간을 만들어주자고 생각한 니아는 일부러 이 세 사람을 부른 것이다. 정말, 괜한 배려다.

하지만 그런 세 사람을 본 마리아는 도끼눈을 떴다.

"여러분, 속으면 안 돼요. 그런 이유도 있기는 하지만, 원고 진척 상황이 나빴던 것도 사실이에요."

"모처럼 좋은 이야기로 마무리되려고 하는데, 찬물 끼얹지 않아도 되잖아~!"

마리아가 그렇게 말하자, 니아는 비명에 가까운 목소리로 그렇게 외쳤다. 여전한 그 모습을 본 야마이 자매는 재미있다는 듯이 웃음을 터뜨렸다.

바로 그때—.

"……어라라?"

니아의 스마트폰에서 착신음이 흘러나왔다. 니아가 안경을 고쳐 쓰면서 통화 버튼을 터치했다.

"여보세요~. 낫츙? 아~, 학교 끝난 거야? 마침 잘 됐어. 딴 애들과 같이 있으니까, 여기로 와. 응, 평소의 그 가게야. 그래. 응~."

니아는 그렇게 말하면서 스마트폰을 테이블에 내려놨다. 그 모습을 본 카구야가 입을 열었다.

"나츠미?"

"응. 작업실에 아무도 없으니까, 연락을 한 것 같아. 무슨 일일까. 저녁 식사 때까지 우리와 시간을 때우려는 걸러나?"

니아가 그렇게 말하며 맥주를 들이켜자, 마리아는 미심쩍은 눈길을 보냈다.

"설마 또 버릇처럼 나츠미한테 헬프 메일을 보낸 건 아니겠죠?"

"뭐? 무슨 소리야. 아무리 나라도 그런 어처구니없는 실수는……."

니아는 말을 갑자기 멈추더니, 스마트폰의 화면을 스크롤해봤다.

그 후, 자신만만한 어조로 말했다.

"—그런 실수는 안 해!"

"방금 불안해서 확인해본 거잖아!"

"확신. 실수로 메일을 보낸 건 아닌지 확인해본 게 분명해요."

야마이 자매가 딴죽을 날렸다. 니아는 「에헷☆」 하고 옛날 만화 캐릭터처럼 혀를 쑥 내밀며 얼버무렸다. 뭐, 그 얼버무림이 성공한 건지는 확실치 않지만 말이다.

그리고 몇 분이 흘렀을까. 니아 일행이 별것 아닌 이야기를 나누고 있을 때, 문이 활짝 열리면서 새로운 내방자가 이 방 안으로 들어왔다.

"여기구나! 실례하겠다!"

"─윽."

그 말, 그리고 모습을 접한 그녀들은 무심코 눈을 치켜떴다.

하지만, 그러는 게 당연했다.

이 자리에 나타난 건, 오리가미 일행의 예상과는 전혀 다른 인물이었다.

"오래간만이구나! 오리가미, 카구야, 유즈루, 니아! 그리고 마리아! 너의 그 모습은 참 오래간만에 보는 것 같다!"

그렇다. 이 방에 들어온 이는 아까 니아에게 전화를 한 나츠미가 아니라─.

세계의 의지에 의해 재생된, 야토가미 토카 본인이었던 것이다.

"어?! 토~카?!"

"어?! 거짓말!"

"경악. 왜 여기에⋯⋯."

니아, 카구야, 유즈루는 경악에 찬 표정을 지으면서 몸을 쑥 내밀었다. 유일하게 마리아만은 차분한 어조로 그 모습을 지켜보고 있었다.

"어, 이미 먹고 있구나."

"⋯⋯교복 차림으로 술집에 들어가도, 괜찮을지 모르겠네."

"아하하⋯⋯."

『괜찮아, 괜찮아~. 성인이 한 명이라도 있으면 세이프라잖아~.』

토카의 뒤를 이어, 시도, 나츠미를 비롯한 고등학생 팀, 그리고 요시노가 왼손에 장착한 토끼 모양 퍼핏 인형『요시농』마저 모습을 보였다. 꽤 넓어 보이던 이 방이 순식간에 사람들도 가득 차고 말았다.

"다, 다들 여기에는 웬일이야? 혹시 놀래주러 온 거야? 로봇 걸이 꾸민 거지?"

"너무하군요. 저는 전혀 관여하지 않았어요. 뭐, 토카 일행이 이곳으로 오고 있다는 건 알고 있었지만 말이에요."

그렇게 말한 마리아는 눈을 살짝 내리깔았다. 알고 있었으면서도 그걸 미리 알려줘서 산통을 깨지는 않는다, 라고 말하듯이 말이다.

바로 그때, 토카가 고개를 힘차게 끄덕이며 말했다.

"내가 부탁했다. 너희가 있는 곳에 가보고 싶다고 말이다.

—내가 없는 동안, 다들 어떻게 지냈는지 알고 싶었거든."

그렇게 말하며 카구야, 유즈루, 니아, 마리아와 차례차례
악수를 나눴다.

마리아와 유즈루는 상냥한 미소를 머금었고, 니아는 멋쩍
은 듯이 웃었으며, 카구야는 울먹거린 바람에 유즈루에게
놀림을 받았다.

그리고—.

"—오리가미. 오래간만이구나."

마지막으로, 토카는 오리가미를 향해 손을 내밀었다.

1년 전. 오리가미의 앞에서 사라진 그 모습으로, 오리가미
의 기억에 남아있는 그 목소리로…….

"응."

오리가미는 짤막하게 답하더니, 토카가 내민 손을 굳게,
굳게, 움켜쥐었다.

토카도 그에 답하듯, 방긋 웃으면서 손에 힘을 줬다.

오른손을 통해, 토카의 감촉이, 체온이, 희미한 맥박이,
명백하게 느껴졌다.

꿈도, 환상도 아니다. 진짜 토카다. 그 존재감은 1년이란
공백을 전혀 느끼게 하지 않았다.

—그렇다면, 더는 봐줄 필요가 없다.

오리가미는 눈을 가늘게 뜨면서, 입을 열었다.

"너는 매우 운이 좋아. 지금 돌아와서 정말 다행이야."

"음? 그게 무슨 소리지?"

토카는 영문을 모르겠다는 듯이 고개를 갸웃거렸다. 오리가미는 변함없는 어조로 말을 이었다.

"만약 돌아오는 게 1년만 늦었다면, 시도는 완전히 내 것이 되었을 거야."

"뭐어……?!"

"—푸웁?!"

오리가미가 그렇게 말하자, 토카는 눈을 치켜떴고, 뒤편에 있던 시도는 격렬한 기침을 토했다.

"무, 무슨 소리를 하는 것이냐, 오리가미! 그럴 리가—."

"물러. 이미 나와 시도는 열여덟 살이야. 이제부터는 어른의 시간이야. 고등학생 때처럼 미적지근한 짓은 안 해. 무엇보다—."

오리가미는 왼손으로 스마트폰을 꺼내더니, 사진 한 장을 화면에 표시시켜서 토카에게 보여줬다.

"—나와 시도는 이미 결혼했어."

웨딩드레스를 입은 오리가미, 그리고 턱시도 차림인 시도의 투샷 사진을 말이다.

"이, 이건?"

화면에 표시된 사진을 응시한 토카는 눈을 동그랗게 떴다. 다른 소녀들도 옆에서 그 사진을 들여다보더니, 아연실색했다.

"시, 시도 씨……?"

"나리. 이 사진은 대체 무엇이지?"

"힐문(詰問). 시도, 마스터 오리가미의 말이 사실인가요?"

"그, 그럴 리가 없잖아?! 예식장에서 사진을 찍었을 뿐이야! 그리고 오리가미, 그 사진을 다른 사람한테 보여주지 말라고 내가 부탁했지?!"

추궁을 당한 시도는 비명에 가까운 목소리로 그렇게 외쳤다.

오리가미는 눈을 내리깔더니, 작게 고개를 저었다.

"나도 그럴 생각이었지만, 사정이 달라졌어. ―게다가 이 사진은 내 카메라로 비밀리에 촬영한 거야. 시도가 보여주지 말라고 했던 건 다른 사진이야."

"그건 순 억지거든?!"

시도가 그렇게 말하자, 토카는 볼을 부풀리며 오리가미에게 따졌다.

"역시 결혼한 게 아니지 않느냐! 헛소리 늘어놓지 마라!"

"사실이 되는 건 시간 문제야. 네가 없는 1년 동안, 나와 시도는 여기서는 말할 수 없는 이런저런 일을 해오며 사랑을 다져왔어."

"뭐, 뭐, 뭐……!"

토카는 얼굴을 새빨갛게 붉히며 시도를 쳐다보았다. 시도는 고개를 세차게 저었다.

그 모습을 본 토카는 또 눈을 치켜떴다.

"또, 또 나를 속였구나, 오리가미!"

"나는 『이런저런 일』이라고 말했을 뿐이야. 그걸 듣고 무슨 상상을 한 건지는 네 자유야. 책임 전가 하지 마."

"으으윽…… 억지 부리지 마라! 아무튼! 너한테 시도를 넘겨주지 않겠다!"

"그건 내가 할 말이야."

토카와 오리가미는 아까보다 더 크게, 우두두둑 하는 소리가 날 정도로 서로의 손을 세차게 움켜쥐며 날카로운 시선을 교환했다.

"……."

"……."

하지만, 이윽고 토카는 더는 못 참겠다는 듯이 웃음을 터뜨렸다.

"……훗. 오리가미는 정말 여전하구나."

그렇게 말한 토카는 어깨를 으쓱하며 웃음을 흘렸다.

그 모습을 본 오리가미도 무심코 웃음을 토했다.

"너도 그래. —다시 만나서 기뻐."

오리가미가 그렇게 말하자, 다른 소녀들이 신기하다는 눈길로 쳐다보았다.

"허얼~, 신기~. 오리링이 다 웃고 말이야."

"크큭, 표정이 참 좋구나. 항상 저러면 좋을 텐데 말이다."

"……훈훈한 광경인데 다른 꿍꿍이가 있는 느낌이 드는

건 평소 행실 때문일 거야."

다들 한마디씩 했다. 오리가미가 표정을 없애며 그쪽을 쳐다보자, 나츠미는 뻔뻔하게 고개를 돌렸다.

바로 그때, 토카는 뭔가가 생각났다는 듯한 표정으로 주위를 두리번거리기 시작했다.

"그러고 보니 쿠루미와 미쿠는 어디 있는 것이냐? 여기 있을 줄 알았다만……."

"아~, 쿠루밍은 아마 자기 집에 있을 거야. 일단 헬프 메일을 보내뒀는데, 지금 바쁘다면서 딱 잘라 거절하더라니깐. 그리고 밋키~는—."

니아는 그렇게 말하면서 스마트폰을 조작하더니, 토카에게 화면을 보여줬다.

거기에는 아름다운 의상을 입은 미쿠가 화려한 스테이지에서 노래하며 춤추는 영상이 나오고 있었다.

"오오— 이건?!"

토카는 눈을 치켜뜨며 영상을 응시했다. 시도가 이어서 설명을 했다.

"미쿠는 얼마 전부터 활동 거점을 미국으로 옮겼어. 지금 거기서 인기를 쑥쑥 쌓아가고 있나 봐."

"뭐……! 미국이라면 그 큰 나라말이냐?! 역시 미쿠는 대단하구나!"

토카는 납득한 것처럼 고개를 끄덕인 후, 유감스럽다는

듯이 한숨을 내쉬었다.

"그래도 아쉽구나. 미쿠와도 가능하면 만나고 싶었다만, 다음 귀국 때까지 기다려야만 하는 건가."

그 말에 답하듯, 마리아가 고개를 끄덕였다.

"예. 30초 정도 기다려야만 할 것 같군요."

"음. ⋯⋯⋯⋯음?"

어쩔 수 없다는 듯이 고개를 끄덕이던 토카는 갑자기 의아하다는 듯이 고개를 갸웃거렸다.

그로부터 딱 30초 후⋯⋯.

이 방의 문이 또 활짝 열렸다.

"─토카 야아아아아아앙!! 전세계의 미쿠 이자요이, 토카 양을 위해 바다를 건너서 돌아왔어요오오오오오오오─!!"

그리고, 화려한 스테이지 의상을 걸친 소녀가 감격의 눈물을 흘리면서 몸을 날리더니, 그대로 토카를 끌어안았다. 이 갑작스러운 일에, 토카는 당황하고 만 것 같았다.

"미, 미쿠?! 미국에 있는 게 아니었느냐?!"

"토카 양이 돌아오는 날에, 저만 결석할 수도 없잖아요~! 걱정하지 마세요~! 오늘 일은 마치고 온 데다, 출입국 수속은 〈라타토스크〉에서 알아서 해주거든요!"

불법에 매우 가까운 소리를 자신만만하게 외친 미쿠는 가슴을 쫙 폈다. 다른 이들의 시선을 한 몸에 받게 된 마리아는 「무슨 소리인지 모르겠군요」 하며 어깨를 으쓱했다.

"아, 맞다! 토카 양에게 드릴 선물이 있어요~!"

"음? 선물……?"

"예~! 〈라타토스크〉의 소형정으로 여기에 오는 사이에 주워왔어요~! 자, 들어오세요~!"

미쿠는 환한 미소를 지으며 문 쪽을 향해 손짓했다.

그러자, 질렸다는 듯한 분위기가 감도는 흑백 드레스 차림의 소녀가 걸어들어왔다.

"정말, 사람을 버려진 고양이 취급하지 말아 주세요."

윤기 넘치는 검은색 머리카락과 백자 같은 피부, 그리고 **똑같은 색깔을 띠고 있는 두 눈동자.**

그 모습을 본 토카가 깜짝 놀란 듯한 반응을 보였다.

"—쿠루미?!"

"예, 오래간만이군요. 토카 양."

토카가 이름을 부르자, 과거 최악의 정령이라 불렸던 소녀—토키사키 쿠루미는 그 흉흉한 별명에 어울리지 않는 상냥한 미소를 머금었다.

그 모습을 본 니아는 불만을 드러내듯 입술을 삐죽 내밀었다.

"어~. 쿠루밍, 바쁘다며~? 기왕 올 거면 내 원고 작업을 도와줘도 됐잖아~."

"니아 양의 뒤치다꺼리는 사양하고 싶지만, 토카 양이 왔다면 이야기가 달라지죠."

쿠루미는 눈을 살며시 내리깔며 말했다.

니아는 「으~! 너무해, 쿠루밍~!」 하고 외치며 과장되게 몸을 배배 꼬았지만, 다들 쿠루미의 말이 옳다는 듯이 고개를 끄덕이자 거북한 듯이 어깨를 으쓱했다.

"아, 예. 죄송해요…… 앞으로는 마감 잘 지킬게요……."

그리고 기어들어 가는 목소리로 그렇게 말했다. 뭐, 아무도 그 말을 믿지 않는 것 같지만 말이다.

"하하……. 아무튼 말이야."

시도는 쓴웃음을 지으면서 분위기를 환기하려는 듯이 손뼉을 쳤다.

"이걸로 전원이 모였네. 그럼 토카에게 가르쳐주자. —1년 동안, 우리 주위에서 무슨 일이 있었는지 말이야."

그 말을 들은 소녀들이 일제히 고개를 끄덕였다.

토카는 그런 그녀들을 둘러본 후, 작게 헛기침을 했다.

"그럼, 다시……."

그리고 토카는, 환한 미소를 지었다.

"—다들, 다녀왔다!"

◇

그리하여, 토카의 환영회가 시작됐다.

선술집의 방은 좀 좁았지만, 지금만큼은 그래서 오히려

좋은 듯한 느낌이 들었다. 어깨가 닿을 만큼 미어터지는 이 상황이, 오히려 즐겁기 그지없었다.

다들 마실 것을 주문한 후, 다시 건배를 했다.

그 후로는 자유 시간이었다. 시도 일행은 다 같이 토카를 둘러싸고, 이 1년 동안 있었던 일을 차례차례 이야기했다.

"뭐, 뭐라고?! 엘렌이 코토리들의 담임이란 말이냐?! 게다가 타마 선생님이 칸나즈키와 결혼을 해……?!"

경악스러운 정보를 접한 토카는 눈을 동그랗게 뜨며 몸을 쑥 내밀었다. 하지만 그 마음도 이해가 안 되는 건 아니었다. 만약 시도가 같은 말을 듣더라도, 비슷한 반응을 보였을 것이 틀림없다.

"그래. 깜짝 놀랐지? —아, 야마부키 녀석은 졸업식 날에 옆 반의 키시와다에게 고백했는데, 무사히 오케이를 받은 것 같아."

"오오……! 정말이냐! 해냈구나, 아이!"

시도의 말을 들은 토카가 주먹을 말아쥐었다. 야마부키 아이는 시도의 예전 클래스메이트이며, 토카와도 사이가 좋았다. 때때로 연애 상담도 했던 것 같으니, 이 결말을 알려줘야겠다고 생각한 것이다.

그러고 보니 아이, 마이, 미이를 비롯한 클래스메이트에게는 토카가 가정 문제로 휴학을 하게 됐다고 설명해뒀다. 다음에 기회가 된다면, 그녀들과 토카를 만나게 해줘야겠다고 시도는 생각했다.

"아, 맞다. 고백하니 생각난 건데, 마나가 중학교에서 꽤 인기가 있었어. 1년 동안 열 번이나 고백을 받았다니깐."

다음으로 코토리가 손뼉을 치며 그렇게 말했다. 토카는 「오오!」 하고 탄성을 터뜨리며 흥미롭다는 듯이 눈을 반짝였다.

"어? 그래? 나는 처음 듣는걸."

시도가 그 말을 듣고 그렇게 말하자, 마나는 거북한 듯이 볼을 긁적였다.

"코, 코토리 씨. 그 이야기는 지금 할 필요 없잖아요."

"왜지? 대단한 일이지 않느냐!"

토카가 순진무구한 반응을 보이자, 마나는 난처하다는 듯이 팔짱을 꼈다.

그러자 나츠미는 보충 설명을 하듯 입을 열었다.

"……열 번 중 아홉 번이 여자애한테 받은 고백이었지?"

"아, 아하……."

시도는 납득을 하며 쓴웃음을 흘렸다. ……오빠인 시도가 이런 말을 하는 것도 그렇지만, 늘씬한 체형과 단정한 외모, 시원시원한 성격을 지닌 마나는 여자에게 동경의 대상이 될 요소를 여럿 갖추고 있었다.

"하, 하지만, 한 명은 남자였던 거네?"

"그 남자애도 초등학생이었나 봐."

"아……."

"마나는 참 멋지니 말이다. 동경의 대상이 되는 게 당연하지."

"하하……. 뭐, 칭찬으로 받아들일게요."

토카의 말을 들은 마나가 쓴웃음을 흘리며 어깨를 으쓱했다.

그 화제를 듣고 새로운 정보가 생각난 건지, 카구야는 검지를 세우며 입을 열었다.

"참, 맞다. 진짜 놀랄 만한 일이 있어. 미이와 토노마치가 요즘 사귀기 시작했다니깐."

"뭐……?! 그, 그게 정말이냐?! 그럼 마이는―."

토카는 또 경악하며 눈을 치켜떴다.

"설명. 아이, 마이, 미이는 요즘에도 자주 같이 노는 것 같아요. 하지만 아이와 미이가 데이트할 때면, 마이는 대학교에서 친해진 마인과 둘이서 외출하나 봐요."

"마인?! 그게 누구지?!"

토카는 낯선 이름을 듣고 당혹스럽다는 듯이 미간을 모았다.

그 반응이 재미있는지, 카구야와 유즈루는 동시에 웃음을 터뜨렸다.

……실은 시도도 처음 듣는 이름이기에, 토카와 마찬가지로 약간 놀랐다. 마인. 대체 어떤 사람일까.

아무튼 그 후에도 이야기거리는 산더미처럼 있었기에, 환영회는 계속 이어졌다.

무쿠로가 머리카락을 자른 일. 요시노와 나츠미의 성이 판명된 일. 카구야와 유즈루가 과거를 떠올린 일. 니아가 만화가 동료와 다시 교류하기 시작한 일. 그리고— 평행세계의 토카와의 일…….

시간이 아무리 흘러도, 이야기가 끝나지 않았다.

하지만, 그것도 당연했다.

다들 하고 싶은 이야기가 잔뜩 있었고…….

토카는 듣고 싶은 이야기가 잔뜩 있었다.

1년의 공백을 메우려는 듯이, 함께하지 못한 시간을 부정하려는 듯이, 시도는, 다른 이들은, 자신들의 경험을 토카와 공유했다.

—그리고, 얼마나 시간이 흘렀을까.

무쿠로와 요시노가 약간 졸린 듯이 눈을 비비기 시작했을 때, 니아가 다른 이들의 주목을 모으려는 듯이 손뼉을 쳤다.

"자, 다들 주목~. 꽤 시간이 흐른 것 같으니까, 슬슬 계산하고 나가자."

다들 이야기를 멈추더니, 시계를 힐끔 쳐다보았다. 어느새 시간이 이렇게 흐른 건지, 벌써 열 시가 다 되었다. 니아와 다른 이들은 몰라도, 고등학생인 소녀들은 슬슬 집으로 돌아가야 할 시각이었다.

"음, 그래. 더 이야기를 나누고 싶지만, 다들 내일 할 일이 있을 테니—"

토카가 고개를 끄덕이며 그렇게 말하자, 니아는 히죽 웃었다.

"응~? 토~카, 무슨 소리를 하는 거야. 누가 이대로 끝낼

거라고 했어~?"

"음……? 그게 무슨 소리냐?"

"밤은 이제부터 시작이잖아~. 소년의 집으로 이동해서 2차를 해야지! 거기라면 무쿠찡이나 딴 애들이 잠들어도 문제 낫띵! 마지막 한 명이 남을 때까지 데스 레이스를 펼쳐보자고~! 밤샘 술자리는 대학생의 특권이야!"

"오, 오오……?!"

니아의 선언을 들은 토카가 식은땀을 흘리며 눈을 동그랗게 떴다. 시도는 아하하 하고 웃으며 쓴웃음을 머금었다.

"밤샘은 좀 그럴지도 모르지만, 모처럼 이렇게 모였잖아. 우리 집이라면 아무 문제없을 거야. 코토리, 안 그래?"

"응. 하지만, 자기 전에 양치질하는 건 잊지 마."

코토리는 그렇게 말하며 한쪽 눈을 감았다. 그러자 마리아가 고개를 절레절레 저으며 니아를 쳐다보았다.

"그것보다, 자기를 은근슬쩍 대학생 팀에 포함시키는 건 뻔뻔한 짓 아닌가요?"

"밤샘이 대학생의 특권이라면, 밤샘이 일상인 만화가는 어찌 보면 대학생이나 다름없지 않을까?"

니아는 안경을 고쳐 쓰면서 논리를 설파하듯 그렇게 말했다. 마리아는 한숨을 내쉬면서 도끼눈을 떴다.

"뭐, 그럼 이동하자~. 계산 부탁해요~!"

니아는 계산을 하기 위해 점원을 힘차게 불렀다. 시도 일행은 계산이 끝날 때까지 기다린 후, 다 같이 가게를 나섰다.

참고로 아까 「오늘은 내가 살게」 하고 호탕하게 말했던 니아는 집에 지갑을 두고 온 건지, 울상을 지으며 코토리와 마리아에게 돈을 빌렸다.

"―휴우, 밖은 껌껌해졌는걸."

시도는 밤하늘을 올려다보며 작게 중얼거렸다. 마을의 불빛에 비친 밤에는, 드문드문 별이 떠 있었다.

"음, 그럼 가도록 할까."

"응, 그러자."

"참, 가다가 편의점에 들러도 돼? 맥주를 사고 싶거든."

"니아 씨, 더 마시려는 건가요……?"

다들 그런 대화를 나누며, 이츠카 가로 이어지는 길을 걸었다.

음식점이 줄지어 있는 대로변에서 주택가로 가면 갈수록 점점 불빛이 적어지더니, 벌레 소리가 커졌다.

그 도중에…….

"그러고 보니―."

오리가미는 뭔가가 생각난 것처럼 입을 열었다.

"토카는 이제부터 어쩔 거야?"

"음? 시도의 집에 가는 것 아니었느냐?"

토카는 어리둥절한 표정을 지으며 고개를 갸웃거렸다. 오리가미는 「그게 아냐」 하고 말했다.

"앞으로의 진로 말이야. 토카는 고등학교 휴학 중인 걸로 되어 있지?"

"아……."

시도는 그 말을 듣고 볼을 긁적였다. 다른 소녀들도 비슷한 리액션을 취했다.

"그것도 그렇구나. 이대로 학교에 복귀한다면 고등학교 3학년이 되겠다만—"

"우려. 같은 학년에 아는 사람이 없다면 쓸쓸할 거예요."

"음. 그럼 무쿠들과 함께 1학년이 되지 않겠느냐?"

"토카 씨와 함께 고등학교 생활…… 즐거울 것 같아요. 하지만 토카 씨는 다시 1학년부터 다니는 게 되잖아요……."

그 말을 들은 소녀들이 다들 생각에 잠기는 듯한 반응을 보였다.

바로 그때, 니아가 「저기 말이야~!」 하고 말하며 손을 들었다.

"진로로 고민된다면, 내 스튜디오에 식사 담당 어시스턴트 겸 포즈 모델로 취직하는 건 어때?! 급료 잘 쳐줄게~!"

니아가 느닷없이 그런 권유를 하자, 다들 땀을 삐질삐질 흘렸다.

하지만 그 말에 촉발된 것처럼, 미쿠와 쿠루미도 입을 열었다.

"예엣~?! 그건 약았어요~! 차라리 저와 함께 미국에 가죠, 미국에~! 토카 양과 함께 듀오로 세계를 제패할래요~!
언어 문제라면 리얼라이저의 경이적인 메카니즘으로 어떻게
든 될 거예요~!"

"어머, 어머. 그럴 바에야 저를 도와주지 않겠어요? 세계
의 의지에 의해 재생된 존재…… 우후후, 정말 흥미가 끊이
지 않는군요."

"으, 으음……?"

갑자기 세 방향에서 열렬한 러브콜을 받게 된 토카는 당
혹스러운 듯이 뒷걸음질 쳤다.

그러자 코토리는 니아, 미쿠, 쿠루미에게 차례차례 꿀밤을
날렸다.

"뭐하는 거야~. 토카가 곤란해하잖아."

그리고 가볍게 헛기침을 한 후, 토카를 쳐다보았다.

"그 점에 대해서는 우리 쪽에서도 생각을 해봤어. 하지만
가장 중요한 건 토카의 의향이야. ―토카는 어쩌고 싶어?
시원의 정령이 사라졌다고는 해도, 〈라타토스크〉의 이념에
는 변함이 없어. 가능한 한, 네 희망을 이뤄줄 수 있도록 협
력할게."

"으음, 나는……."

토카는 고민하듯 팔짱을 꼈다. 코토리는 살며시 어깨를
으쓱한 후, 말을 이었다.

"뭐, 지금 바로 결정할 필요는 없으니까 좀 생각해본 후에

답해줘."

"음…… 그래. 그렇게 하―."

바로 그때였다.

천천히 걸음을 옮기면서 말을 잇던 토카는 강가의 가로수 길에 접어든 순간, 갑자기 말과 걸음을 멈췄다.

"……어? 토카 씨, 왜 그래요?"

"그게―."

요시노가 묻자, 토카는 눈을 가늘게 떴다. 그 모습을 본 다른 이들이 의아한 표정을 지었다.

"아―."

하지만 이 자리에 있는 이들 중에서 유일하게 시도만은 토카가 지은 저 표정의 의미를 이해했다.

그렇다. 이 벚꽃길은 예전와 토카와 시도, 그리고 또 한 명의 토카인 텐카가 함께 왔던 추억의 장소이자―.

며칠 전, 시도와 토카가 재회한, 운명의 장소다.

하지만, 지금 시도의 눈앞에는 그때와 똑같은 광경이 펼쳐져 있지는 않았다.

시간이 다를 뿐만 아니라, 길을 따라 양옆에 심어진 벚나무에는 이미 꽃이 남아있지 않았다.

벚꽃을 볼 수 있는 시기는 한정되어 있다. 겨우 며칠이라고는 해도, 꽃이 지기에는 충분한 시기인 것이다.

토카는 감회에 젖은 한숨을 내쉬며 말했다.

"이 벚꽃 가로수길에는 말이다. 봄이 되면 정말 멋진 풍경이 펼쳐지지. 음…… 내가 지금까지 본 광경 중에서 1, 2위를 다툴 정도로 아름다웠다."

"어머, 그랬나요?"

"하지만, 이미 꽃이 다 지고 말았네요~. 아쉬워요~."

"음…… 아쉽구나. 내가 며칠만 일찍 돌아왔다면, 너희에게도 보여줄 수 있었을 텐데 말이다."

"토카……."

토카가 약간 아쉬워하며 그렇게 말하자, 시도는 고개를 가볍게 저었다.

"무슨 소리를 하는 거야. 이제부터 얼마든지 볼 수 있을 거잖아. 내년에도, 내후년에도, 다 같이 보러 오면—."

시도가 그렇게 말한, 바로 그때였다.

갑자기 부웅 하는 소리가 울려 퍼지더니, 주위에 돌풍이 휘몰아쳤다.

"앗……?!"

"꺄아……."

"누, 눈이이이이이잇!"

다들 무심코 눈을 감았고, 니아는 약간 과장스러운 리액션을 취했다.

몇 초 후에 바람이 잦아들자, 시도는 천천히 눈을 떴다.

"엄청 센 바람이었는걸. 다들, 괜찮……."

바로 그때, 시도는 무심코 말을 멈췄다.

하지만 그것도 무리는 아니었다.

시도가 눈을 감고 있었던 그 몇 초 사이에, 주위의 광경이 확연히 달라진 것이다.

"아니—."

"아니—."

강가에 줄지어 존재하는 벚나무들.

꽃이 져서, 가지만 앙상하게 남아있던 그 나무가 지금……

—꽃이 만개해 있었던 것이다.

"아……, 어……?!"

"어머, 어머—."

"벚꽃이……? 뭐, 뭐가 어떻게 된 게지?"

가로등과 달빛에 비친 멋진 밤 벚꽃을 본 소녀들의 표정이 경악으로 물들었다.

그럴 만도 했다. 방금까지 가지만 남아있던 벚나무에 꽃들이 환하게 핀 것이다. 요시노와 무쿠로는 꿈이라도 꾼다고 생각한 건지 볼을 꼬집어봤고, 니아는 술 때문에 헛것을 본다고 생각하는 건지 눈을 비빈 후에 다른 이들의 반응을 살폈다.

"—오오—."

그런 와중에 토카만이 눈을 동그랗게 뜬 후, 벚나무길을 달렸다.

그러자 그에 맞춰 또 바람이 불더니, 꽃잎이 눈보라처럼 흩날렸다.

밤의 어둠에 휘날리는, 벚꽃빛깔 커튼.

그 광경은 농담이 아니라, 현기증이 날 정도로 아름다웠다.

"다들 봐라! 정말 아름답지?!"

토카는 흩날리는 벚꽃잎 사이에서, 만면에 미소를 지었다.

그러자, 당황한 것 같던 소녀들 또한 한 명, 또 한 명, 가로수길로 뛰어가서 흩날리는 벚꽃에 몸을 맡겼다.

"우오오오! 돌격!"

"경쟁. 지지 않겠어요. 에잇~."

"앗, 약았어! 나도 갈래!"

"……하하."

그 몽환적인 광경을 본 시도는 자신의 입에서 웃음이 새어 나오는 것을 느꼈다.

정말 불가사의한 현상이다. 시원의 정령이 이 세상에서 사라진 현재, 대규모로 리얼라이저를 사용하지 않는다면 이런 풍경을 자아내는 건 불가능하다. 괴기현상이라고 해도 과언이 아닌, 기묘한 광경이다.

하지만 시도는 그것이 토카를 축복하는 상냥한 기적처럼 보였다.

그렇다. 그것은 마치—.

세계가, 토카의 귀환을 환영하는 것만 같았다.

"—시도! 코토리! 결심했다!"

연분홍색 베일을 두른 토카가, 가로수길 입구에 선 시도
와 코토리에게 말을 건넸다. 시도는 코토리와 한순간 시선
을 교환한 후, 토카를 향해 고개를 돌렸다.

"정해? 뭘 말이야?"

"내 진로 말이다! 이제 결심했다!

아니…… 분명, 이 세계에서 다시 의지를 얻었을 때부터!
여기서 시도와 재회한 순간부터, 이미 정해져 있었다!

나는—."

그리고 토카는— 환하디 환한 미소를 지으면서, 그 선택
을, 입에 담았다.

◇

며칠 후.

그날 밤에 만개했던 벚꽃이 꿈이었던 것처럼, 강가의 가로
수길에는 푸르디푸른 나뭇잎이 달려 있었다.

그렇게, 풍경이 확연히 달라진 가로수길을—.

"—자, 서두르지 않으면 지각할 거야. 오늘은 처음으로 대
학교에 가는 날이잖아."

"으음, 미안하다. 하지만 아침밥이 너무 맛있다는 점에도

문제가 있는 것 아니냐……? 명란젓에 대파와 참기름이 이렇게 잘 어울릴 줄이야……. 그런 밥친구가 밥상에 올라오면, 밥을 리필할 수밖에 없단 말이다…….

"어이어이…… 그럼 내일부터는 그걸 뺄까?"

"뭐, 그, 그건……!"

"농담이야. 세상이 끝난 것 같은 표정 짓지 마."

그렇게 시끌벅적한 대화를 나누며…….

두 대학생이, 걸음을 옮겼다.

■작가 후기

　오래간만입니다. 타치바나 코우시입니다. 단편집도 드디어 두 자릿수에 들어섰습니다. 『데이트 어 라이브 앙코르 10』을 여러분에게 전해드립니다. 어떠셨는지요. 재미있으셨기를 빕니다.

　표지는 지난 권에서 예고한 대로 무쿠로입니다. 머리카락을 자른 버전과 이것 중에서 고민했습니다만, 시간축 상으로 머리를 자르기 전의 이야기가 많아서 이쪽을 골랐습니다. 컬러 일러스트에 머리 자른 버전이 있으니, 한 권에서 이중으로 즐길 수 있죠.

　컬러 일러스트 신규 스토리는 22권 이후의 일상을 이미지해 써봤습니다. 「당신은!」, 「대학생인 『저』!」 쿠루미는 대학교 서클에서 공주님일 것 같군요. 틀림없습니다.

　그리고 쿠루미 하니 생각났습니다만, 『데이트 어 불릿』 애니메이션도 드디어 공개됐습니다! 각본은 히가시데 씨가 직접 맡으셨습니다! 꽤 정성을 쏟았다고 하니, 꼭 체크해 주십시오!

그럼 각화 해설을 시작하겠습니다. 스포일러가 포함되어 있으니 주의해 주시길.

○쿠루미 프렌드

이번 권 콘셉트는 본편 20권의 텐카 공간 안에서의 이야기입니다. 모든 문제가 원만하게 해결된 기적적인 세계. 그런 세계에서 쿠루미가 꿈꾼 건, 단짝 친구인 야마우치 사와와의 재회입니다.

사와 양과의 대화 장면은 꼭 다뤄보고 싶었던 만큼, 이 단편을 쓰기 잘했다고 생각합니다. 또한 드래곤 매거진 수록 관련으로 가장 앞에 배치됐습니다만, 시간축 상으로는 『정령 워울프』 이후의 이야기라 보시면 됩니다.

○토카 프레지던트

「토카가 사장이 된 이야기는 어떨까요」란 담당 편집자님의 무모한 아이디어에 따라 탄생한 이야기입니다. 처음에는 좀 걱정했습니다만, 집필해보니 의외로 깔끔하게 정리됐습니다.

선글라스와 어깨에 걸친 코트로 마피아 보스 느낌인 토카가 참 좋습니다. 자전적 경영론 『야토가미 토카, 콩고물 거인」이란 네이밍도 마음에 들었습니다. 참고로 집필 과정에서 이미지한 건, 『여기는 잘나가는 파출소』에서 료츠가 사업을 벌이는 편이었습니다.

○마나 어게인

마나가 옛 친구와 재회하는 이야기. 감이 좋은 독자라면 눈치채셨을지도 모릅니다만, 본편 18권에서 등장했던 마나의 단짝 친구인 호무라 하루코가 바로 코토리의 어머니인 이츠카 하루코입니다. 타츠오 선배는 코토리의 아버지죠. 드래곤 매거진에 『이츠카 페어런츠』가 다시 게재되면서, 한 번 더 출연시키자&마나와 재회시키고 싶다, 라는 생각이 이런 형태로 만들어졌습니다.

○정령 캠핑

정령들의 졸업 여행을 보고 싶다! 라는 생각으로 쓰게 된 이야기입니다. 하지만 설산과 무인도에도 가본 상황에서 이번에는 어디에 갈지 생각하다 보니, 캠핑으로 결정됐습니다.
다들 즐겁게 노는 삽화가 참 마음에 들었습니다. 각자가 만든 것을 발표하는 타입의 이야기를 꽤 좋아합니다만, 이 인원으로 그랬다간 단편 분량을 벗어날 것 같아서 팀전으로 꾸며봤습니다. 오리가미와 나츠미의 기술력은 정말 끝을 모르는군요.

○정령 워울프

캠핑 이틀째! 하지만 비가 내렸습니다. 그래서 늑대인간 게임을 하게 됐죠.

늑대인간 게임을 소설로 써서 재미있을까 하고 생각했지만, 처음에 직책을 설정해준 후에는 각 캐릭터의 성격에 따라 전개하면 되기에 꽤 스무스하게 쓸 수 있었습니다. 오히려 직책을 정하는 게 가장 어려웠을지도 모르겠군요.. 늑대 삽화는 큐트 그 자체입니다. 여우 요괴는 어려운 역할이지만, 이걸로 이기면 정말 기분 좋으니 꼭 시험해보시길.

○토카 애프터

본편 22권 후의 이야기. 이 이야기만 다른 이야기와 시간축이 다르며, 현실 세계에서의 이야기입니다.

22권의 결말은 더할 나위 없다고 생각합니다만, 그 이후의 이야기도 좀 다루고 싶어지더군요. 그러니 22권 후에 캐릭터들이 어떻게 됐는지 슬며시 드러나는 이야기입니다. 이런 게 가능한 것이 바로 단편집의 장점이죠.

토카와의 재회. 그리고 토카가 나아갈 길. 그들의 미래가
행복으로 가득하기를.

　……아, 왠지 『앙코르』도 최종권인 듯한 분위기입니다만,
실은 이야기가 조금 더 이어집니다~.
　『앙코르 11』의 표지는 대체 누구일까용?! 다음 권에서 독
자 여러분을 다시 뵐 수 있기를 진심으로 빕니다!

                            2020년 7월 타치바나 코우시

DATE A LIVE
ENCORE 10

■역자 후기

안녕하십니까. 근로청년 번역가 이승원입니다.

『데이트 어 라이브 앙코르 10』을 구매해주셔서 진심으로 감사드립니다.

2020년도 어느새 한 달 정도 남았습니다.

독자 여러분께서는 올해를 잘 마무리하고 계신지요.

저는 그야말로 파란의 한 달을 보냈습니다.

집주인이 느닷없이 집 판다고 하더니, 새로 집 산다는 사람이 나타나서 2주 안에 집 비우라고 했고, 다행히 지은 지 40년이 넘는 집을 구해서 이사 가려고 하니, 보증금 반환 때문에 문제가 발생하더군요. 어찌어찌 이사 및 집 정리를 다 마치고 나서 생각해보니…… 이 모든 일이 3주만에 벌어졌다는 사실을 깨달았습니다. 멘탈적으로 너무 힘들었어요.ㅠㅠ

그래도 이 기회에 30년 동안 계속 살았던 동네를 떠나, 새로운 곳에서 새출발을 시작하게 됐습니다.

달동네에 살다가 평지&역세권으로 오니 참 좋군요.^^ 이제부터 새 마음 새 뜻으로 열심히 살아보겠습니다!

그럼 『데이트 어 라이브 앙코르 10』에 대해 이야기를 좀 해볼까 합니다.

스포일러가 포함되어 있을 수도 있으니 본편을 안 읽으신 분은 유의해주시길!

이번 앙코르는 텐카 월드에서의 에피소드! 입니다. 소멸을 피할 수 없게 된 토카를 위해, 텐카(반전 토카)가 시원의 정령의 세피라로 만들어낸 세계……. 머지않아 깨고 말 꿈속에서, 토카와 시도, 그리고 정령들은 행복한 한때를 보냅니다.

그리고 그 세계에서의 에피소드가 바로 이번 앙코르에 실린 단편입니다.

자신의 손으로 죽인 소중한 친구와 재회한 쿠루미, 재계를 좌지우지하는 사장이 된 토카, 코토리의 어머니이자 자신의 옛 친구인 하루코와 재회한 마나, 졸업여행 삼아 캠핑을 간 정령들, 그리고 캠핑을 가서 마피아 게임의 일종인 늑대인간 게임을 하는 정령들……. 마지막으로, 기적적으로 부활한 토카의 그 이후를 다루는 에피소드로 구성되어 있습니다.

모든 에피소드가 각 캐릭터들의 매력이 드러나고 있으니, 독자 여러분께서도 재미있게 즐겨주셨으면 합니다!

그리고…… 기쁘게도 앙코르는 10권으로 끝이 아닙니다! 우오오오~! 이 소식에 팬이자 역자인 저 또한 진심으로 기뻐했습니다.^^ 시도와 정령들의 이야기를 앞으로도 더 볼 수 있다니 정말 행복하네요. 다음 권도 최선을 다해 번역하겠습니다!

　그럼 이만 줄이겠습니다.
　L노벨 편집부 여러분, 항상 좋은 작품을 맡겨 주셔서 감사합니다. 앞으로도 잘 부탁드립니다.
　집들이하러 이 먼 곳까지 와준 지인이여. 내가 스테이크 사줬지? 다음에 네 집들이 때도 맛난 거 사주라.^^
　마지막으로 언제나 제게 버팀목이 되어주시는 어머니와 『데이트 어 라이브』를 읽어주신 모든 분에게 진심으로 감사드립니다.
　누가 표지를 장식할지 알 수 없는 『데이트 어 라이브 앙코르 11』 역자 후기 코너에서 다시 뵙겠습니다!

2020년 11월 중순
역자 이승원 올림

데이트 어 라이브 앙코르 10

1판 1쇄 발행 2020년 12월 10일
1판 3쇄 발행 2023년 1월 16일

지은이_ Koushi Tachibana
일러스트_ Tsunako
옮긴이_ 이승원

발행인_ 신현호
편집장_ 김승신
편집진행_ 권세라 · 최혁수 · 김경민 · 최정민
편집디자인_ 양우연
관리 · 영업_ 김민원

펴낸곳_ (주)디앤씨미디어
등록_ 2002년 4월 25일 제20-260호
주소_ 서울시 구로구 디지털로 26길 111 JnK디지털타워 503호
전화_ 02-333-2513(대표)
팩시밀리_ 02-333-2514
이메일_ lnovellove@naver.com
ㄴ노벨 공식 카페_ http://cafe.naver.com/lnovel11

DATE A LIVE ENCORE Vol. 10
©Koushi Tachibana, Tsunako 2020
First published in Japan in 2020 by KADOKAWA CORPORATION, Tokyo.
Korean translation rights arranged with KADOKAWA CORPORATION, Tokyo.

ISBN 979-11-278-5764-6 04830
ISBN 979-11-278-4271-0 (세트)

값 7,800원

변변찮은 마술강사와 추상일지 1~6권

히츠지 타로 지음 | 미시마 쿠로네 일러스트 | 최승원 옮김

알자노 제국 마술학원에는 학생들도 기가 막혀 하는
한 변변찮은 마술강사가 있었다.
그의 이름은 글렌 레이더스.
수업에 뱀을 가져와서 여학생들이 무서워하는 모습을 감상하려다가
오히려 그 뱀에게 머리를 물리질 않나…….
도서관에서 실종된 여학생을 구하러 갔다가, 오히려 본인이 겁에 질려서
파괴 주문으로 도서관을 날려버리려고 하질 않나…….
수업 참관 일에는 웬일로 성실하게 수업을 하나 싶더니 곧 본색을 드러내고……
그런 마술학원에서 벌어지는 변변찮은 일상.
그리고—"……꺼져라, 꼬마. 죽고 싶지 않으면."
글렌의 스승이자 길러준 부모인 세리카 아르포네아와의
충격적인 만남이 수록된 『변변찮은』 시리즈 첫 단편집!

본편 TV애니메이션 방영 화제작!!

온라인 게임의 신부는 여자아이가 아니라고 생각한 거야? 1~18권

키네코 시바이 지음 | Hisasi 일러스트 | 이경인 옮김

온라인 게임의 여자 캐릭터에게 고백!
→ 아깝네요! 실제로는 남자였습니다☆

그런 흑역사를 감추고 있는 소년·히데키는 어느 날 게임 안에서
한 여자 캐릭터에게 고백을 받는다. 설마 그 흑역사가 다시금 반복되는 것인가?!
그렇게 생각했으나, 게임 안에서 내 「신부」가 된 아코 = 타마키 아코는
정말로 미소녀에, 현실과 가상세계를 구분하지 못한……다고……?!
"안녕, 루시안!"이라니, 하, 하지 마! 창피하니까 캐릭터명으로 부르지 마!
다른 사람들 앞에서도 게임 캐릭터명으로 부르며 게임 속 남편에게 착 달라붙는 아코.
히데키는 너무나도 유감스럽고 위험한 아코를 「갱생」하기 위해
길드의 동료들을(※단, 다들 미소녀)과 함께 움직이는데―.

유감스러우면서도 즐거운 일상 ≒ 온라인 게임 라이프가 시작된다!

TV애니메이션 방영 화제작!!

라이트노벨의 새로운 빛! L노벨의 신간은 매월 10일에 발매됩니다. http://cafe.naver.com/lnovel11